AF237371

Shenna

—

FSC
www.fsc.org

MIX

Papier aus ver-
antwortungsvollen
Quellen
Paper from
responsible sources

FSC® C105338

Von Dithmar Mayer erschienen:

Eine Wolke würgen (2019)
Falten werfen (2020)
Shenna, (1. Auflage 2021)
Durch den Wolf (2021)
An den Händen beiden (2022)
Lethe (2022, 2. Auflage 2025)
Was nach dem Menschen kam (2023)
Mühle alter Schuld (2023)
Nosé (2024)
Die Wirklichkeit ist eine Betrügerin (2024)
Revolution der Räte (2024)

Der Österreicher Dithmar Mayer verfasst Romane in verschiedenen Genres. Seine Figuren werden häufig in eine absurde Wirklichkeit entlassen, in welcher sie der Herausforderung gegenüberstehen, ihre verschüttete eigene Identität freizulegen, ihr eine Bedeutung in dieser oder einer ganz anderen Welt zu verleihen.

Shenna

Die Stimme aus dem Off

Dithmar Mayer

Roman

Bibliografische Information der Deutschen Nationalbibliothek: Die Deutsche Nationalbibliothek verzeichnet diese Publikation in der Deutschen Nationalbibliografie; detaillierte bibliografische Daten sind im Internet über dnb.dnb.de abrufbar.

Das Werk, einschließlich seiner Teile, ist urheberrechtlich geschützt. Jede Verwertung ist ohne Zustimmung des Autors unzulässig. Dies gilt insbesondere für die elektronische oder sonstige Vervielfältigung, Übersetzung, Verbreitung und öffentliche Zugänglichmachung.

2. Auflage, 2025.
Erste Auflage © 2021 Dithmar Mayer – alle Rechte vorbehalten.
Verlag: BoD · Books on Demand GmbH,
In de Tarpen 42, 22848 Norderstedt, bod@bod.de
Druck: Libri Plureos GmbH, Friedensallee 273, 22763 Hamburg
ISBN: 978-3-7543-2483-7

Erstes Kapitel

»Es tut weh – jedes Mal. Er soll weg sein. Hier unten stinkt es. Ich gehorche, werde trotzdem bestraft. Seine Schritte wieder! Ich muss ihn Daddy nennen. Er ist nicht mein Dad. Gib, dass er weggeht. Mach ihn weg!«

***

Etwas hier war tot.

Seine Augäpfel glühten im Scheinwerferlicht wie Muffins im Backofen. Das Plektrum in Dons Hand riss Gitarrensaiten an, seine Gedanken tanzten anderswo. So alt die Lieder, die Akkorde holten sich von selbst die Fingerkuppen ans Griffbrett. Er hörte sich nicht singen, ließ bloß seine Lippen Laute formen. Belanglos. Seit vierzig Jahren quälte er sich durch diese Konzertnächte für den Applaus der paar johlenden Saufköpfe. Seine Zeit – gab es die? – war vorüber.

Der Blick des alten Mannes glitt über die im Halbdunkel lauernden Köpfe. Verschwommene Konturen wischten sein Blickfeld entlang. Brillen waren ihm verboten, Tyron kannte kein Erbarmen. Sein Manager verstand sich auf Imagearbeit, nicht auf ihn. – Geschenkt! Allein seinen Namen, der auf einem Transparent über dem Eingang protzte, vermochte er zu lesen: *Don Ravenclaw.* »Donald Duck« formte sein Hirn daraus. Die Kunstfigur, von ihm geschaffen, hatte ihn ersetzt. An seinen Geburtsnamen – irgendwas mit Virgil – konnte Don sich kaum erinnern, die Ente hatte übernommen. Quak!

Er funktionierte.

Schwindel ist nichts weiter als eine Bö im Geäst der Neuronen. Tish nahm auf dem Verstärker neben ihm Form an, räkelte sich, als säßen sie beide am Frühstückstisch. Anfangs transparent, saugte sie die Staubteilchen im Scheinwerferlicht auf, bis sie opak war, alles andere durchsichtig. Sie lachte übermütig.

»Ra-ven, Ra-ven …«, skandierte eine Gruppe im Zuschauerraum, angeführt von Craig, Dons Kumpel seit ihrer Kindheit in Maynooth. Er war ihm aus Dublin, wo er viele Jahre verbracht hatte, nach Navan gefolgt. Don bezog eine Farm nahe dem Hill of Tara. Faye hatte sich einverstanden erklärt, sie mochte Dublin nicht. Sie fuhren nur noch am Bloomsday und zu seinen Gigs in die Hauptstadt. Mittlerweile konnte sie ja nicht mehr mitkommen.

Tish lächelte aus ihrer Wolke, löste sich auf, zerstäubte zuletzt. Er wollte sie festhalten für Faye, für sich.

Stille! Das rhythmische Skandieren und Klatschen hatte aufgehört. An der Rampe stand Tyron, zeichnete wilde Gesten in den Bühnennebel. Don begriff, er spielte nicht mehr. Er hatte mitten im Lied geendet, vor sich hingestarrt – Automatik entkoppelt. Er räusperte sich.

»Sorry, Folks!«, stöhnte er ins Mikrofon. »Mein Kopf hat das Gebäude verlassen.«

Einzelne Lacher krochen die vorderen Reihen hoch. Don zupfte nervöse Arpeggios, überlegte, was als Nächstes zu spielen sei. Er stellte den Tonkopf in seinem Gehirn auf Anfang, wählte das Clawhammer-Stück, mit dem er sich den Namen Ravenclaw verdient hatte. Die ältesten Fans erkannten es, stimmten in den Refrain ein.

Das Olympia Theatre war zu groß für ein solches Konzert. Jemand hatte gedacht, sein Name würde noch ziehen, riskierte Geld. Tyron hatte natürlich sofort zugegriffen. Das läse sich gut in Dons Vita und in seiner eigenen, meinte er. Die Besucherdichte glich jener der Piazza San Marco um fünf Uhr am Morgen – ohne Tauben freilich, nur ein falscher Rabe krächzte auf der Bühne. Raven nannten ihn seine Fans.

Die Getriebezähne griffen wieder ineinander, die Automatik sortierte die Gänge, schleuste ihn durch den Abend. Applaus. Schluss. Niemand forderte eine Zugabe. Lass gut sein, alter Mann. Die Lichter im Zuschauerraum wurden angemacht, die Bühnenscheinwerfer heruntergedimmt – ein Abend weniger im Programm.

»Was war das! Bist du verrückt geworden?« Tyron raufte seinen Hundertpfundhaarschnitt, riss dem ältesten Gaul in seinem Stall die Gitarre aus der Hand. »Du schläfst mitten im Konzert ein!« Don duckte sich. Tyron glich einem Sumō-Ringer, für dessen Maßanzug man eine Stoffrolle gleich einer Straßenwalze verarbeitet hatte. »Ist dir klar, was ich den Veranstaltern alles einreden muss, damit die dich spielen lassen?«

»Es war ein Aussetzer. Kommt nicht wieder vor.«

»Allerdings tut es das nicht. Ich überlege, ob ich dich weiterhin vertreten kann.«

»So groß ist meine Lust zu spielen ohnehin nicht mehr. Wäre da nicht Faye …«

»Sie ist aber da. Allein mein Mitgefühl ihr gegenüber lässt mich dir immer wieder eine Chance geben.«

»Ich weiß.«

»Dann handle danach! So was will ich nicht noch einmal sehen.«

»Ist ja gut. Ist gut.«

»Nichts ist gut. Schon lange nicht mehr.« Tyron wandte sich ab. Don suchte den Boden nach etwas ab – weiß der Teufel, wonach. Nach Tish? Schon der Staub, der sie im Scheinwerferlicht geformt hatte, wäre ihm Recht gewesen. Er lief hinter der Bühne herum, sammelte verschiedenes Equipment ein, Kabelzeugs. Tun, nicht denken!

»Lass den Quatsch.« Craig stand vor ihm, fasste ihn mit beiden Händen an den Schultern. »Das erledigen Tyrons Techniker.«

»Einiges gehört mir, das darf nicht durcheinandergebracht werden.«

»Komm, wir trinken was!«

O'Brien strich um Dons Beine, wedelte wie wild mit dem Schwanz.

»Schön, du hast meinen besten Freund mitgebracht.« Don ließ seine Finger ablecken.

»Ich dachte, das sei ich«, erwiderte Craig.

»Vergiss es!«, sagte Don, kraulte das Fell des Irish Red Setters. »Keiner reicht an meinen O'Brien heran – was, Kumpel?« Craig las seine Armbanduhr ab.

»Tyron wird bald wieder im Sin é in sein Pint glotzen«, sagte er. »Ich schätze, du willst da nicht hin.«

»Einen Furz will ich.«

»Die andern Jungs sitzen im O'Shea's – auch nicht unser Geschmack.«

»Lass mal, mir ist nicht nach Gesellschaft.«

»Das ahnte ich schon. Hab' was mitgebracht.« Er hielt eine von zwei Tüten hoch, ließ Don hineinsehen.

»Aye, bin dabei«, sagte dieser, brummte.

O'Brien lief voran in Richtung Hinterausgang, er kannte sich hier aus. Stacey, eine junge Tänzerin, die Don gelegentlich wegen ihrer Probleme mit dem Vermieter volllaberte, strich über das Fell des Rüden. Der rannte weiter, ließ sich nicht ablenken.

»Hi, Don! Hi, Wer-immer-du-Bist!« Stacey winkte den alten Männern zu. Don grüßte mit einer Geste. Craig grinste wie unterm Weihnachtsbaum. Er sah dem Mädchen nach, das zum Waschraum hin verschwand.

»Diese Schenkel wären das Richtige für einen alten Iren.«

»Du könntest ihr Großvater sein, ihre Schenkel gehen dich nichts an«, sagte Don. Einige Bühnenarbeiter blickten auf. Er war laut geworden.

»Ich habe keine Schuld an dem, was deiner Tochter zugestoßen ist«, flüsterte Craig.

»Ach ja? Wer hat Schuld? Sag!«

»Komm, lass das, Don. Nicht schon wieder!«

»Ich habe sie in den Tod getrieben. So ist es doch!«

»Unsinn. Es ist Ewigkeiten her. Komm endlich zur Ruhe. Ich hab' jetzt wirklich nicht den Kopf für sowas, Kumpel.«

»In meinem ist sie immerzu.«

»Ich weiß.«

»Und Fayes ist Matsch von Gram. Ich habe beide auf dem Gewissen.«

»Ich sage nichts mehr dazu.«

»Weil es die Wahrheit ist.« Sie hatten mittlerweile das Haus über den Hinterausgang verlassen. Craig rieb sich die Oberarme warm, Don steckte seine Hände in die Hosentaschen. O'Brien lief auf sie zu. Nur er vermochte Don zu beruhigen, oft zu trösten. Er war herumgetollt, bis die beiden Männer nach draußen gefunden hatten. Seine Schlabberzunge hing zur Seite aus dem Maul wie ein Judogürtel im neunten Dan-Grad.

Sie liefen ein Stück die Dame Street runter, dann durch ein paar Seitengassen. Bald sahen sie Craigs Pickup, den er auf einem kleinen Parkplatz abgestellt hatte. Sie kletterten auf die Ladefläche – in den alten Tagen wären sie mit Anlauf gesprungen. Eine Gruppe Jugendlicher spazierte vorbei. Craig starrte einem der Mädchen nach.

»Willst du mich provozieren?«, fragte Don.

»Was! Entschuldigt, dass ich Augen habe, Eure Heiligkeit.«

»Die Midlife-Crisis sollte doch schon eine Weile hinter dir liegen, du Tattergreis.«

»Mit sechzig fängt das Leben erst an. Ich schnuppere auf dem Weg zum Friedhof an den Veilchen am Wegesrand.«

»Ich zähle darauf, du belässt es beim Schnuppern.«

»Zähle, so weit du willst. Ich habe es nicht so mit der Mathematik.« O'Brien sprang zu ihnen auf den Pick-up, legte sich zwischen sie, leckte sein struppiges Fell. Craig holte seine Schätze aus der Plastiktüte. Dosenbier war immer ihr Ding, je billiger die Marke, desto besser.

»Beste Supermarktware. Sonderangebot«, verkündete Craig. Er warf Don eine Dose zu, öffnete die seine – das Zischen war schon der halbe Genuss. »Sláinte!«

»Du mich auch!« Don ließ das perlende Zeug seine Kehle kratzen.

»Dein Aussetzer im Konzert macht mir Sorgen. Was war da? Tisha?«

»Weiß nicht. Ich war weg – irgendwo. Hatte eher mit meiner Müdigkeit zu tun.«

»Du magst nicht mehr.«

»Es ist genug.«

»Faye …«

»Ja, Faye … Ich weiß.«

»Ich habe sie lange nicht umarmt.«

»Sie will niemanden sehen.«

»Das sagst du schon seit einem halben Jahr. Soll sie nie wieder Kontakt haben?«

»Wenn es ihr etwas besser geht, bist du der Erste, der sie sieht.«

»Na gut.« Craig legte sich auf den Rücken, streckte sich. »Da oben sind unzählige Sterne, aber heute nicht für uns. Außerhalb Dublins kann man sie beobachten. Die Städter lesen darüber bloß in dummen Gedichten.«

»Ich sehe sie jede Nacht über unserem Farmhaus.« Don legte sich ebenfalls auf die Ladefläche, verschränkte die Hände im Nacken, starrte in die Dunkelheit. O'Brien stieg zwischen und auf den beiden herum – endlich wurde gespielt.

»Feine Massage!« Craig wand sich wohlig. Don nahm noch einen Schluck aus der Dose, drückte eine Delle ins Metall. Das Bier schmeckte dünn und nach Waschmittel: Genau so sollte es sein!

»Zwei abgelegte Blumenkinder.« Don warf den nächstbesten Gedanken hin, der sein Gehirn streifte.

»Gut abgelegen bestenfalls«, protestierte Craig. »Nein, wir sind viel zu jung, Hippies zu sein. In den Sechzigern waren wir Kleinkinder. Als Sergeant Pepper rauskam, war ich vier.«

»Eben! *Wir* waren Kinder. *Wir* sind die Blumenkinder. Unsere Köpfe wurden mit dem ganzen Müll gefüllt: Liebe, Frieden, Blümchen …«

»Zur Lebensuntüchtigkeit erzogen – ha! Was willst du jetzt damit?«

»Ich wurde Folkmusiker, wie es unsere Helden waren, dadurch prominent. Meine Tochter machte ich damit zur Zielscheibe für Verrückte.«

»Du bist schon wieder bei Tisha. Ich habe bereits erklärt, ich sage nichts mehr dazu.«

»Ja, das hast du.« Don stierte in den Nachthimmel. Ein Firmament, das keine Sterne barg, war nicht firm. »Tish ist tot.« Er schickte seinen Atem als Rauchschwade in die kalte Luft.

»Grab sie nicht aus.«

»Bin ich ein Leichenfledderer?«

»Ich weiß nicht, was du bist. Sag du es mir!«

»Du würdest es ohnehin nicht akzeptieren, kämst mit irgendwelchem Psychomist daher.«

»Genau so liefe das ab, ja.« Craig grinste selbstzufrieden. Don drehte sich auf die Seite.

»Erzähl mal was von dir, ich erfahre kaum noch aus deinem Leben«, sagte Don.

»Du fragst eben nie.« Craig atmete hörbar aus. »Ich hocke allein in dem großen Haus, seit Cathy mich verlassen hat, schlage Zeit tot, treffe Kumpels im Pub. Vor acht Monaten habe ich meinen Job verloren.«

»Das wusste ich nicht.«

»Natürlich nicht. Ich verbreite es nicht. Morgens gehe ich weg, komme gegen fünf nachhause, so wie eh und je.«

»Eine Inszenierung für die Nachbarn.«

»Für mich selbst in erster Linie.« Craig griff nach O'Brien, der sich in sein rechtes Hosenbein verbissen hatte. »Denkst du noch manchmal an unsere Zeit in Maynooth?«, fragte er. Don lächelte.

»Klar doch.«

»Erinnerst du dich an unseren Mathematiklehrer aus der Dritten?«

»Conolly, der mit der roten Hakennase.«

»Genau der! Er hat sich umgebracht.«

»Was?«

»Ich habe dir das nie erzählt. Später, als wir schon in einer höheren Klasse waren, habe ich ihn im Pub getroffen – während der Unterrichtszeit! Er hat mich gebeten, ihn nicht zu verraten. Ich dachte damals, er schwänzte die Schule. Heute weiß ich, er hatte seiner Familie ein Leben vorgespielt, das es nicht mehr gab.«

»Muss ich mich sorgen, du hast Selbstmordgedanken?«

»Quatsch, so leicht wirst du mich nicht los. Dazu musst du dir schon mehr einfallen lassen.«

»Unsere Schicksale sind manchmal auseinandergelaufen wie Tom Sawyers und Huck Finns, doch letztlich stehen wir beide vor einem Scherbenhaufen mit nichts als Baumwollsocken zum Schutz vor Verletzungen, wenn wir ihn hochklettern.«

»Haben die Baumwollsocken etwas mit deinem neuen Sponsor zu tun?«

»Ein bisschen Werbung muss erlaubt sein – in allen Lebenslagen.«

»Du wirst die Socken noch aus dem Sarg ragen lassen, wenn deine Zeit gekommen ist.«

»Vermutlich. Ich verkaufe mich schon ein Leben lang und mit mir alles mögliche Zeug.« Wie zur Bestätigung schnüffelte O'Brien an Dons Füßen herum.

Nach der sechsten Runde Dosenbiers war O'Brien das letzte Wesen mit Verstand auf dem Pick-up. Don tanzte eine polternde Hornpipe, Craig grölte.

»O Kilkenny, o Kilkenny …«, rieb der sich aus den Lungen. O'Brien heulte dazu in Richtung Mond wie ein verfluchter liebeskranker Wolf. Die zwei Männer beschlossen, das Gewinsel als Mitleidskundgabe zu interpretieren. O'Brien war eine edle Seele. Seinesgleichen würde nicht wieder auf irischem Boden wandeln.

»Gottverdammmich!«

»Ein Döschen heben wir noch.«

Es war Zeit, für Nachschub zu sorgen, Trockenheit machte sich breit auf dem kalten Tanzboden.

»Ich hab' gehört, das wird der kälteste Winter seit zweitausendundachtzehn?«, sagte Craig. »Der verfickte sechzehnte Dezember kommt auf uns zu.«

»Tut er. Was für eine kranke Idee, den Bloomsday wegen der Pandemie ein halbes Jahr zu verschieben! Joyce dreht Extrarunden in Zürich.«

»Wir haben ihn im Juni auch gefeiert, ohne staatliches Einverständnis. Heuer haben wir zwei Jubiläen. Bist du dabei?«

»Darauf kannst du wetten.«

Craig und Don stapften einen letzten Sirtaki über die Ladefläche, dann sprangen sie vom Pick-up. Beide hielten sich die Knie nach der Landung: Willkommen in der Geriatrie.

»Handelt es sich um ein Fahrrad?« Zwei Polizisten standen vor ihnen, einer dick, mit Schnurrbart, einer lang, dünn. Der Dicke lächelte freundlich.

»In Tat und Wahrheit handelt es sich nicht um ein Fahrrad«, gab Don zurück. »Ihr Leben sei fürderhin erfüllt von nichts als Liebe und Freude, General.«

»Das Ihre ebenso, lieber Herr! So sagen Sie denn an: Geht es womöglich vielmehr um eine Fahrradpumpe?

Nicht versäumen möchte ich, Ihre Lieblichkeit zu preisen.«

»Mir bleibt nichts, als das schöne Kompliment zurückzugeben, Sie vollkommener Mensch. Auch eine Fahrradpumpe ist nicht Gegenstand unserer Unterhaltung – so sehr ich wünschte, sie wäre es.«

»Sie machen es mir schwierig, Glanzlicht des Wegesrands. Dass es keine Pumpe ist, engt unseren Kommunikationsraum empfindlich ein. Lassen Sie mich einen letzten Versuch wagen. Ohne Ihnen zu nahe treten zu wollen: Könnte ein lädiertes Rücklicht ins Zentrum unserer Aufmerksamkeit rücken?«

»Tatsächlich besitze ich kein Fahrrad, noch viel weniger ein lädiertes Rücklicht, erhabenes Wesen.« Don verbeugte sich. Der Polizist blickte ernst.

»Kein Fahrrad also! Das kann ein folgenschweres Geständnis sein. Ich werde Ihre Daten aufnehmen müssen. Seien Sie dennoch meiner Bewunderung und Unterwerfung versichert, hygienischer Passant.«

»Gewiss, Admiral des dankbaren Volkes! So notieren Sie denn: Don Ravenclaw …«

»Ravenclaw! Edler, Sie sind es. Wie konnte mir das entgehen. Ihre Gemälde erfreuen mein Herz seit vielen Jahren.«

»Ich male nicht.«

»Wir wollen doch nicht kleinlich sein.«

»Sie haben Recht. Erfreuen Sie sich!«

»Hiermit schließe ich die Amtshandlung und schicke Ihnen meine besten Wünsche in Ihre Zukunft hinterher.« Er blickte zu seinem Kollegen hoch, wies mit einer Hand auf Don. »Dies, mein Freund, ist ein wohlgestalter Sohn unserer grünen Insel. Mögen seine Kinder gedeihen und in Freiheit leben!« Zwei gefüllte Uniformen stolzierten im Lampenlicht gen Süden. Ihre kalten Schatten liefen ihnen voraus.

O'Brien bellte den beiden Beamten hinterher. Wo war der dritte Polizist? [1]

»Wir sind doch ein freundliches Volk«, bemerkte Craig. »Welch schönes Beispiel ihr beiden gegeben habt!«

»Nicht wahr? O'Brien hat es gefallen.« Don kraulte den Hals des vierbeinigen Iren.

»Bier! – Aber woher?«

»Lass uns durchs Touristenviertel wanken!«

Die Lichter der Stadt tobten um Dons Kopf. Seine Augen suchten nach einem Fixpunkt, doch Punkte dehnten sich zu Linien, diese zu Flächen. Schon bald hatte er das Bedürfnis, sich zu setzen. Craig ging es ebenso. Sie lagerten auf den Stufen eines der Late Pubs, die Touristen ein Irland vorspielten, wie es nie existierte. Aber sie verkauften Bier. Jetzt hieß es, an welches kommen, ohne im Lokal sitzen zu müssen. Don ventilierte den Gedanken, O'Brien vorzuschicken, ein Fässchen plus freundlicher Bitte um Alkohol um den Hals, nahm jedoch davon wieder Abstand.

»Wir werden einen Touristen anbetteln müssen«, stellte Craig fest.

»So tief fallen wir bereits? Was ist bloß aus diesem Land geworden?«

»Lass mal. Ich übernehme das. Ich brauche keinen Starruhm zu verteidigen.«

---

[1] Flann O'Brien, The Third Policeman (1967)

»Aber lecke nicht ihre Stiefel.« Zu spät: Craigs Lippen hafteten bereits wie Mollusken am Leder eines Schuhs, seine Arme umfingen eine Wade. Don wandte sich ab. Er verfolgte die sich entwickelnde Diskussion zwischen seinem Freund und dem Fremden nicht weiter, hörte Craig nur noch »Leben hängen davon ab« flehen, dann schnappte Don sich O'Brien, vergrub seinen Kopf in dessen Fell.

Etwas Schweres fiel bald auf ihn. Es war Craigs Körper. Der Fremde, ein Deutscher, hatte kein Verständnis für den Durst des Iren.

»Überall diese Sandler!«, schrie er. »Such dir einen Job, arbeitsloses Gesindel!« Don war klar, das würde Craig treffen. Er fasste an dessen Arm, hielt ihn zurück. Doch der Provozierte kämpfte sich los, schoss wie ein Projektil auf seinen Gegner zu. Jetzt kamen weitere Deutsche hinzu, eine Reisegruppe. Don blieb nichts, als seinen Freund zu unterstützen.

»Gott hasst den FC Bayern!«, brüllte er, stürmte ins Getümmel.

Zweites Kapitel

Don war noch einmal davongekommen, die Deutschen zeigten sich gnädig, weil ihn eine ältere Dame, ein Fan, erkannt hatte. Sie spielte offenbar eine führende Rolle innerhalb der Reisegruppe. Craig hatte weniger Glück, von ihm ließen sie erst nach Dons wiederholter Bitte ab. Er lieferte seinen Freund mit dem Taxi zuhause ab. Craig konnte sich überraschend aufrecht halten, fand zur Haustür. Don wies den Fahrer an, auf einem großzügigen Umweg seine Farm anzusteuern. Während der Fahrt schlief er im Taxi. O'Brien – nie würde es einen geben, der ihm glich – bewachte ihn. Tisha stach mit einem nächtlichen Sonnenstrahl durch die Heckscheibe, strich über Dons Stirn, spielte mit seinen Haaren. Für Momente war er, wo er hingehörte. Die Alkoholwirkung zeigte sich beim Erwachen gemildert, dafür setzten Kopfschmerzen ein. Don stieg aus dem Taxi, humpelte ein wenig.

Faye saß im Wohnzimmer in dem Armsessel, in den er sie vor seiner Abfahrt gesetzt hatte. Ihr Blick war auf den Glasschrank neben dem Fernsehgerät gerichtet. Das Wort »Blick« beschrieb den Betriebsmodus ihrer Augen nur vage, doch kam ihm kein passenderes in den Sinn. Sie reckte den Kopf nach vorn wie jemand, der den letzten Satz in einem Gespräch nicht verstanden hat. Der letzte Satz, den sie wahrgenommen hatte, lautete: »Ihre Tochter ist tot«.

Ein Schlaganfall habe somatische Ursachen, hatte Doktor Ives gemeint. Sein Auftreten stünde in keiner kausalen Relation zur rituellen Tötung Tishas. Von posttraumatischem Stresssyndrom wolle er in diesem Konnex nichts hören, dem würde schon zu viel zugeschrieben, der Effekt habe zu unmittelbar eingesetzt. Für Don waren das zu viele Fremdwörter, um nicht etwas verstecken zu wollen. Sie widersprachen seiner Erinnerung: Sie hatte das Smartphone an ihr Ohr gehalten, ihre Finger krampften sich, dann ließen sie los. Das Gerät fiel zu Boden. Fayes Unterlippe zog nach links, sank aufs Kinn. Sie starrte blöde in die Leere, reagierte nicht auf seine Bemühungen, sie zum Sprechen zu bewegen. Er erfuhr erst auf dem Weg ins Krankenhaus, welche Nachricht sie in diesen Zustand versetzt hatte. Tyron hatte seinen Schützling angerufen, der nur über das Management zu erreichen war. Dons Gehirn ballte sich gleich einer Faust. Einen Moment lang war er im Nichts wie Faye, die von dort nicht mehr zurückkam. Nur ihre Sprechfähigkeit war nach einer Weile wiederhergestellt, ihre Lippe an ihrem alten Platz. Warum sie sich wie eine Demenzpatientin verhielt, vermochte Doktor Ives nicht zu erklären.

»Guten Tag, mein Herr!« Faye bemerkte ihn hinter sich.

»Hallo Schatz!« Don trat vor sie hin.

»Mit wem habe ich das Vergnügen?«

»Ich bin's, Don. Dein Don.«

»Mein Don? Mir ist niemand dieses Namens bekannt.«

»Ich weiß. Alles gut.«

»Welchem Anlass gilt ihr Besuch?«

»Es ist kein Besuch, ich wohne hier.«

»Oh!«

»Ja.« Don freute sich, Faye so gesprächig und freundlich anzutreffen. Das war selten der Fall. »Ich komme von einem Konzert.«

»Kammermusik? Waren die Musiker gut?«

»Ich habe selbst gespielt. Traditionelle Musik und mein Folkzeug.«

»Sie sind Künstler. Wie aufregend!«

»Ich bemühe mich.« Don überlegte, ob er ihre Begeisterung nutzen solle, sie zu verführen. Lange Zeit schon waren sie sich nicht mehr nahegekommen. Er entschied sich dagegen. »Wie hast du deinen Tag verbracht?«

»Guten Tag, mein Herr!« Sie sah ihn unverwandt an – ein Video, auf »Restart« gestellt.

»Ist gut, Schatz. Ich werde noch kurz im Studio arbeiten.« Er küsste sie auf die Stirn. Sie wich zurück.

»Haben Sie einen schönen Abend«, sagte sie.

»Danke. Es ist schon nach Mitternacht.«

»Ich werde mich zur Ruhe begeben.« Faye kam aus besseren Verhältnissen. Die Sprache ihres Standes war seit dem Schlaganfall wieder an die Oberfläche gekommen. Sie hatte sich ungeschliffener ausgedrückt, nachdem sie einander kennengelernt hatten, sich an seine Umgebung angepasst. Faye hätte eine bessere Partie machen können. O'Brien legte seine Schnauze auf ihre Knie. Sie erschrak. Auch ihn erkannte sie nicht wieder.

Das Studio im Keller war verschlossen. Don meinte, es offengelassen zu haben. Der Schlüssel war nicht, wo er ihn hinzulegen pflegte, so stieg er unverrichteter Dinge wieder die Treppe hoch. Im Wohnzimmer fand er nur O'Brien, der sich unter den Esstisch gelegt hatte. Don öffnete die Tür zum Gang, dort … hopste Faye auf einem Bein herum wie ein Kind beim Tempelhüpfen.

»Faye!«, rief er. Sie reagierte nicht. Am Ende des Korridors angekommen landete sie auf beiden Füßen, drehte sich mit einem gewaltigen Sprung um hundertachtzig Grad, hüpfte wieder auf den Bodenkacheln den Gang entlang. »Was ist mit dir? Du wirst dich verletzen. Du hast seit Monaten nur gesessen. Deine Muskeln!«

»Ich will nicht nachhause. Mary darf auch noch bleiben.«

»Was? Schatz!«

»Alle Kinder sind draußen. Ich will noch nicht rein!« Ihre Miene schien seltsam unbeteiligt. Die Worte kamen aus ihrem Mund und doch nicht aus ihrem Gesicht, nicht von ihr. Don versuchte verzweifelt, in der Szene einen Sinn zu finden. Er näherte sich ihr. »Nein, Daddy, bitte nicht!«, rief sie. »Ich will heute nicht. Es tut immer so weh.« Don fasste an ihre Schultern, rüttelte sie.

»Faye, komm zu dir!«

»Lass mich heute in Ruhe. Bitte!«

»Ich tu dir nichts, Schatz. Was ist mit dir?«

»Ich hab' Angst, Daddy.« Er umfing sie, hielt sie im Arm. Ihre jugendliche Kraft schwand, sie knickte in den Knien ein, die Spannung wich aus ihren Gliedern. Er führte sie zurück in den Wohnraum, setzte sie aufs Sofa, hielt ihre Hand. O'Brien kam angetrippelt, schaute abwechselnd Don und Faye an, winselte leise.

»Faye …« Don wusste nichts weiter zu sagen.

»Kannst du heute nicht so lange machen, Dad?«, flüsterte sie, ließ sich fallen, schlief im Augenblick ein. Don brachte eine Wolldecke aus dem Hauswirtschaftsraum, breitete sie über ihren Körper, strich ein paar Haarsträhnen aus Fayes Gesicht. Aus der Küche holte er Nahrung für O'Brien und sich selbst, zog sich mit dem Hund ins Gästezimmer zurück.

Er setzte sich an den Schreibtisch, fuhr den Computer hoch. So früh war er noch nie von einem Auftritt nachhause gekommen. Das Konzert war in etwas mehr als einer Stunde abgewickelt, die private After-Show-Party mit Craig durch die Schlägerei verkürzt worden. Sein Kopf schmerzte, ließ konzentrierte Computerarbeit nicht zu. Er klickte sich durchs Internet, gleichzeitig schossen Bilder vom Tag durch seinen Geist. Sie folgten den Sprüngen Fayes von Bodenfliese zu Bodenfliese. Jede leuchtete bei Berührung auf wie ein Touchdisplay, das Stationen des Tages zeigte. O'Brien ließ sich das Futter schmecken, sein Schmatzen wirkte beruhigend auf den klangorientierten alten Mann.

Dons Smartphone unterbrach seine Gedanken mit einer Melodie der Dubliners. Tyron war am Apparat.

»Schlimme Nachrichten, Don«, sagte er.

»Auf diesen Anruf warte ich schon lange. Es ist also vorbei.«

»Quatsch vorbei. Es ist etwas passiert. Im Olympia. Nach dem Konzert.«

»Was?«

»Du kennst doch Stacey, die kleine Tänzerin.«

»Ja, ich hab' sie gesehen, als wir raus sind.«

»Sie ist tot. Man hat sie nahe dem Botanischen Garten in Glasnevin gefunden. Die Polizei vermutet ein Sexualverbrechen.« Sein Kugelschreiber klickt im Hintergrund. »Schade um die Kleine. War begabt. Nur, damit du dich nicht wunderst, wenn die morgen drüber schreiben. Die Pressefritzen.«

»Sie war nett.«

»Kann sein. Kannte sie kaum. Gut, ich hab' dich informiert. Vielleicht will die Polizei was von dir wissen. Richte dich drauf ein. Geh bald ins Bett!«

»Jaja. Mache ich. Danke für die Info.« Don sah das freche Mädchen vor sich. Stacey war keine große Tänzerin, aber eine sehr liebe Kollegin. Er fand sich darin bestätigt, Faye von der Umwelt abzuschirmen. Da draußen war die Hölle los, ihr gläsernes Wesen war in Gefahr zu zersplittern. Er erinnerte sich, wie Stacey über O'Briens Fell strich, ihn und Craig grüßte. Armes Kind.

Don suchte im Internet nach Neuigkeiten zu dem Verbrechen, fand nichts. Auch Kritiken zu seinem Konzert waren nicht zu entdecken – Gott sei Dank. O'Brien trottete aus seiner Ecke auf ihn zu, setzte sich, neigte seinen Kopf zur Seite.

»Jetzt willst du raus?« Der Hund – gesegnet seien seine künftigen Welpen – sprang auf, lief zweimal zur Tür und zurück.

»Dir sollte klar sein, wir befinden uns in einem Rekordwinter. Na gut, Kumpel. Erst sehen wir nochmal nach Frauchen. «

Faye hatte sich gedreht. Ein Bein und ein Arm hingen bis zum Boden, auch der Kopf folgte der Schwerkraft. Sie drohte, vom Sofa zu fallen. Don schlug im Schlafzimmer die Bettdecke zurück, um Faye dort hineinzulegen. Er wandte sich um, da stand sie hinter ihm.

»Was für ein Mann?«, sagte sie. »Ich will keinen Mann sehen.«

»Faye?«

»Es ist sicher kein guter Mann. Du lügst!«

»Schatz …«

»Ich will ihn nicht treffen. Lass mich in Ruhe!«

»Du musst niemanden treffen, Faye.«

»Bitte, Dad! Gib mir noch ein bisschen Zeit.« Mit ausdruckslosem Gesicht solch flehende Laute erzeugen – ging das?

»Was fange ich nur an?«, fragte sich Don laut.

»Ja, Daddy. Ich gehe auf mein Zimmer.« Faye fiel in sich zusammen. Don konnte sie eben noch auffangen, fast wäre sie zu Boden gestürzt.

»So kann ich dich nicht mehr allein lassen, Schatz«, sagte er zu ihr und zu sich selbst. Er legte sie auf das Bett, zog die Decke über sie. Sie schlief sofort ein.

Vor diesem Moment hatte er sich gefürchtet. Er wäre Gefangener im eigenen Haus, könnte bestenfalls noch den Müll raustragen. Na gut, es gab Pflegedienste mit Ganztagsbetreuung. Bisher kam nur Kelly zweimal am Tag kurz vorbei, nach dem Rechten zu sehen. Ständig Fremde im Haus zu haben, war ihm unangenehm. Sie könnten Fayes Zustand übertreiben, man brächte sie vielleicht weg in ein Heim. Zu viele Gedanken! Don entschied, sich nicht verrückt zu machen. Heute würde nichts mehr passieren. Er richtete sich zum Gehen.

O'Brien sprang aufgeregt bei der Haustür herum.

»Beruhige dich, Kumpel. Ich komme ja schon.«

Es musste bereits nach eins sein. Er blickte zum Himmel hoch: ein Meer aus Sternen. Sie leuchteten so hell, er konnte auch abseits beleuchteter Wege ausreichend sehen.

Seine Lungen begrüßten die kalte Luft. Nachdem er zwanzig Minuten gegangen war, ließen die Kopfschmerzen nach. Er hatte Lust auf mehr Bewegung, beschloss, zum Hill of Tara zu wandern, der nur wenige Meilen von seiner Farm nahe Stephenstown entfernt lag. O'Brien war außer sich vor Freude.

Diesen Ort hatte Don in seinen Liedern mehrfach beschrieben. Einer seiner größten Erfolge war ein satirischer Text über den Hochkönig Conn, den ersten UFO-Verschwörungstheoretiker. Dieser war überzeugt gewesen, sein Reich würde vom Universum her bedroht. Er ließ den Himmel von Druiden beobachten. Ein Stein, auf den Conn trat, schrie auf; er wurde Stein des Schicksals genannt, Lia Fáil. Don baute sein Lied um diesen Schrei herum auf. Das Publikum liebte es, im Refrain mitbrüllen zu dürfen. Der Lia Fáil stand nicht weit entfernt, doch Don zog es zum Mound of Hostages. Schon aus einiger Entfernung sah er ein flackerndes Licht beim King's Chair. O'Brien steuerte darauf zu. Er hatte etwas Vertrautes wahrgenommen. Jetzt hörte es auch Don: Gitarrenklänge, sein Lied über Gráinne, die Goldene – Lagerfeuermusik. Er wollte jetzt nicht wiedererkannt werden, gar mitspielen müssen. Er rief O'Brien zurück, wandte sich zum Passage Tomb, umging den Hügel. Fast stolperte er über eine Person, die vor ihm auf dem Boden kauerte. Zwei alte Frauen in weiten Gewändern, eine mit einer Art Dornenkrone auf dem Haupt, saßen einander gegenüber im feuchten Gras, zwischen ihnen eine große Schale, deren Inhalt er im Halbdunkel nicht erkannte.

»Pardon«, sagte er.

»Was sollen wir pardonieren, junger Mann?« Die Dornengekrönte blickte ihn streng an, soweit er das unter den senkrechten Schatten zu beurteilen vermochte.

»Nichts. Gute Nacht.« Er setzte zum Weitergehen an.

»Wo willst du jetzt hin?«

»Ich, ähm …«

»Setz' dich und warte.«

»Worauf?«, fragte Don, er und O'Brien ließen sich neben den beiden Damen im Gras nieder.

»Das weißt nur du«, sagte eine von ihnen.

»Das fürchte ich auch.«

»Hast du gehört, Shirley? Der junge Mann wird frech.«

»Er ahnt nichts.«

»Sagen wir es ihm?«

»Ich weiß nicht, Kate.«

»Ich bin kein junger Mann. Was sagen Sie mir?«

»Sei still. Du bist später dran.« Ein erhobener Zeigefinger forderte Gehorsam. O'Brien grinste blöde, leckte seinen Unterleib.

»Also gut, wir sagen es ihm.« Die beiden nickten einander zu. Sie breiteten ihre Hände über die Schale, hoben ihre Köpfe gen Himmel, sprachen unverständliche Formeln. Don langweilte sich bald.

»Du musst auf die Stimme hören«, sagte endlich eine der Damen.

»Welche Stimme?«

»Das wissen wir doch nicht!« Die Dornenlady empörte sich.

»Du musst zuhören!«, fiel die andere ein. »Die Stimme wird sich melden, hat es vielleicht schon getan. Ja, das hat sie. Ich fühle es.«

»Er hat nicht hingehört. So muss es sein. Das ist keiner, der hinhört. Sieh ihn dir doch an.«

»Du hast bestimmt Recht, Shirley. Der hat keine guten Ohren.«

»Ich bin Musiker, habe ausgezeichnete Ohren«, protestierte Don.

»Hörst du Hilferufe?«

»Äh …«

»Du hörst nicht gut.«

»Du wirst gebraucht. Dringend! Jemand ist in Gefahr.«

»Meine Damen, ich danke für das Gespräch. Mir ist jetzt nicht nach solchem Hokuspokus. Ich habe ernste Probleme hier in der Realität, nicht in eurer Schale. Ich darf mich verabschieden. Gehabt euch wohl.«

»Er wird es vermasseln, Kate.«

»Er versagt. Ich sagte es dir doch.«

»Die arme Seele ruft vergeblich. Es zerreißt mir das Herz.« Die Stimmen der Damen wurden unhörbar. Don hatte sich bereits ein Stück entfernt. O'Brien saß immer noch auf seinem Platz. Don rief nach ihm, kehrte, als dieser sich nicht rührte, um, ihn zu holen. O'Brien – was wäre Irland ohne ihn? – ließ sich nicht dazu bewegen, ihm zu folgen. Für einen Augenblick fiel ein Lichtschein auf die Schale. Don sah die Felle kleiner Tiere, nahm jetzt auch Blutgeruch wahr.

»Auf, O'Brien! Na komm schon!« Der Hund gab kurz Laut, drängte zur Schale, doch Don hatte ihn am Halsband gepackt, zog ihn fort.

»Was immer du jetzt denken magst, du musst helfen!« Shirley hob beschwörend einen Arm. »Jemand hat dich ausgewählt. Großes Leid hat diese Verbindung möglich gemacht. Du hast eine Verpflichtung!«

»Ich hätte die Verpflichtung, euch zu melden, ihr kranken Tierquäler!«, rief Don, zerrte O'Brien den Hügel hinunter.

Die Personen am Lagerfeuer waren mittlerweile dazu übergegangen, modernere Lieder zu singen. Don winkte im Vorbeigehen, ließ O'Brien frei laufen.

»Raven!«, rief jemand aus der Gruppe. »Spiel was für uns.«

»Ein andermal«, gab er zurück. »Der alte Mann gehört ins Bett«. Don war nicht sicher, ob sie seine Musik schätzten oder ihn nur neckten. Er zog weiter. Seit Jahren hatte er kein neues Lied geschrieben. Faye liebte es, ihn beim Komponieren zu beobachten. Vorbei! Mit Tishs Tod war seine kreative Quelle ausgetrocknet.

Zurück auf seiner Farm schlich Don durchs finstere Haus. O'Brien hatte verstanden, verhielt sich ebenfalls leise. Don beabsichtigte, einen Kapotaster und eine Mundharmonikahalterung aus seinem Kellerstudio zu holen. Er ging zuvor ein Stück weiter den Gang entlang, öffnete vorsichtig die Schlafzimmertür. Faye lag im Bett, atmete tief. Ihr Ausatmen klang wie Stöhnen.

Don knipste das Kellerlicht bei der Treppe an. Der Schlüssel fiel aus seiner Hand, tönte hell beim Aufschlag auf den einzelnen Stufen, bis er im Untergeschoss aus Dons Sicht geriet. Er und O'Brien trippelten die Stufen nach unten, ihre Schritte waren kaum zu hören. Er hielt sich rechts, bückte sich, kroch auf dem Boden, um zu sehen, ob der Schlüssel unter einen Kasten gerutscht war.

Jemand atmete schwer am Treppenabsatz. Don wandte sich um.

Faye stand breitbeinig vor ihm.

»Ich heiße Shenna«, sagte sie. »Er hat mich wieder an den Heizkörper gefesselt. Hier unten ist es so finster.«

»Du bist nicht gefesselt, Schatz, und es ist hell hier«, erwiderte Don.

»Meine Handgelenke schmerzen.«

»Komm, ich bringe dich zurück ins Bett.«

»Dad wird wiederkommen. Er wird mir wehtun.«

»Ich weiß nicht, was du unter deinem Vater erleiden musstest, aber das ist lange her. Niemand tut dir weh.«

»Er wird die Zigaretten mitbringen. Ich hab' Angst.«

»Komm schon«, sagte Don, ergriff Fayes Unterarm.

Sie entzog ihm diesen, brachte ihn in Abwehrhaltung.

»Ich höre seine Schritte. Hilf mir! Ich bin Shenna.«

»Nichts hörst du. Ich bringe dich jetzt fort von hier.«

»Dad!«, rief sie. Er drängte sie zur Treppe, schob sie Stufe für Stufe nach oben. Sie erreichten das Erdgeschoss, wo er die Kellertür absperrte. Die alte Frau lehnte sich gegen seine Brust. Er schlang ihren Arm um seinen Nacken, schleppte sie ins Schlafzimmer.

»Wer sind sie?«, sagte Faye. Zum ersten Mal beruhigte ihn diese Frage.

»Ich bin dein Mann. Leg dich hin. Du bist müde.«

»Ja, ich bin müde. Welcher Mann?«

»Das erkläre ich dir morgen. Schlaf jetzt!« Don schaltete das Licht aus. O'Brien, der die ganze Zeit um die Beine der beiden gekreist war, trottete den Gang entlang zum Gästezimmer. Don folgte ihm.

Faye hatte ihm nie von Misshandlungen durch ihren Vater erzählt. Sie sprach stets nur liebevoll über ihn und ihre Mutter. Verdrängte sie nur? Shenna … ein seltsamer Name! Sie hatte sich eine andere Identität übergestülpt. Don musste dieses Mädchen kennenlernen, um zu seiner Frau durchzudringen. In seinem Universum war Faye die Erde. Shenna ängstigte ihn, zugleich war sie Hoffnung. Ein Blick auf die Taskleiste des Computers sagte ihm, es war drei Uhr morgens. Genug für heute! Er legte sich aufs Gästebett. O'Brien erschnupperte sich einen Platz an dessen Fußende, lief dreimal um eine unsichtbare Achse, gleich einem Schamanen in einem beschwörenden Ritual, streckte sich schließlich, grunzte.

Drittes Kapitel

Das Smartphone weckte Don. Er fluchte, rieb sich die Augen, griff zum Telefon. Tyron war dran. Don brummte etwas Unverständliches in das Gerät.

»Du schläfst noch, richtig?«, sagte sein Manager.

»Ja, das tat ich bis jetzt.«

»Ich hab' kein schlechtes Gewissen deshalb. Streng dich gar nicht an!«

»Versuchen kann man es.«

»Die ersten Kritiken sind raus. Wider Erwarten sind die gar nicht so schlecht.«

»Was heißt *wider Erwarten*? So wenig hältst du von mir?«

»Du weißt, ich halte deutlich mehr von dir als du selbst.«

»Das ist kein Kunststück.«

»Mit dem Ravenclaw von früher könnte ich heute noch die Welt erobern.«

»Den gibt es nicht mehr.«

»Ich weiß, ich weiß. Dein Blackout kam jedenfalls gut an. Sie hielten es für ein Stilmittel, um zum Nachdenken anzuregen.«

»Warum rufst du an?«

»Zweierlei: Stacey. Wusstest du, sie war erst vierzehn?«

»Du bist verrückt!«

»Bin ich nicht. Ich wurde heute verhört. Eine Frau, Detektiv-Superintendentin sowieso, hat mich in die Mangel genommen. Sie ist hübsch, aber gnadenlos. Du wirst sie sicher bald kennenlernen.«

»Ich dachte immer, Stacey sähe nur so jung aus, sei aber tatsächlich mindestens achtzehn «

»Das nahmen wir alle an. Es war ein Schock. Sie hat geschummelt, um den Job als Tänzerin zu kriegen.«

»Hat sie für dich gearbeitet?«

»Nein, sie war bei Bowen. Der ist schlampig. Bei mir wäre sie damit nicht durchgekommen.«

»Stimmt. Du bist ein verdammter Pedant.«

»Das klingt wie eine Beleidigung.«

»Gut!«

»Ich habe nichts mit Tänzerinnen zu tun, Musiker nerven schon genug.«

»Du sagtest: zweierlei. Was war noch?«

»Doktor Ives hat sich wieder bei mir gemeldet. Du solltest wenigstens ihm deine Nummer geben. Faye zuliebe.«

»Du hast ausnahmsweise Recht. Gib sie ihm, aber erinnere ihn an die Schweigepflicht. Ich will nicht von irgendwelchen Leuten belästigt werden. Worum ging's?«

»Ihr habt euch mal über eine mögliche Vierundzwanzig-Stunden-Hilfe unterhalten. Er hat mich schon öfter deshalb genervt, ich hab' versucht, dir den Rücken freizuhalten. Diesmal war er sehr drängend, meinte, er habe jetzt eine gut ausgebildete Kraft zur Verfügung, die bereit sei, für geringes Gehalt zu arbeiten. Ich habe schon mal dort angerufen und eine Nachricht hinterlassen. Nur, damit sie uns nicht jemand wegschnappt.«

»Du weißt, ich habe da meine Bedenken.«

»Das weiß ich, denke aber an Faye, nicht an dich.«

»Du bist immer noch in sie verliebt.«

»Quatsch. Ich bin doch nicht hinter deiner Frau her.«

»Das war aber mal anders.«

»Das ist lange her.«

»Zu Ives' Vorschlag: Ich habe mir selbst gestern überlegt, ob es nicht besser wäre für Faye – und mich, um ehrlich zu sein. Der Gedanke ruft etwas Klaustrophobisches wach.«

»Gut, du kommst zur Vernunft. Ich hab' deine Nummer hinterlegt.«

»Warum lässt du sie nicht gleich in Leuchtziffern über dem Páirc an Fhionnuisce anzeigen? Ich fahre heute nach Dublin. Vielleicht komme ich bei dir vorbei.«

»Eine Drohung.«

»Nimm es nur als eine solche.«

»Dann sieh zu, dass du aus dem Bett kommst!«

Don las die Zeit vom Handydisplay ab: halb zehn, fast noch gestern. Dennoch schleppte er sich, nachdem er aufgelegt hatte, ins Bad. Zehn Minuten später trat er in den Korridor, rieb mit einem Handtuch seine Nackenhaare trocken.

»Guten Morgen, Mister Ravenclaw!« Kelly kam sonst immer schon früh, nach Faye zu sehen. Sie lief danach meist zum Schulbus. Don winkte ihr zu, bemerkte, sie war schlampiger gekleidet als sonst.

»Liegt Faye noch?«, fragte er.

»Nein. Ich habe sie in den Armsessel gesetzt.«

»Du siehst verschlafen aus, Kind.«

»Bin spät ins Bett gekommen.«

»Junge Leute!«

»Ich habe Sie gesehen. Gestern. Auf dem Hill of Tara.«

»Du warst am Lagerfeuer. Habt ihr lange gefeiert?«

»Es war nur ein winziges Feuerchen. Wir sind bald nach Ihnen gegangen.« Ihre geschwollenen Augen tränten.

»Sollte keine Kritik sein«, sagte Don, der sich fragte, womit er sie verletzt hatte. Jetzt brach ein Damm, Tränen strömten über ihre Wangen.

»Entschuldigung!«, schluchzte sie, lief ins Wohnzimmer, wo sie um Faye herum aufräumte. Don folgte ihr. Faye wirkte frisch gewaschen, entspannt.

»Junge Dame«, sagte sie zu Kelly. »Was hat man Ihnen angetan?«

»Nichts«, antwortete diese, drehte den Kopf weit zur Seite, beschleunigte ihre Arbeit.

»Oh, wir haben Besuch«, bemerkte Faye, als sie Don wahrnahm. »Hier lässt sich selten jemand blicken.«

»Hallo.« Er streichelte den Rücken des Lehnsessels, nicht den Fayes. »Schön, dich zu sehen, Schatz.« Im Augenwinkel beobachtete er Kelly, die einen Besen holte, blind damit durchs Zimmer lief. Fayes Blicke hafteten ebenfalls auf dem Mädchen.

»So fragen Sie sie doch, was sie bedrückt.«

»Sie hat ein Recht auf ihr Privatleben. Uns geht das nichts an, Faye.«

»Unsinn. Sie leidet. Sie sehen doch, sie leidet.«

»Na gut, ich frage sie.« Don wandte sich Kelly zu, sagte nichts. Kelly ließ die Schultern fallen.

»Meine Freundin aus Dublin. Sie … sie ist nicht heimgekommen«, sagte sie. »Sie kommt nie mehr nachhause.«

»Sie hat eine nette Bekanntschaft gemacht«, entschied Faye.

»Nein. Sie ist tot.« Eine Bodendiele knackte. Irgendwo summte eine Fliege.

»Heißt sie Stacey?«, fragte Don. Kelly sah an ihm hoch.

»Sie kennen Stacey?«

»Ich habe ein paarmal mit ihr gesprochen, wusste nicht, sie war auch in dieser Gegend. Ist es hier passiert oder in Dublin?«

»Ich weiß nichts. Mama wurde in aller Frühe angerufen, weil ich als Zeugin aussagen soll. Sie sagten nur, Stacy sei wahrscheinlich ermordet worden.«

»Ach Kind.« Faye ergriff Kellys Hand, zog sie auf ihren Schoß.

»Woher kanntet ihr euch?«, fragte Don.

»Sie war gelegentlich bei unserer Gruppe, hätte auch gestern dabei sein sollen.«

»Du willst jetzt sicher bei deinen Freunden sein. Mach Schluss für heute.«

»Danke, Mister Ravenclaw.« Sie legte Fayes Hand sorgsam auf deren Schoß zurück, schlüpfte in ihre Jacke, wand einen Schal um den Hals, griff nach dem Rucksack, lief, ohne sich umzusehen, aus dem Haus.

»Guten Tag«, sagte Faye zu Don. »Mein Name ist Faye.«

»Guten Morgen«, antwortete er. »Ich bin Don. Wir lieben uns.«

Kurz danach rief ihn die Ganztagspflegerin, eine Meghan Dougherty, an. Er fragte, wie schnell sie anfangen könne, sie sagte, sie sei sofort verfügbar. Er gab ihr die Adresse. Sie wollte gleich in Dublin losfahren. Als Don sich wieder Faye zuwandte, saß sie im Schneidersitz auf dem Boden, die Hände vorm Gesicht.

»Wer ist dieser Mann? Ich will ihn nicht sehen.«

»Faye? … Shenna?« Don setzte sich zu ihr. »Hallo Shenna! Ich bin Don. Kannst du mich hören?«

»Daddy, ich will das nicht. Lass mich!«

»Ich will dir helfen. Sprich mit mir!«

»Ja, ich bleibe ganz ruhig. Muss ich dann rauskommen?«

»Shenna. Faye. Wie dringe ich zu euch durch?«

»Wer sind Sie?«, fragte Faye. »Wurden wir einander schon vorgestellt?«

»Wer ist Shenna, Faye?«

»Ich bekomme ganz selten Besuch. Man ist halt schon älter, nicht mehr so interessant.«

»Ist gut, Schatz, in Ordnung. Ich werde lernen müssen, mit Shenna zu leben.«

Faye war wieder erschöpft. Dieser Zustand schien anstrengend zu sein. Don setzte sie aufs Sofa, kehrte ins Gästezimmer zurück. Er hatte dort eine Gitarre zum Üben untergebracht, so war der verlorene Kellerschlüssel zu verkraften. Don zupfte eine Weile wahllos Akkorde, übte einige seiner alten Riffs. Er sang sein Lied über Gráinne, die Goldene, das er gestern von den Jugendlichen auf dem Hügel gehört hatte.

Ein Auto fuhr auf sein Grundstück. Vom Gästezimmer aus sah er die Einfahrt nicht ein. Don lief durchs Haus, öffnete die Haustür. Draußen stand eine Dame mittleren Alters. Er vermochte nicht, zuzuordnen, wo er ihr Gesicht schon gesehen hatte. Sie stellte sich als Meghan vor.

»Don. Kommen Sie herein!« Er reichte ihr die Hand. Sie stand einen Moment still, starrte in seine Augen, blickte dann zur Seite.

»Ich bin die Vierundzwanzigstundenhilfe.«

»Das ist mir klar. Ich freue mich, Sie konnten so rasch kommen.«

»Ich bin schnell, das stimmt.«

»Ich höre, sie sind eine erfahrene Pflegekraft.«

»Das habe ich neben meiner Tätigkeit als Lehrerin ein Leben lang getan.«

»Sie unterrichten auch, schön! Am besten zeige ich Ihnen gleich alles.« Er führte sie durchs Haus. Als sie das Gästezimmer erreichten, nahm er seine Habseligkeiten mit, brachte diese in einem verbreiterten Abschnitt des Korridors unter, wo ein alter Schreibtisch stand. Das würde nun sein Büro. Er überließ ihr das Zimmer.

»Ist noch ein bisschen provisorisch. Habe erst heute Nacht von Ihnen erfahren.«

»Das bin ich gewohnt.«

»Sie werden leider gleich allein gelassen. Ich habe in Dublin zu tun.«

»Okay. Seien Sie versichert, ich werde meine Aufgaben finden.« Don stutzte eine Sekunde lang. Egal!

Er händigte ihr einen Schlüssel aus, versorgte sie mit Tipps bezüglich Fayes Bedürfnissen, machte sich fertig, aufzubrechen.

»Wundern Sie sich nicht, wenn meine Frau sich plötzlich wie ein kleines Mädchen verhalten sollte. Das ist zurzeit einfach so ... also kein Alzheimer oder sowas.«

»Ich habe schon so vieles gesehen. Mich wundert nichts mehr, glauben Sie mir.«

»Gut!«, sagte er, zögerte. »Dann wünsche ich Ihnen einen angenehmen ersten Arbeitstag.« Er setzte einen Schritt, wandte sich um. »Wir haben uns mit Vornamen vorgestellt, nun siezen wir uns. Darf ich dich Meghan nennen?«

»Ich bitte darum, Raven. Verzeihung, Don.«

O'Brien lag im Wohnzimmer auf dem Teppich, er machte keine Anstalten, mitkommen zu wollen. Don brach allein auf.

Ein kleiner japanischer Geländewagen sprang aus der Garage. Dons roter Suzuki war von ähnlich heroischer

Natur wie sein Hund. Möge beiden ein langes Leben beschieden sein. Don nannte ihn Rossi – Kurzform von Barbarossa. Er knatterte den mit Reif überzogenen Weg entlang. Bald erreichte er die Hügel von Tara. Bei Maguires machte Don Halt. In dem bei Touristen beliebten Laden und Restaurant besorgte er sich gelegentlich auf dem Heimweg noch Proviant. Er hatte kein Frühstück zu sich genommen, ein schneller Kaffee täte gut. Seinen blechernen Klepper stellte er ab, betrat das Gebäude.

Jemand an einem der Tische winkte ihm zu. Er näherte sich der Person. Kelly war in Begleitung eines Herren mittleren Alters – ihr Vater, vermutete er.

»Keine Schule heute?«, fragte Don.

»Es ist Samstag.« Kelly sah jetzt besser aus als auf der Farm.

»Stimmt«, sagte er zu ihr. »Ihr habt ja samstags keine Schule mehr.« Er wandte sich ihrem Begleiter zu. »Das war bei uns noch anders. Ha!« Der Mann reagierte nicht. Dons Lachen fuhr herunter wie MS Windows. »Ein Familienausflug?«, setzte er nach.

»Nicht so ganz«, sagte Kelly. »Sie fahren in die Stadt?«

»Ja.«

»Sie könnten mich …«

»Wir gehen dann!« Ihr Begleiter erhob sich, schob dadurch Don zur Seite.

»Mister Ravenclaw würde es bestimmt nichts …«

»Es ist höchste Zeit für uns. Los!« Er griff nach ihrer Hand. Sie zog sie zurück, schaute Don an.

»Ich habe genug Platz«, sagte dieser. »Ich kann Kelly leicht unterbringen. Wenn es darum geht.«

»Das haben wir nicht nötig«, brummte der Mann. »Ich habe selbst ein Auto.«

»Aber du fährst nicht in die Stadt«, sagte Kelly.

»Du musst nicht ständig in Dublin herumlaufen. Du weißt, wie es Stacey ergangen ist.«

»Deshalb sitze ich bestimmt nicht für den Rest meines Lebens zuhause.«

»Der Mörder läuft frei herum. Du wirst jetzt auf deine Mutter und mich hören.«

»Du bist nicht mein Vater.«

»Aber für dich verantwortlich.«

»Ich kann selbst auf mich aufpassen.«

»Das sieht man: Du steigst gleich zum Nächstbesten ins Auto!«

»Mein Arbeitgeber ist nicht der Nächstbeste. Ich verdiene mein Geld selbst, im Gegensatz zu dir. Ich bin kein kleines Mädchen mehr.« Vier Augen funkelten.

»Stacey war selbstständiger als du, das half ihr nicht. Ich verdiene sehr wohl Geld in der Minchin Foundation.« Er zupfte an Kellys Parka, sie stand auf. Don wich zurück.

»Sie war jünger als ich«, sagte Kelly. »Ausnahmsweise hast du einen Job – befristet!« Die beiden drängten an ihm vorbei aus dem Maguires. Don hatten sie in der Hitze des Gefechts völlig vergessen.

Er nahm den Tisch, den sie freigegeben hatten, bestellte Kaffee und einen Muffin, fand im Giftshop die französische Ausgabe eines Stückes von Samuel Beckett: *Oh les beaux jours*. Er kratzte seine Französischkenntnisse zusammen, las die ersten paar Seiten. Die zahlreichen Satzwiederholungen kamen seinem alten Kalkhirn entgegen. Als er jung war, hatte er das Buch nach wenigen Minuten weggelegt.

Jemand setzte sich zu ihm. Don blickte auf. Craig knallte die *Irish Independent* auf den Tisch, stellte eine Kaffeetasse daneben.

»Du lebst ja noch!«, sagte Don.

»Das halte ich für eine grobe Übertreibung.«

»Okay, jetzt, da du es sagst: Es könnte eine Vorstufe zum Leben sein.«

»Schon gelesen?«, sagte Craig, schob die Zeitung über den Tisch. Don nahm sie zur Hand.

»Welcher Artikel?«

»Der Leitartikel.«

»Schülerin tanzte nachts: Tot!«, las Don laut. »Sie stellen es hin, als sei sie in einem Nachtklub aufgetreten.«

»Verkauft sich besser. Aber die Frage, die dahinter steht, ist berechtigt. Wie konnte eine Vierzehnjährige ohne Begleitung regelmäßig in Konzertsälen und Theatern auftreten?«

»Bowen.«

»Rumpelstilzchen. Du wirfst mir einen Namen hin, als sei damit alles gesagt.«

»Ihr Manager. Der ist in der Szene dafür bekannt, nicht viele Fragen zu stellen. Den Veranstaltern ist das stillschweigend auch ganz recht so.«

»Steckt da mehr dahinter? Ich meine … hat sie nur getanzt?«

»Ich denke, das war alles«, sagte Don. »Bowen ist ein Ausbeuter, kein Zuhälter.« Er fragte sich selbst, warum er das so überzeugt aussprach. Er kannte Bowen kaum.

»Na gut«, sagte Craig, nahm die Zeitung, breitete sie aus. Er erzeugte Blattsalat, grub darin herum, strich dann eine Seite glatt. »Hier!«

»Was?«

»Lies!«, drängte er. Don las für sich. »Laut!«, sagte Craig.

»Minderjährige verschwunden! Wie erst jetzt verlautbart wurde, ist ein 12-jähriges Mädchen (Name der Redaktion bekannt) aus Dublin seit fünf Tagen abgängig. Angesichts des Falles der getöteten Schülerin Stacey M. (siehe Leitartikel) muss mit dem Schlimmsten gerechnet werden. Geht ein Kindermörder um? Eltern kritisieren die Arbeit der Polizei.« Don stöhnte. »Auch das noch! Niemand kritisiert die Polizei, die Meldung ist doch erst seit heute in der Zeitung!«

»Ich muss gleich hin!«, sagte Craig.

»Wohin?«

»Aufs Polizeirevier. Du nicht?«

»Ich habe keine Vorladung. Tyron hat mich vorgewarnt. Ich glaube, er musste aussagen.«

»Ich hätte auch zu singen lernen sollen. Der Star wird geschont.«

»Sie holen mich sicherlich noch. Ich kannte sie besser als du.«

»Ich kannte sie überhaupt nicht. Sie ist nur einmal an mir vorbeigelaufen.«

»An ihrem Todestag. Ist nur Routine. Sie fragen jeden, der sie je gesehen hat.«

»Ich breche gleich auf, nehme den Touristenbus.«

»Wann musst du dort sein?«

»In zwei Stunden.«

»Du kannst mit mir fahren. Komm erst zu Kräften! Du siehst scheiße aus.« Craigs Gesicht zeigte einige Blessuren vom gestrigen Kampf, dazu einen »Whiter Shade of Pale«.

»Ich *bin* Scheiße, frisch rausgedrückt.«

»Dann lass uns die Spülung betätigen. Iss was zum Kaffee!«

»Da sag' ich nicht nein.«

An der Theke wurden Stimmen laut. Eine Dame beschwerte sich lautstark. Don drehte sich um. Es war eine der Druidinnen, die er trotz des schlechten Lichts, das auf dem Hill of Tara geherrscht hatte, wiedererkannte. Ohne die weiten Kleider glich Shirley – oder war sie Kate? – einer durchschnittlichen lästigen Touristin. Sie erregte sich über den Service, ähnelte Jane Rutherford in ihrer Rolle als Miss Marple.

»... hast du gehört!« Craig stieß Don mit einem Ellenbogen an.

»Was? Ich war abgelenkt.«

»Ich habe dich gebeten, für mich etwas von der Theke zu holen. Ich promeniere in meinem Zustand nicht gern vor einem Publikum.« Er hielt Don einen Geldschein hin. »Stew wäre fein.«

»Bezahlen werden wir später.« Don ging zur Theke. Unterwegs begegnete er der Kellnerin, bestellte für Craig, wandte sich zurück. Eine Hand legte sich auf seine Schulter.

»Hörst du die Stimme?«, fragte die Freizeitdruidin.

»Kann sein.«

»Und?«

»Was und?«

»Wirst du ihr helfen?«

»Das weiß ich nicht. Ich möchte, bitte schön, meine Ruhe haben.«

»Sie hat keine Ruhe!« Die Druidin hob ihre Stimme. Don stöhnte.

»Ich glaube nicht an Ihren Hokuspokus. Sie haben sich mit Ihrer Freundin gemeinsam ein hübsches Hobby geschaffen. Bitte belästigen Sie andere nicht damit.«

»Kate ist eine Auserwählte. Ich assistiere ihr nur. Du musst auf sie hören.«

»Entschuldigen Sie mich!« Er ging zurück an seinen Tisch. Shirley folgte ihm wie ein kläffender Köter. Craig beobachtete die Szene, grinste. Die Hilfsdruidin versuchte, sich vor Don zu drängen.

»Gott weiß, warum die Stimme dich ausgesucht hat. Du musst das Vertrauen rechtfertigen, sei würdig. Hörst du?« Shirleys Lautstärke steigerte sich. »Willst du die Schuld an ihrem Verderben tragen? Sag was! Rede schon!« Don setzte sich zu Craig an den Tisch, hoffte, damit einen Schlusspunkt zu setzen. Doch sie nahm neben ihm Platz, wandte sich jetzt an seinen Kumpel.

»Sie müssen Ihrem Freund klar machen, er hat einen Auftrag von einer leidenden Seele. Es ist ein Hilferuf.«

»Eine Seele?«, fragte Craig.

»Eine Stimme aus dem Off. Sie zählt auf ihn.«

»Geh du nicht auch noch darauf ein!«, sagte Don zu Craig. »Die Sache ist schon peinlich genug. Das ganze Lokal verfolgt die Szene.«

»Ihr sorgt für Unterhaltung«, entgegnete Craig. Shirley erhob sich, starrte in Dons Augen.

»Denkst du, mir ist das nicht peinlich? Es geht aber nicht um dich oder mich. Hast du gar kein Mitgefühl?« Sie schritt mit gesenktem Kopf aus dem Raum.

»Was war das?«, fragte Craig.

»Shirley.«

»Wieder dein Ich-sage-einfach-einen-Namen-und-fertig-Trick.«

»Es lohnt nicht, näher darauf einzugehen.« Don winkte ab. Craig sah ihn so lange wortlos an, bis er resignierte. Er erzählte seinem Freund von den Erlebnissen des letzten Tages. Der schaufelte sein Stew, das man ihm mittlerweile gebracht hatte, lauschte, ohne Zwischenfragen zu stellen.

»Und diese Shenna ist also die Stimme aus dem Off«, fasste Craig das Gehörte zusammen. »So nannte sie zumindest die laute Dame vorhin.«

»Was weiß ich? Sie ist eine Stimme, deren Ursprung ich nicht kenne. Die einzige neue Person … das heißt, da ist jetzt eine Vierundzwanzigstundenhilfe für Faye. Die ist auch etwas seltsam. Ich weiß nicht.«

»Inwiefern?«

»Kann ich nicht sagen. Nur so ein Gefühl.«

»Du meintest, ich würde der Erste sein, der Faye sieht.«

»… der sie sähe, sobald es ihr besser ginge. Das tut es nicht. Meghan besucht sie nicht, sie pflegt sie.«

»Irgendwie fühlt sich das ein bisschen nach einem Vorwand an. Gibt es einen Grund, vor allen andern mich von ihr fernzuhalten?«

»Wo denkst du hin! Nein.«

»Shenna – ist das überhaupt ein Name? Hab' ich noch

nie gehört.«

»Sie sagte deutlich: Ich heiße Shenna.«

»Okay. Deine Theorie?«

»Ach, ich habe aktuell keine Meine letzte Hypothese war nicht so das Gelbe vom Ei.«

»Lass hören!«

»Ich dachte, Faye habe sich in eine andere Identität geflüchtet, von der aus sie Erlebnisse aus ihrer Kindheit verarbeitete. So hätte sie Abstand gehalten, ihre Verdrängung nicht gefährdet. Wenn das irgendeinen Sinn macht.«

»Klingt doch recht plausibel. Hollywood würde es kaufen.«

»Hier ist Dublin, das Zentrum des Absurden. Wir kaufen nur verrücktere Geschichten. Im Ernst: Ich glaube nicht an die Sache.«

»Ich denke, sie halluziniert«, sagte Craig.

»Gut möglich. Reden wir im Auto weiter. Rossi bringt dich zu deinem Termin.« Die beiden bezahlten ihre Rechnungen, setzten sich dann in Dons Knattergefährt.

Viertes Kapitel

Der Reif auf beiden Seiten der Landstraße taute an. Rossi wies eine schlanke Taille auf, Don und Craig waren gezwungen, Bewegungen so sparsam wie möglich auszuführen.

»Hast du mal überlegt, deinen Sushi gegen was Größeres einzutauschen?«

»Negativ. Und: Suzuki, nicht Sushi.«

»Der Unterschied ist doch marginal.«

»Rossis Rache könnte schrecklich sein.«

»Hast du versucht, mit Shenna zu sprechen?«

»Sie hört mich nicht.«

»Dann wird es schwierig.«

»Vielleicht überschätze ich das alles. Faye könnte einem kurzen Fiebertraum ohne jede Bedeutung erlegen sein.«

»Die Hexe war nicht der Ansicht, du überschätzt. Im Gegenteil.« Craig lächelte. Don drehte die Augen über.

»Wie siehst du das?«

»Weiß nicht. Würde abwarten, ob sich was ergibt.«

»Was sollte sich ergeben?«

»He! Ich bin 's, Craig. Der mit dem Kinn.«

»Du hast Recht. Lassen wir das. Faye scheint so weit entfernt. Wie geht es dir ohne Cathy, fehlt sie dir noch sehr?«

»Eine dümmere Frage fiele dir auch nach einer Woche Grübelns nicht ein!«

»Entschuldige.«

»Was fange ich mit der Luft an, die sie nicht mehr veratmet?«

»Das kann dir keiner beantworten.«

Der Italojapaner hoppelte über Schlaglöcher, weißes Licht blinzelte zwischen Baumkronen hervor. Don klappte die Blende herunter. Das half nur wenig. Ein großer SUV schickte sich an, Rossi zu überholen. Er fuhr neben ihm, hielt sein Tempo. Der Mann, der Kelly begleitet hatte, saß am Steuer. Sein Mund lächelte, die Augen lauerten unter tiefen Brauen. Mit einem Ruck beschleunigte der Wagen, verschwand bald am Horizont.

»Der wollte aber jetzt nicht mit dir flirten«, sagte Craig. »Kennst du den?«

»Ach!« Don konzentrierte sich wieder auf die Straße.

Von Stephenstown gelangte man schnell bis vor die Tore Dublins, dann wurde es zäh. Hier zeigte das kleine Fahrzeug seine Stärken. Rossi mogelte sich zwischen Autokolonnen, schlüpfte in Lücken. An einer Straßenecke nahe der Garda Síochána ließ Don Craig aussteigen, fuhr dann zu Tyrons Innenstadtbüro.

Jane, Tyrons Sekretärin, strahlte, als er die Agentur betrat. Er kannte sie schon lange, wusste, sie konnte auf Befehl scheinen wie die Sonne. Es war unmöglich, auszumachen, ob sie sich tatsächlich freute, jemanden zu sehen, oder ihr Strahlen anknipste wie eine Lampe.

»Tyron hat Besuch«, sagte sie. »Warte bitte im Foyer.« Er trat in den Vorraum, der dem Wartezimmer einer Zahnarztpraxis glich. Die Zeitschriftenstöße auf dem Glastisch teilten sich in Musik- und Theaterzeitschriften, Gesellschaftskram sowie Geschäfts- und Börsenjournale. Don nahm sich ein Heft vom Stapel der Regenbogenpresse, blätterte darin.

Ist Nessie in Wahrheit ein Ire? Don schüttelte den Kopf. Sein Land wollte sich tatsächlich alles Absurde unter den Nagel reißen.

»Lasst doch dem Bergvolk seinen Salamander«, flüsterte er.

Yeats' *Second Coming* — musste wieder einmal für ein Endzeitszenario herhalten, das in einem Gastkommentar über wiederaufgeflammte Konflikte zwischen protestantischen und katholischen Gruppen gezeichnet wurde.

»The best lack all conviction, while the worst
Are full of passionate intensity.« [2]

---

[2]   William Butler Yeats. The Second Coming (1919)

Es hieß, der Führer einer der Streitparteien halte sich für die Wiedergeburt von Michael Collins. Er behaupte, den Stein des Schicksals schreien gehört zu haben.

Auch im folgenden Bericht wurde der Hill of Tara erwähnt. Jemand habe dort widerrechtlich gegraben. Schon früher hätten Abenteurer und religiöse Fanatiker in diesem Gebiet nach der Bundeslade gesucht. Die drei Artikel verbanden sich in Dons Gedanken auf geheimnisvolle Weise. Er schüttelte sie aus seinem Bewusstsein.

Einige Beiträge widmeten sich dem Thema Winterkälte. Irland stand kopf, wenn Temperaturen, wie sie auf dem Kontinent üblich waren, über die Grüne Insel hereinbrachen.

Sein Blick fiel auf eine Meldung, die ihn überraschte. Es gäbe bereits einen Verdächtigen im Fall Stacey M., mehrere Zeugen sowie Kampfspuren, hieß es hier. Der Alptraum solle bald vorüber sein, junge Mädchen wieder auf die Straße dürfen. Das Fahndungsteam schien ausgezeichnete Arbeit zu leisten, der dritte Polizist war aus seiner Wand geschlüpft.

Die Tür zum Büro knarrte, Don erhob sich, legte die Zeitschrift beiseite. Neben Tyron trat Bowen in den Empfangsraum. Sie wechselten ein paar Worte, bevor Letzterer sich verabschiedete. Sein Manager gab Don ein Zeichen und betrat vor diesem sein Büro.

»Geht es Faye gut?«, fragte er.

»Nein«, sagte Don. »Es geht ihr nicht gut.«

»Tja! Jetzt kommt sie ja endlich in die Hände einer professionellen Pflegekraft. Das wird vieles ändern.«

»Ich hoffe, es wird ihr guttun, aber deinen Optimismus teile ich nicht. Ihre Probleme werden durch Pflege nicht verschwinden, die sind seelischer Natur.«

»Doktor Ives sieht das anders. Wie auch immer. Was führt dich zu mir?«

»Craig wurde heute zur Garda zitiert. Er hat Stacey nur einmal kurz gesehen. Ich gehe davon aus, man wird mich ebenfalls vorladen. Ich wüsste gern, was sie dich gefragt haben und wie es so ablief.«

»Wie es so ablief«, wiederholte Tyron. »Du solltest an deiner Sprache arbeiten, sonst sehe ich für künftige Liedtexte schwarz.«

»Ich schreibe keine Texte mehr. Du willst mir nichts zu diesem Thema sagen. Ist es ein Geheimnis?«

»Quatsch, Geheimnis! Ich habe nur keine klare Erinnerung mehr daran. Es waren die üblichen Fragen.«

»Welche Fragen sind denn üblich?«

»Na, das ist doch bekannt. Mein Gott, erst werden deine Daten abgeglichen, dann wollen sie wissen, wann du Stacey zuletzt gesehen hast, in welchem Verhältnis du zu ihr stehst – Polizeizeug eben. Siehst du dir keine Krimis an?«

»Am Telefon erzähltest du von einer hübschen Polizistin.«

»Sie leitet die Untersuchung. Bei ihr fühlst du dich wie in einer Abschlussprüfung – freundlich, aber leimt ihre Augen an deine. Ich glaube, sie blinzelt nicht einmal. Die hat sich die Lider wegoperieren lassen oder trägt dicke Kontaktlinsen, die sie ständig aufspreizen.«

»Du hast dich angemacht vor Angst.«

»Ich kenne keine Angst, lasse mich nur nicht gern an-
starren.«

»Weiß sie bereits etwas?«

»Sie sagt dir nicht, was sie weiß. Sie fragt. Du antwor-
test.«

»Was wollte Bowen von dir?«

»Bowen? Was interessiert dich Bowen?«

»Er war immerhin Staceys Boss. Habt ihr eure Alibis
abgeglichen?«

»Also hör mal! Alibis. Das klingt wie aus einer
Gangsterstory.«

»Ich sollte doch mit meinen Krimikenntnissen glän-
zen.«

»Wir hatten geschäftlich zu tun«, sagte Tyron, fuchtelte mit den Armen. »Wir arbeiten beide in der Unter-
haltungsbranche – Musik, Medien und so.«

»Kein Grund, sich aufzuregen. Ich wollte dir nicht zu
nahe treten.«

»Das kannst du auch gar nicht. An mich langst du
nicht heran. Ich stehe ein ganzes Stück über dir, mein
Freund.«

»Kann schon sein. Ich habe vorhin in deinem Foyer
einen Artikel gelesen, in dem es hieß, es gäbe bereits einen Verdächtigen. Der Fritze schreibt, die Frauen könnten bald aufatmen.«

»Er ist eben nur ein Fritze. Er verkauft Emotionen
wie wir. Damit arbeiten alle Medien. Morgen wird er mit
derselben Begeisterung die Hoffnungen zerstören. Soweit ich weiß, ist der Verdächtigte Staceys Freund, so ein
Aluhuttyp.«

»Die Polizistin hat dir ja doch etwas erzählt.«

»Nein, auf dem Revier sagte einer ihrer Kollegen zu dem Freak: ›Sie verlassen vorerst nicht die Stadt, junger Mann! Sie haben sich in Widersprüche verwickelt. Wir melden uns wieder bei Ihnen‹.«

»Du glaubst nicht an seine Schuld?«

»Ich glaube an niemandes Schuld. Wem traust du einen Mord zu?«

»Jemand hat ihn begangen.«

»Ja, offenbar.«

»Wer hätte gedacht, du seist so ein Menschenfreund. Ich erlebe dich immer wie eine Straßenwalze, wenn es nicht um Faye geht.«

»Erzähl das bloß nicht rum.«

»Werde mich hüten. Was das gestrige Konzert betrifft ... «

»Darüber unterhalten wir uns ein andermal. Ich habe Termine. Ich wäre dir dankbar, wenn wir es für heute gut sein ließen.«

»Ich bin den weiten Weg nach Dublin gefahren, um mit dir darüber zu sprechen.« Don zeichnete eine ausladende Geste. »Willst du mich so abfertigen?« Tyron senkte den Kopf, legte die Stirn in Falten, trommelte mit den Fingern auf den Schreibtisch. »Na gut«, sagte Don, wandte sich zur Tür, hielt inne, wirbelte herum und setzte hinzu: »Ich dachte, du wolltest mit Bowen keine Geschäfte machen, er sei zu skrupellos.«

»Er ... er ist an mich herangetreten. Er hat schließlich auch einen finanziellen Verlust erlitten. Durch den ... das Hinscheiden seiner Tänzerin ... ich versuche, ihm aus der Patsche zu helfen.« Tyron schnappte nach Luft. »Was rechtfertige ich mich überhaupt dir gegenüber!«

»Lange ich doch an dich heran?« Don lachte, verließ das Büro.

Unerwartete Freizeit nutzte Don gerne, alte Freunde zu besuchen. Oscar hatte er schon lange vernachlässigt, so war die Entscheidung schnell getroffen. Er kehrte zu Rossi zurück, sprang auf den kalten Fahrersitz, steuerte gen Süden der Stadt.

Nahe dem Merrion Square parkte Don den Suzuki. Am Eingang im Nordwesten lag Oscar auf einem Granitblock, seinen Blick auf einen männlichen Torso gerichtet. Don winkte ihm zu, passierte die Statue einer Schwangeren, die zur dreiteiligen Denkmalgruppe gehörte. Er kannte von Wilde nur dessen *Gespenst von Canterville*[3] und einige schlaue Sprüche, doch verbanden ihn zahlreiche Gespräche mit der aus farbigen Steinen gehauenen Figur aus der Zeit, die er als Musiker in Dublin verlebte. Es gab stets einiges zu besprechen. Oscar ergriff sogleich das Wort, so sehr es sich auch zu wehren versuchte.

Du siehst alt aus, Raven. Die Zeit nagt an dir.

– Ich bin kein unsterbliches Genie wie andere Anwesende.

– Nur der Stein hält mich jung, du Falschsänger. Aber ich bin zumindest modisch gekleidet. Deine verwaschenen Hosen und beschrifteten Hemden beleidigen mein ästhetisches Empfinden.

– Ich weiß. Dieses Streitgespräch führten wir bereits.

– Man sollte nie aufhören, es zu führen. Ich finde ein paar Sorgen eingegraben in Ravens Antlitz. Origami kleidet eine Stirn nicht.

---

[3]   Oscar Wilde, The Canterville Ghost (1887)

– Eine Hälfte deines Gesichtes sieht auch nicht besser aus, Poet.

– Dafür hört die andere nicht auf zu lachen, hat immer Grund dazu. Du glaubst nicht, was ich hier alles zu sehen bekomme. Nun rede schon! Ich entkomme deinem Gesabber ohnehin nicht. Was quält dich?

– Faye leidet. Du weißt ja, die Sache mit Tish. Und jetzt scheint sie besessen von einem Mädchen oder sie hält sich selbst für eines – was immer.

– Das klingt wie eine Geschichte nach meinem Geschmack. Lass hören!

– Da gibt es nicht viel zu erzählen. Sie verhält sich von einem Moment zum anderen wie ein kleines Mädchen, das sich vor ihrem Vater ängstigt. Shenna lässt Faye sogar Tempelhüpfen – stell dir vor: in ihrem Alter.

– Shenna? Sie hat sogar einen Namen. Das ist faszinierend. Es könnte eine Chance sein.

– Welche Chance?

– Mädchen sind verständiger als Frauen, nicht so schrecklich kompliziert.

– Fehlanzeige. Sie spricht nicht mit mir. Das heißt, sie nimmt mich nicht wahr.

– So sind sie, die Frauen. Mir war das immer zu anstrengend.

– Davon habe ich gehört.

– Du spielst auf meinen Blick zu diesem männlichen Torso an. Das war die Idee des Bildhauers. Künstler! Ich hätte das weniger platt ausgedrückt.

– Weniger platt, aber doch.

– Freilich! Ich bin ein Symbol dafür. Aber kehren wir zu deinem Mädchen zurück. Was tut sie?

– Nichts weiter. Sie bettelt nur ständig, ihr Vater solle sie in Ruhe lassen.

– Missbrauch?

– Möglicherweise.

– Du denkst nicht an ein Kindheitserlebnis Fayes?

– Nein, nicht mehr. Das ist nicht Faye. Es ist so weit von ihr entfernt, ihr Gesicht zeigt keinen Ausdruck – nicht einmal, wenn sie fleht.

– Du meinst, dieses Mädchen existiert tatsächlich.

– Ich denke, sie sitzt irgendwo – verängstigt, ausgeliefert.

– Du musst etwas unternehmen.

– Das sagst du so leichthin. Ich mache mich doch nur lächerlich. Soll ich zur Polizei sagen: ›Meine Frau nennt sich Shenna, suchen sie nach einem Mädchen, das in Gefahr ist‹?

– Ich sehe das Problem. Du wirst selbst aktiv werden müssen.

– Wo fange ich an.

– Diese Frage stellt sich einem Autor ständig. Schreibe die erste Zeile, setze eine Aktion. Der Rest fließt.

– Ich habe ein Leben lang nur auf der Bühne gestanden, Tyron erledigt alles Praktische für mich. Auf ihn kann ich hier nicht zählen. Craig ist keine Hilfe, er ist völlig unbeholfen.

– Niemand würde dir glauben.

– Keiner außer Kate und Shirley.

– Freundinnen?

– Nicht wirklich. Zwei seltsame ältere Damen, die mir vorwerfen, das Mädchen im Stich zu lassen.

– Womit sie nicht Unrecht haben.

– Fang du nur auch noch an! Dazu bin ich nicht hergekommen.

– Sondern?

– Was?

– Warum bist du gekommen? Was erhoffst du dir von mir?

– Du sollst mir beim Denken helfen. Ich bin doch nicht verrückt, ich weiß, du existierst nicht. Ich benutze dich, mir selbst über gewisse Dinge klar zu werden.

– Du könntest dich täuschen – in Hinsicht auf mich, meine ich. Womöglich bin ich real.

– Ich bin nicht Shirley. An Hokuspokus glaube ich nicht.

– Ich schon. Natürlich bleibt mir auch nichts anderes übrig, verlöre ich doch sonst den, der mir am meisten am Herzen liegt, mich selbst.

– O ja, das tätest du. Es ... eine Bekannte ist tot.

– Wegen Fayes Besessenheit?

– Nein, damit hat es nichts zu tun. Sie ist tot, ermordet, heißt es.

– Wie kannst du das so einfach verneinen? Dinge hängen zusammen, das haben sie so an sich. Dazu gibt es sie. Alles ist eins. Die Fäden verknoten sich zunehmend, bis du sie löst.

– Das ist aber weit her geholt.

– Ich komme von weit her. Deshalb konsultierst du mich doch. Du willst aus deinem Kopfgefängnis ausbrechen.

– Ich möchte ...

Jemand stand hinter Don. Ein Schatten fiel auf ihn. Er wandte sich der Person zu. Kate blickte ihn an.

»Du betest?«, sagte sie. Don verstand nicht. Sie wartete einen Augenblick, setzte noch einmal an. »Du stehst seit Minuten mit gefalteten Händen vor dieser Statue. Du hast deinen Mittler zu Gott gefunden.«

»Habe ich nicht«, entgegnete Don, löste seine Hände aus ihrer Verschränkung.

»Dies ist ein heiliger Ort. Ich komme ebenfalls hier her, eine Verbindung aufzubauen.«

»Oscar und ich, wir plaudern nur. Gott hat nichts damit zu schaffen.«

»Gott hat mit allem etwas zu schaffen!« Kate hob einen Finger. Don drehte sich wieder zu Oscar, suchte Hilfe. Der schwieg. Natürlich. »Du plauderst also mit einem Zyniker«, fuhr sie fort. »Gibt er gute Ratschläge?« Don zuckte mit den Schultern. Kate lächelte. »Gott gibt gute Ratschläge.«

»Und den finden Sie hier.«

»Den finde ich überall.«

»Was führt Sie dann an diesen Ort?«

»Ich besuche einen Freund.«

»Darin wenigstens sind wir einig. Ihr Bekannter lebt noch, nehme ich an.«

»Tatsächlich weilt mein Freund schon länger unter den Toten als der deine.«

»Den Friedhof finden Sie hier aber nicht.«

»Hier hat er gelebt, das muss vorerst reichen.«

»Vorerst. Na gut. Ich will nicht weiter in Sie dringen. So kann ja nun jeder mit seinem Toten sprechen.« Don nickte, stellte sich ein Stück abseits. Kate folgte ihm.

»Sheridan war ein Kollege deines Freundes.«

»Ein Zyniker?«

»Ein Autor.«

»Sheridan, hmm.«

»Sheridan Le Fanu.«

»Den Namen kenne ich. *Uncle Silas* gehört wohl zu seinen Werken. Mir ist allerdings nur der Titel bekannt«, sagte Don. Kate musterte ihn, kaute, als hätte sie etwas Bitteres im Mund.

»Nimm deinen Dandy und stecke ihn dir …«

»Ich wollte Ihren Freund nicht missachten, mir fehlt es nur an Bildung. Bestimmt ist er ein großer Autor.«

»Worauf du einen …« Kate stockte, murmelte leise eine Art Mantra, lächelte dann Don an. »Sheridan weiß von Tod und Untod. Lies *Carmilla*.«

»Ich lese nicht mehr. Recht überlegt, las ich nie viel, besaß nur zahlreiche Bücher, die ungelesen herumstanden. Als Kulturschaffender hat man die Verpflichtung …«

»Ich lese täglich. Nicht das Zeug, das dein bunter Dichtervogel verfasste. George schrieb über das Wesentliche.«

»George haben Sie bislang nicht erwähnt.«

»George William Russell – *Weg zur Erleuchtung*.« Kate reckte ihre Brust.

»Welcher Weg ist das?«

»Der Weg des modernen keltischen Sehers. Auch er hat hier gelebt. Der Merrion Square ist ein Kraftort.«

»Jetzt ist mir klar, warum Sie hier sind. Als Druidin suchen Sie diese Kraftorte auf.«

»Das hier ist mehr. Es ist ein Ort der Einswerdung, der Vereinigung der Lebenden mit den Toten.«

»Und Sie vereinigen sich mit …«

»Sheridan. Hörst du nie zu? Simpel ist das freilich nicht, es setzt Präparationen voraus.«

»Will er das auch?«

»Du überraschst mich.« Kate erschauerte. »Das ist die zentrale Frage. Gerade von dir hatte ich so viel Einblick nicht erwartet.« Don überlegte, ob ihm das schmeichelte oder ihn beleidigte. Er entschied, es hinzunehmen. Sie war seiner Frage ausgewichen. Im Grunde hielt sich seine Neugier diesbezüglich in Grenzen.

»Die Stimme aus dem Off …«, begann er.

»Ich erwarte mir nichts mehr von dir. Die Stimme aus dem Off ist verloren, du wirst daran nichts ändern. Wir beide wissen, warum.«

»Ich weiß es nicht!« Er wartete auf eine Reaktion, doch Kate betrachtete nur ihre Fingernägel. »Fangen Sie die Tiere selbst?, «fuhr er fort. Sie zog die Brauen hoch. Er ergänzte: »Die Tiere, die in der Schale lagen auf dem Hill of Tara.«

»Es waren Versuchstiere. Sie stammen aus dem Labor meines Sohnes.«

»Ihr Sohn ist Wissenschaftler«, folgerte er. Kate schwieg dazu. »Warum haben Sie sie getötet?«

»Etwas muss sterben, als Mittler ins Totenreich.«

»Egal was?«

»Wo denkst du hin! Mit einer Pflanze oder einem Insekt erreichst du gar nichts. Bei Vögeln und Echsen fängt es erst an. Willst du intensiven Kontakt, muss es ein Säugetier sein.« Sie atmete kurz durch. »Soll dir der Tote an der Schwelle zum Leben begegnen, opferst du einen Menschen.«

»Was aber pure Theorie ist, nicht wahr?« Don lächelte.

»Dein Hund ist eine böse Seele. Du musst mich jetzt entschuldigen, ich suche meinen Geliebten auf.« Kate reckte ihren Brustkorb wie zuvor, stolzierte an Oscar vorbei in die Tiefe des Parks.

Der steinerne Vertraute richtete sich wieder an Don.

Was muss ich hören! Deine Bücher stehen ungelesen herum. Du wagst, das in meinem Umfeld zu gestehen!

– Jetzt meldest du dich wieder, Feigling! Ich bin Musiker, ziehe gesungene Texte vor.

– Literarische Schriften sind zu mehr imstande als Liedtexte. Sie müssen keiner Melodie schmeicheln, dürfen kalt und unpersönlich sein. Sieh dir nur die Arbeiten meiner Kollegen aus der Abteilung für Absurdes an. Dergleichen findest du nicht in der Musik.

– Bist du sicher?

– Absolut! Nimm den ersten Satz aus Samuel Becketts *Endspiel*: ›Ende, es ist zu Ende, es geht zu Ende, es geht vielleicht zu Ende‹.[4] Zeige mir etwas Vergleichbares als Liedtext. Ha!

– Friss das: ›Erst ist da ein Berg, dann ist da kein Berg, dann ist da‹.[5] Donovan Leitch.

– Das ist nicht dein Ernst! Kann man den Mann kennenlernen? Ist er hübsch?

– Das zu beurteilen steht mir nicht an. Er spricht wahrscheinlich mit seinen eigenen Geistern. Beckett mag durchaus dazugehören.

– Beckett kleidet sich unvorteilhaft. Sieh dir die bunten Steinkleider an, die ich trage. Der Künstler hat mei-

---

4 Samulem Becket, Fin de partie (1956)
5 Donovan Leitch, There Is a Mountain (1967)

nen Geschmack getroffen. Denkst du, Donovan könnte das gefallen?

– Genug davon, Oscar. Was hältst du von Kate? Du hast das Gespräch verfolgt.

– Die Dame sollte definitiv ein Korsett tragen.

– Ich meine ihren Geisteszustand.

– Den meine ich auch. Sie lässt ihren spirituellen Fettpolstern zu viel Spielraum. Man stelle sich das vor: geil auf Sheridan Le Fanu. Ha!

– Du kanntest ihn?

– Nicht persönlich, das war vor meiner Zeit. Aber seine Werke – nun gut, unterhaltsam sind sie ja – regen nicht gerade zur sexuellen Vereinigung an.

– Du meinst, die Vereinigung, von der sie sprach, ist sexueller Natur. Ich dachte eher an eine geistige oder seelische Verbindung.

– Kind, du machst dich lächerlich. Sie will das ganze Programm. Le Fanu kaut sicher schon an seinen Fingernägeln, wenn die nicht bereits verrottet sind. Ihm hat man ja nicht – ähm! – eine lebensgroße Statue aus verschiedenen Steinen gewidmet.

– Gib nicht so an. Du musstest auch sehr lange darauf warten. Manche gönnen sie dir heute noch nicht. Da war eine Unterschriftenaktion …

– Davon will ich nichts hören. Was ist schon eine Unterschrift? Zwei Wörter. Ha!

– Kate ist seltsam. Warum mischt sie sich in mein Leben? Was weiß sie von Shenna? Ist die Stimme aus dem Off überhaupt Shenna? Warum gerade ich?

– Sei froh, du musst deine Fragezeichensuppe nicht auf Papier sehen, das sähe dilettantisch aus. Ganz schlechter Stil!

– Ich bin Musiker, die verfassen nur Texte, die einer Melodie schmeicheln – schon vergessen?

– Nimm dir ein Beispiel an dem hübschen Jungen, Donovan.

– Ach Oscar! Heute bist du nicht sehr hilfreich.

– Vielleicht hast du auch nur nicht gut zugehört. Ich gab mein Bestes. Die Dame ohne Korsett hat dich zu sehr abgelenkt. Hat Le Fanu Grund, eifersüchtig zu sein?

– Gott, nein!

– Jemand muss sich um diese Shirley kümmern. Kate ist verrückt. Sie ist eine Gefahr. Du lässt mich jetzt besser allein. Ich erwarte ein junges Fräulein, das um diese Zeit immer vorbeikommt.

– Fräulein sagt man nicht mehr. Eine Verehrerin?

– Ich fürchte, ihr Interesse gilt mehr der Statue einer Schwangeren da drüben – übrigens eine schamlose Anspielung des Künstlers auf meinen Charakter. Wer weiß, was die junge Frau, die man nicht mehr Fräulein nennen darf, mit der Plastik verbindet! Trotzdem freue ich mich auf ihren Besuch, sie hat hübsche Beine, ganz im Gegensatz zu dir.

– Na gut. Ich stehe hier schon zu lange herum, das muss die Ursache sein … für die Beine, du verstehst.

– Aja, alles klar! Dann sieh zu, dass du weiterkommst.

– Man sieht sich!

Don streunte weiter durch den teils vereisten, trotzdem grünen Garten. War es Zufall, dieser Ort zog so viele Autoren an, oder sollte er Kate glauben? William Butler Yeats lebte ebenfalls hier. Seine lyrischen Texte sprachen ihn stets stärker an als die kühle Prosa der anderen, dennoch – oder gerade deshalb – hatte er ihn seinerzeit nicht zum steinernen Vertrauten gemacht. Yeats sollte jemand bleiben, zu dem er aufsah. Beim Anblick des Gartens kamen ihm Zeilen aus »Down by the Salley Gardens« in den Sinn.

She bid me take life easy,
as the grass grows on the weirs;
But I was young and foolish,
and now am full of tears.[6]

Er wollte das Gedicht einst als Folk-Rocksong neu vertonen, es kam aber nie dazu. Später verwirklichten es andere. Die Dinge, die wir ungetan lassen, machen uns mehr aus als jene, die wir tun.

Tyron meldete sich am Telefon.

»Die Garda hat sich an mich gewandt. Detektiv-Superintendent Cavanaugh will dich sehen. Wie man sieht, kommst auch du nicht ungeschoren davon. Ich habe ihr gesagt, du seist in Dublin und kämest gleich vorbei.«

---

[6] William Butler Yeats, Down by the Salley Gardens (The Wanderings of Oisin and Other Poems, 1889)

Fünftes Kapitel

Rossi stand nahe dem Nordwesteingang des Merrion Square bereit für die Fahrt zum Phoenix Park. Don steuerte ihn geradewegs zur Garda Síochána.

Am Eingangstor stolperte ihm Craig entgegen. Er schien auf der Flucht zu sein.

»Was ist mit dir?«, fragte Don.

»Es war schlimm.« Craig wischte über sein Gesicht. »Die verdächtigen mich. Bestimmt. Ihre Fragen. Ich brauche einen Whiskey.« Er schob Don beiseite, lief auf die Straße. Craig war lange verhört worden, Don hatte ihn vor zwei Stunden abgesetzt.

Don betrat das Gebäude. Erst glich er mit einem Polizisten in einem Großraumbüro seine Daten ab, danach wies dieser ihm den Weg zu Detektiv-Superintendent Cavanaugh.

Don streckte ihr seine Hand entgegen.

»Das wird überbewertet«, sagte sie, deutete mit einer Kopfbewegung an, er möge die Hand zurückziehen.

»Verstehe, die Pandemie.«

»Nicht nur.« Sie wartete, bis er sich setzte. Er rutschte auf dem glatten Holzstuhl herum. »Tja, Mister Virgil Byrne«, sagte sie, betonte den Nachnahmen wie einen Vorwurf. Es hörte sich fremd an. Seit vielen Jahrzehnten nannte ihn niemand mehr so. »Ein unangenehmer Anlass führt Sie zu mir. Ms Walsh ist ja nun mal tot.« Don hörte Staceys Familiennamen zum ersten Mal. »Wir befragen alle, die sie kannten. Dazu gehören Sie, als einer, der nicht wusste, das Mädchen war vierzehn Jahre alt, selbstverständlich auch.« Der Anwurf war nicht zu überhören. Daher also rührte ihr feindliches Verhalten. Don hustete.

»Damit gehöre ich natürlich zum Kreis der Verdächtigen«, sagte er. Cavanaugh zog ihre Mundwinkel nach unten.

»Von Verdächtigen sprechen wir noch lange nicht. Sie sind hier, uns mit Informationen über das Opfer oder mögliche Täter zu versorgen.«

»Ich kannte Stacey seit einem halben Jahr. Sie war sehr nett, hatte immer etwas zu erzählen.«

»Was erzählte sie denn so?«

»Verschiedenes Zeug. Sie hatte ständig Probleme mit ihrem Vermieter. Er war wohl sehr drängend, wenn sie ihre Rechnung nicht sofort begleichen konnte, weil ihr

Gehalt zu spät ausgezahlt wurde. Bowen, das ist ihr Manager, lässt sich da gerne mal Zeit.«

»Warum?«

»Vielleicht arbeitet das Geld so länger, er wird es wohl irgendwo veranlagt haben. Nur eine Annahme.«

»Gut, der Mann wird auch bei mir erscheinen. Ich frage ihn selbst. Was sonst?«

»Worüber wir sprachen? Über unsere Jobs, ihre Konkurrenz …«

»Ms Walsh hatte Konkurrenz?«

»Jeder hat die im Showgeschäft.«

»Können Sie mir Namen nennen?« Sie starrte ihn die ganze Zeit über an. Es schmerzte. Doch sie hatte schöne Augen.

»Namen kenne ich nicht – Tänzerinnen halt und andere junge Frauen aus dem Business.«

»Fanden Sie sie hübsch?«

»Äh … nun ja.«

»Das ist keine Antwort.«

»Hübsch war sie schon irgendwie.«

»Der große Star lässt sich doch gern bewundern, wenn ein hübsches Mädchen mit großen Augen zu ihm aufschaut. Ist es nicht so?«

»Nein. Stacey war ganz locker, die hat zu keinem aufgeschaut, schon gar nicht zu einem modrigen Star von gestern.«

»Wie ich von zwei Bühnenarbeitern erfuhr, zeigte sich ihr Freund, Mister Lynch, nicht uninteressiert an dem Mädchen.«

»Das war bloß Spaß. Es ist so Craigs Art.«

»Seine Art, die Schenkel einer Vierzehnjährigen zu bewundern.«

»Das wusste er doch nicht.«

»Sie haben ihn dafür gerügt. Sie wussten offenbar, das war nicht in Ordnung.«

»Das hatte persönliche Gründe. Meine Tochter kam vor Jahren auf … tragische Weise ums Leben. Faye, meine Frau, hatte sie noch in fortgeschrittenem Alter geboren.«

»Das ist mir bekannt.« Sie zeigte, ohne ihre Augen von Dons zu lösen, auf einen Aktenstapel. »Ich habe mich über Sie informiert. Sie haben ein bewegtes Leben hinter sich.«

»Betonung auf: hinter mir.«

»Ihre Frau hat viel erlitten.«

»Meine Frau kannte Stacey nicht. Ich wäre Ihnen dankbar, wenn Sie sie aus dem Spiel ließen.«

»Es ist kein Spiel. Ich lasse niemals irgendjemanden aus meinen Ermittlungen. Motive sind eine äußerst fragile Sache. Alle Fäden im Netz müssen verfolgt werden.«

»Das Netz, das Sie spinnen.«

»Ich habe die Beleidigung verstanden, Mister Byrne. Ich bin nicht dumm. Sie mögen prominent sein, tabu sind Sie nicht. Wann haben sie Mister Lynch mit dem Taxi vor seinem Haus abgesetzt?«

»Ich weiß nicht. Ich war nicht nüchtern. Es war spät.«

»Sie fahren nicht mit Ihrem eigenen Fahrzeug zu Konzerten?«

»Meist trinke ich danach noch etwas, das wäre zu gefährlich.«

»Wir haben den Taxifahrer ausfindig gemacht. Mister Lynch hatte genug Zeit, die Tat zu begehen, bevor die Leiche des Mädchens gefunden wurde.«

»Sie verdächtigen Craig?«

»Ich unterrichte Sie nicht über meine Überlegungen. Sie sind hier, mir Rede und Antwort zu stehen. Hier sind Sie nicht der Star.«

»Kann es sein, Sie haben Vorurteile gegenüber Prominenten?«

»Sie würden sich wundern, wie viele Vorurteile ich habe. Blauäugig in die Welt zu schauen, bringt einen als Ermittler nicht weiter. Meine Vorurteile sind Ihre Sicherheit.«

»Mag sein.« Don stöhnte.

»Was können Sie mir über Mister Fitzgerald erzählen?«

»Tyron? Er ist mein Produzent und Manager. Wir arbeiten schon seit Jahrzehnten zusammen. Es ist eine gegenseitige Abhängigkeit, das will er nur nicht wahrhaben.«

»Er denkt, nur Sie hingen von ihm ab.«

»Ja.«

»Ein Mann mit übersteigertem Selbstbewusstsein, der sich nimmt, was er will. Könnte man ihn so beschreiben?« Ihre Lippen waren voll und blassrot.

»Ich weiß, worauf Sie hinaus wollen. Er ist ein Großkotz, aber ein fairer Mensch. Ich habe nur gute Erfahrungen mit ihm gemacht, auch bei Auseinandersetzungen, von denen es zugegebenermaßen etliche gab.«

»Haben Sie Kontakt zu Personen aus dem Freundeskreis des Opfers?«

»Nein. Das heißt, ich kenne Kelly. Von ihr erfuhr ich gestern erst, sie war Staceys Freundin. Kelly kümmert sich liebevoll um meine Frau.«

»Sie sprechen von Ms Sanders. Die junge Dame habe ich bereits vorgeladen. Ms Walshs Freund kennen Sie nicht?«

»Nein.«

»Na gut. Für heute belassen wir es dabei. Ich werde mich bei Ihnen melden, wenn ich weitere Fragen haben sollte, und ich gehe davon aus, das wird der Fall sein; insbesondere angesichts der ungewöhnlichen Faktenlage.« Sie entließ seine Augen aus ihrem Fokus, erhob sich, wies mit einer Hand zur Tür. Don verabschiedete sich, trat aus dem Raum. In seinem Kopf hallten die Worte »ungewöhnliche Faktenlage« nach, sie schienen ihm seltsam vertraut. Auf dem Gang begegnete ihm Kelly, die auf ihrer Unterlippe herumkaute. Cavanaugh rief sie zu sich, sie schlüpfte in das kleine Vernehmungszimmer.

Im Großraumbüro bemerkte Don Kellys Stiefvater, der dort seine Daten bekanntgab. Sie tauschten Blicke. In der nächsten Sekunde sprangen drei Beamte auf, stürmten durch die Tür nach draußen. Jemand nahe Don rief:

»Was ist los?« Aus dem Hintergrund antwortete eine Stimme:

»Er hat sich noch eine gekrallt!« Der Polizist, der Kellys Vater vernahm, blickte auf seinen Computerbildschirm, er ergänzte:

»Eben kam die Meldung herein, ein weiteres Mädchen sei verschwunden.« Abermals trafen einander die Blicke der zwei Zeugen. Die Gedanken beider waren nicht mehr im Raum.

Wie geohrfeigt verließ Don das Gebäude und stolperte in den Phoenix Park. Seine Gedanken wehrten sich dagegen, sich mit dem eben Gehörten zu beschäftigen. Sie sprangen unvermittelt zu Worten, mit denen James Joyce diesen Park verewigte. Die Melodie eines Zitats aus *Finnegans Wake* hatte sich in Dons Gedächtnis eingebrannt.

Quiet takes back her folded fields. Tranquille thanks. Adew. In deerhaven, imbraced, alleged, injoynted and unlatched, the birds, tommelise too, quaile silent. ii. Luathan? [7]

Laut Joyce standen die Punkte auf den ii für die Gebete, die ein weiblicher und ein männlicher Vogel hinterließen. Don liebte diese Randnotiz des Autors sowie die Klangfolge der Worte in dem Schnipsel. Er wünschte, ihm gelänge ein ähnlich musikalischer Text für eines seiner Lieder. Er hatte an diesem Veranstaltungsort nie ein Konzert gegeben, plante es auch für die Zukunft nicht. Etwas in ihm sagte: Du genügst nicht.

Nahe der Garda schlenderte er am Zoo entlang, als er hinter sich ein vertrautes Lachen vernahm. Er wandte sich der Quelle des Geräusches zu, sah niemanden. Jetzt erklang der Laut aus einer anderen Richtung, er gurgelte aus einer jungen Kehle. Tish.

He, Kleines! Schön, dich so ausgelassen zu wissen. Lauf ein Stück mit mir. Zu selten begleitest du mich, wenn ich davonrenne vor dem Leben. Du weißt, wie sehr du mir und Faye fehlst. Wir tragen dich in unseren Herzen. Erzähl mir etwas von dir, wo du immer steckst,

---

[7] James Joyce, Finnegans Wake (1939)

wie du behandelt wirst. Lieben sie dich wie wir? Nicht wieder auflösen! Du bist doch eben erst gekommen ...

Eine Leere fraß sich jedes Mal in ihn, wenn sie so brüsk verschwand. Bliebe sie einmal nur länger, erwiderte ein Wort, eine Geste!

Don streifte durch den Park, bis er Tishs Erscheinung aus seiner Seele gelaufen hatte, hielt dann aufs An Fionn Uisce zu, das Café am Besucherzentrum. Craig hier zu treffen, überraschte ihn. In dieses Restaurant verschlug es einen nicht, wollte man sich mit Whiskey volllaufen lassen. Sein Freund saß denn auch bei Suppe und Tee an einem großen Tisch. Er wirkte verloren.

»Kein Whiskey?«, fragte Don. Craig musterte ihn, schaufelte weiter Suppe in seinen Mund. Don setzte sich an den Tisch. »Ich hatte gehofft, dir hier ausweichen zu können«, sagte er, lächelte. Craig reagierte nicht. Don rückte seinen Sessel näher heran, flüsterte. »Wie kommst du auf die Idee, sie könnten dich verdächtigen? Du kanntest sie nicht.«

»Ich habe blaue Flecke und Kratzer im Gesicht. Jemand hat gehört, was ich über ihre Schenkel gesagt habe. Da war genug Zeit, nachdem du mich abgesetzt hast. Ich bin angeschissen. Sie hat nicht eines meiner Argumente anerkannt.«

»Diese Frau hat seit ihrer Geburt niemandem etwas geglaubt. Du bist bloß einer von vielen. Mir wirft sie vor, Stacey als Fan verführt zu haben.«

»Das ist kein begründeter Verdacht, bloß ein Versuchsballon, dich zu verunsichern. Mir hält sie konkrete Verdachtsmomente entgegen. Sie hat mich stundenlang gelöchert.« Craig vergrub sein Gesicht in den Händen, als die Kellnerin kam. Don bestellte Salat und Kaffee.

»Es gibt einen Hauptverdächtigen – Stacys Freund. Du stehst nicht im Fokus.«

»Sobald der ein Alibi vorlegt, stürzt sie sich auf mich.«

»Du müsstest sehr aktiv gewesen sein in den letzten Stunden. Es ist wieder ein Mädchen entführt worden.«

»Dieser Mensch dreht völlig durch. Wer begeht denn in der kurzen Zeit so viele Verbrechen?«

»Wer weiß? Es kann sich um mehr als einen Täter handeln, einen Trittbrettfahrer, ein zufälliges Zusammentreffen. Ich möchte nicht mit Detektiv-Superintendent Cavanaugh tauschen. Die Optionen, die wir sehen, hat sie längst erkannt und mehr als das. Sie beherrscht ihren Job.« Er dachte einen Moment nach. »Und hübsch ist sie auch.« Craig schaute ihn verständnislos an.

»Damit stehen die Chancen für mich besser, aber vermutlich auch für Staceys Freund. Aus dem Schneider sind wir beide nicht.«

»Trink erst einmal in Ruhe deinen Tee.« Don legte eine Hand auf Craigs Schulter, der stellte seine Suppenschüssel zur Seite, rückte die Teetasse näher zu sich. Dons Bestellung wurde serviert. Als die Kellnerin gegangen war, hob Craig seinen über die Tasse gebeugten Kopf und sagte:

»Ich habe Stacey in dieser Nacht noch gesehen.«

Einen Moment lang rührte sich keiner von beiden.

Don blickte von der Schüssel hoch.

»Du hast *was*?« Ein Salatblatt fiel aus seinem Mund, die Gabel zielte auf Craigs Gesicht.

»Ja, ich hätte es dir sagen sollen.«

»Nicht mir, der Polizei!«

»Bist du verrückt? Ich wäre geliefert.«

»Geliefert bist du mit einer Lüge. Denkst du, das bleibt unentdeckt?«

»Wenn du mich nicht verrätst …«

»Du selbst wirst es aussagen, heute noch. Sag, du hättest es aus irgendeinem Grund vergessen: die Schläge, die du eingesteckt hast, der Alkohol, Angst, was immer. Sag es!«

»Das ist völlig unmöglich.«

»Ich glaube es nicht!« Don fasste sich an den Kopf. »Wo hast du Stacey gesehen? Du bist noch einmal nach Dublin gefahren.«

»Nein. Sie war in Stephenstown.«

»Weiter.«

»Ich wollte noch nicht zu Bett gehen, stieg betrunken auf mein Motorrad. Vor der Stadt stand ein Wagen neben der Straße.« Craig zeichnete die Szene mit Handbewegungen nach. »Jemand winkte mich heran. Es war Stacey, sie erkannte mich wieder, erzählte, sie sei auf dem Weg zum Hill of Tara, wollte dort Freunde treffen.«

»Und?«

»Sie erwähnte etwas von einem Lagerfeuer. Jedenfalls ging ihr der Sprit aus.«

»Du konntest ihr helfen?«

»Mein Treibstoff passte nicht zu ihrem Motor. Sie hatte ihr Handy in Dublin vergessen, kannte keine Nummern auswendig.«

»Ein Missgeschick kommt selten allein. Lass dir nicht alles aus der Nase ziehen. Was geschah noch?«

»Ich rief einen Pannendienst in Navan an. Wir warteten eine Weile.«

»Dann?«

»Ich … ich glaube, ich habe versucht, sie zu küssen.« Die Kellnerin lief vorbei, Craig hielt inne. Don biss sich auf die Unterlippe. Als sie wieder allein waren, fauchte er:

»Ich habe dir doch gesagt, was ich von deinem ›Schnuppern‹ halte. Sie war viel zu jung, selbst als wir nicht ahnten, *wie* jung sie war.«

»Ich war betrunken, wusste nicht, was ich tat. Das fiele mir doch sonst nicht ein.«

»Sie hat sich gewehrt, richtig?«

»Sie musste sich nicht groß wehren. Sie schob mich beiseite. Ich stammelte eine Entschuldigung.«

»Was dann?«

»Der Pannendienst kam mit Treibstoff. Sie fuhr weiter. Ich stieg wieder auf mein Motorrad und kehrte heim, fühlte mich elend.«

»Das war alles?«

»Alles. Das musst du mir glauben.«

»Ihr Ziel war der Hill of Tara?«

»Sie überlegte es sich, wollte nach Dublin zurückfahren.«

»Du machst mich zum Mitwisser. Gestehst du nicht, und es fliegt auf, bin ich mit dran.«

»Selbst wenn es aufflöge, verriete ich niemals, du wusstest davon. So weit musst du mir vertrauen.«

»Mir gefällt es nicht, von deinem Wort abzuhängen.« Don erhob sich. »Komm, wir verschwinden von hier!«

Sie riefen die Kellnerin zu sich und bezahlten. Don hatte seinen Kaffee nicht angerührt.

Sie traten in den Park. Die kalte Luft erfrischte Dons Lungen. Er bat Craig, ihn eine Weile nicht anzusprechen. Sie schlenderten nebeneinander her am Wellington Monument vorbei. Der Obelisk stocherte in den Himmel wie eine Injektionsnadel, zielte geradewegs auf eine Wolke. Die Größe des Parks überwältigte Don jedes Mal von Neuem. Sie passierten Sportstätten für Cricket und Soccer, hielten auf das Papstkreuz zu. Craig starrte zu Boden, seine Gedanken waren nicht bei der Natur, die sie umgab. Don blickte vom Kruzifix in Richtung Fifteen Acres, wo er gewöhnlich das Damwild grasen sah. Heute war das Areal frei von Leben, ein Landeplatz für etwas Göttliches zu Füssen des Kreuzes. Jack Butler Yeats Gemälde »Pferd ohne Reiter« hätte hier entstehen können, der von Kokoschka inspirierte Malstil von Williams Bruder träfe die Stimmung. Eine leichte Böe trieb einen Schauerballen heran. Er rollte über die beiden alten Männer hinweg, ließ sie mit feuchten Gesichtern zurück. Er prasselte um sie herum auf den eisigen Boden, rief in Don die Erinnerung an eine knisternde Vinylschallplatte – Schuberts *Unvollendete* – wach, die sein Vater so geliebt hatte. Der Klang ihrer Posaunen begleitete den Müden zur Deerfield Residenz. Craig rieb seine Hände aneinander, faltete und behauchte sie. Es erschien Don wie ein stilles Gebet.

»Das Kreuz liegt hinter uns«, sagte er. Craig zog seine Brauen hoch, als erwachte er aus einem Schlaf.

Sie spazierten zur nächsten Shuttlebus-Station, zu müde für den Fußweg zurück zu Rossi. Bei der Garda stiegen sie aus dem Fahrzeug. Craig sprach noch immer kein Wort. Als sie am Gebäude vorbeikamen, sahen sie Detektiv-Superintendent Cavanaugh in Begleitung eines Polizeioffiziers aus dem Eingangstor treten. Sie erkannte die beiden Freunde, musterte sie, wandte sich wieder ihrem Kollegen zu.

»Sie hasst mich!«, sagte Craig. Don stöhnte.

»Quatsch!«

Rossi schlängelte sich durch die Autokolonnen, die zwei Männer auf seinen Frontsitzen schwiegen einander an, bis die Innenstadt hinter ihnen lag. Häuserschluchten lichteten sich, Craig setzte sich aufrecht.

»Dein Sushi knattert wie ein Traktor.«

»Noch einmal: Suzuki.«

»Was denkst du jetzt?«

»Nichts!«

»Du musst doch was denken.«

»Ich fahre.«

»Du fährst. Gut. Dann fahr!«

Nach ein paar Minuten meldete Craig sich wieder.

»Du denkst immer noch nichts?« Don blickte ihn kurz an, richtete seine Aufmerksamkeit wieder auf die Straße. Craig atmete durch. »Warum habe ich das Gefühl, ein Verbrechen begangen zu haben, wenn es nicht so ist?« Don starrte teilnahmslos vor sich hin, öffnete seine Lippen nur einen Spalt weit.

»Belästigung einer Minderjährigen ist ein Verbrechen.« Craig erschrak. Auch er stierte nun auf die Straße.

Kaum merklich staute sich Flüssigkeit unter seinen Lidern.

Eine Freundschaft ist ein zerbrechliches Gebilde. Don brauchte Zeit, einen ruhigen Ort, seine Gedanken zu ordnen. Das Geheul seiner Umwelt hatte ihn aufgestört wie ein Reh im Phoenix Park. Er sehnte sich nach seinem Studio, den Gitarren, Faye.

Craig stieg vor dem Haus, das er nun allein bewohnte, aus dem Wagen. Augen tauschten ein Bild aus, Arme hoben sich kurz, fielen schwer zurück. Alte Männer.

Auf seiner Farm trat Don durch die Haustür, nahm die Stimme Meghans wahr, die Faye umsorgte. Er begab sich zu den beiden ins Wohnzimmer. O'Brien trottete auf ihn zu. Seine Frau war mit einem Trainingsanzug bekleidet, ihre Haare zu einem Knoten gebunden.

»Ach, wie nett, wir haben Besuch!«, rief sie aus.

»Das ist ihr Ehemann, Mister Ravenclaw«, erklärte Meghan.

»Byrne«, sagte Don. »Daran wurde ich heute erinnert. Die Vergangenheit hat in meine Augen gestarrt.«

»Leisten Sie uns doch Gesellschaft, guter Mann.« Faye zeigte ihr schönstes Lächeln. »Wir nehmen den Tee im Salon.« Don freute sich, zuhause zu sein – im »Salon«. Er genoss, wie Faye plauderte, artig Hof hielt. Unschuld breitete sich über seine kleine Welt. Meghan beschrieb Fayes Tag, ihre gemeinsamen Verrichtungen. Don wartete auf den Moment, in dem Shenna zur Sprache kommen würde. Das geschah nicht. Auf seine Frage, ob ihr an Fayes Verhalten etwas Ungewöhnliches aufgefallen sei, sagte Meghan:

»Wenn ich das Zimmer verlasse und zurückkehre, weiß sie nicht mehr, wer ich bin. Das stört mich nicht, ich finde es erfrischend.« Shenna zeigte sich nicht jedem. Sie hatte ihn ausgewählt unter acht Milliarden Menschen.

Am Abend zog sich Meghan ins Gästezimmer zurück, Don bereitete das Bett im Schlafzimmer. Seit Tishas Tod hatte er die Nacht nicht mehr mit Faye verbracht. Sie protestierte nicht, ließ sich bereitwillig zudecken. Er legte sich auf die andere Seite des Doppelbetts. Sie verfolgte jede seiner Bewegungen, hielt ihre Decke fest. Don drehte sich von ihr weg, um sie nicht zu ängstigen, knipste die Nachttischlampe aus. Sie atmete tief und gleichmäßig. Don versuchte, seine Atmung an die ihre anzupassen, geriet aber wiederholt aus dem Rhythmus, bis seine schnellen, flachen Züge sich durchsetzten.

Don schrak hoch. Etwas hatte ihn berührt, oder war es Teil eines Traums? Er tastete nach Faye hinter ihm. Hier lag nur ein Kissen. Schritte trippelten zur Tür. Don sprang auf, folgte ihnen in den Gang, schaltete dort das Licht ein. Eine Gestalt im Nachthemd schlüpfte durch die Haustür nach draußen. Don rannte hinterher, griff sich im Vorbeilaufen einen Mantel von der Garderobe, schlug sich in ihn ein, trat in die kalte Nacht.

»Ich will frei sein!«, rief eine Stimme. »Ich will laufen, springen. Haltet mich nicht!« Don schritt ein Stück weit in die Einfahrt.

»Faye?« Seine Augen gewöhnten sich an die Dunkelheit. Sie versteckte sich hinter Rossi, lachte übermütig.

»Fang mich, wenn du kannst!«

»Komm zu mir, Faye. Mir ist nicht nach Spielen.«

»Lass uns tanzen, Raven! Wir sind frei.«

»Ja, tanze mit mir im Haus.« Don streckte einen Arm in die Nacht. Faye versteinerte.

»Er kommt wieder. Ich höre seine Schritte. Er wird mir weh tun.« Ihre Hand legte sich auf Rossis Motorhaube. Don lief zu seinem Auto, rutschte auf einer Eisplatte aus. In dem Moment rannte Faye an ihm vorbei ins Haus. Don krabbelte hoch, kehrte zur Tür zurück, versperrte sie von innen, brachte den Mantel wieder an einem Haken an.

Im Schlafzimmer fand er Faye neben dem Bett auf dem Boden, sie umfasste ein Kissen mit ihren Armen. Er kniete sich zu ihr, griff nach ihrem Kinn.

»Shenna«, sagte er auf gut Glück. »Lass meine Frau schlafen, sie braucht Ruhe. Du weißt nicht, was sie durchmacht.«

»Nicht heute Nacht, Daddy, bitte! Ich ertrage es jetzt nicht.«

»Was willst du von mir? Ich kann dir nicht helfen, wenn du nicht auf mich reagierst. Gib mir einen Ort, einen Namen – irgendetwas.«

»Lass mich allein hier unten, nur heute. Komm morgen!«

»Wo unten? Wo steckst du, Kind?«

»Nimm deine Finger von mir. Ich verachte dich!« Don legte seine Hände wie einen Trichter um Fayes Gesicht.

»Shenna, lass mich dir helfen! Lass mich Faye helfen! Lass mich …« Seine Frau sah ihm mit wachen Augen entgegen.

»Ich muss schon sehr bitten, mein Herr! Sie treten mir zu nahe.« Don erhob sich, reichte Faye eine Hand. Sie hangelte sich an seinem Arm entlang nach oben. »Ich habe Ihnen gestattet, die Nacht hier zu verbringen. Nutzen Sie das nicht schamlos aus!«

»Entschuldige, Schatz.« Don half ihr zurück ins Bett, deckte sie zu. Er drehte sich um. Dort stand Meghan mit offenem Mund, starr wie eine Puppe. Don fasste sie an der Schulter, führte sie aus dem Zimmer, schloss die Tür hinter ihnen.

»Ich warnte dich, es könnte seltsam werden. Du meintest, du seist hart im Nehmen. Faye hat ein spezielles Problem.«

»Ein sehr spezielles Problem«, sagte sie, nickte wiederholt. »Ich bin mir nicht mehr sicher, ob ich die Richtige bin, sie zu betreuen.«

»Sie ist nicht gefährlich. So, wie ich das verstehe, hat sie diese Zustände nur, wenn ich in ihrer Nähe bin. Sie wendet sich an mich.«

»Sie?«

»Shenna. Das ist jetzt zu kompliziert. Für dich bleibt sie dieselbe, die sie den Tag über war. Tritt dieser Zustand wieder ein, bin ich anwesend, kümmere mich darum.«

Meghan ließ sich überzeugen, Fayes Pflege fortzusetzen, sie versprach Stillschweigen über deren Verhalten. Öffentliche Stellen durften unter keinen Umständen davon erfahren. Doktor Ives, dem sie Bericht zu erstatten hatte, war an seinen Verschwiegenheitseid gebunden.

Don kehrte zurück zu Faye, die erschrak, als sie ihn in ihr Bett schlüpfen sah.

»Mein Herr, wir sind einander nicht vorgestellt worden. Es ziemt sich nicht, derart vertraulichen Umgang zu pflegen, eh den gesellschaftlichen Normen genüge getan ist.« Don stieg aus dem Bett, verbeugte sich.

»Mein Name ist Ravenclaw. Ich wünsche uns beiden eine erholsame Nacht.« Faye nickte ihm zu.

»Ich heiße …« Sie starrte in den Raum.

»Faye Byrne«, sagte Don. »Die Frau des Virgil Byrne.«

Sechstes Kapitel

Meghan klopfte am Morgen an die Schlafzimmertür, erkundigte sich, ob sie für Faye ein Bad richten dürfe. Sie sah aus, als hätte sie die ganze Nacht nicht geschlafen. Ihre Augen waren gerötet, sie hatte womöglich lange gelesen, um einzuschlafen. Don stieg zuvor schnell unter die Dusche, setzte sich dann zum Frühstückstisch, auf dem eine Thermoskanne mit Kaffee bereitstand. Auf dem Teller des alten Plattenspielers drehte sich ein Album von U2, alten Bekannten aus Dublin, die ihn und alle anderen damals überflügelten: »Sunday, Bloody Sunday«[8] – ein Stück blutiger irischer Geschichte. Nette Jungs! Er hörte, wie Faye Meghan im Badezimmer

---

[8]   U2, Sunday Bloody Sunday (War, 1983)

freundlich begrüßte. Sie freute sich jetzt stets, jemanden zu sehen. Das war nicht immer so gewesen.

Don dachte über Oscars Rat nach, selbst initiativ zu werden, um Shenna und Faye zu helfen. Die Geschehnisse der letzten Nacht duldeten keinen Aufschub mehr. Was vor allen Dingen fehlte, waren Informationen. Ihm war nicht bekannt, wie die Ermittlungen standen, wer tatsächlich verdächtigt wurde, welche die Figuren in diesem Spiel waren. Was mochte das Motiv des Täters sein? Konnte jemand, der nicht gänzlich geisteskrank war, Nutzen aus einer solchen Tat ziehen? Es gab für ihn nur einen Weg, auf einige dieser Fragen Antworten zu erhalten. Doch niemand würde sich – selbst verdächtigt – freiwillig in die Situation bringen, welche seine Gedanken sich ausmalten.

Don rief Tyron an, fragte ihn nach der Telefonnummer von Detektiv-Superintendent Cavanaugh. Sein Manager stellte für ihn eine Verbindung mit der Garda Síochána her, dort legte man ihn in eine Warteschleife. Er wartete eine Minute.

»Mister Byrne, ich bin überrascht.« Cavanaugh klang positiv gestimmt, sie hatte vermutlich eben einen Zeugen verspeist. »Sie möchten eine Aussage tätigen?«

»Nicht eigentlich! Mein Anliegen ist ein anderes. Morgen ist der sechzehnte Dezember.«

»Danke für den Hinweis. Sie haben erraten, Daten sind nicht meine Stärke. Es wäre nett, wenn Sie mich regelmäßig erinnern würden.« Sarkasmus war gar nicht Dons Ding.

»Ich meinte, morgen ist der verschobene Bloomsday. Wenn Sie nichts Besseres vorhaben, würde es mich freuen, sie dazu einzuladen.« Sie antwortete nicht. Don holte noch einmal aus. »Das kommt natürlich unerwartet für Sie, aber ich hatte bei unserem Gespräch den Eindruck, einem kulturinteressierten Menschen gegenüberzusitzen.«

»Was in der Welt bringt Sie auf solchen Unsinn. Ich interessiere mich für meinen Beruf und die Katze, das war 's.«

»Das heißt also: Nein.« Es entstand eine Pause.

»Nun, ich weiß nicht. Große Pläne habe ich für morgen nicht. Sie haben Glück, ich hatte ohnehin vor, Zeitausgleich zu nehmen. Was soll 's! Ja, ich bin dabei.«

»Das ist schön. Die Tour beginnt in der Eccles Street Nummer sieben. Darf ich dort auf Sie warten, sagen wir um neun?«

»Sie dürfen. Wenn Sie mich jetzt entschuldigen, ich habe zu arbeiten.« Don vermochte nichts weiter zu sagen, er hörte nur noch den Piepton. Einmal tief durchatmen! Hatte sich eben das Kaninchen freiwillig der bösen Wölfin ausgeliefert?

Stimmte Dons Unterstellung, Shenna melde sich nur in seiner Gegenwart, schonte er Faye am besten dadurch, sich ihr nicht zu oft zu zeigen. Die Szenen, die seine Frau durchlebte, strengten sie zu sehr an. Er verließ das Haus, bevor Faye zum Frühstückstisch kam. Meghan bat ihn, O'Brien mitzunehmen, sie wolle Ms Byrne jetzt nicht allein lassen, und das Tier brauche Auslauf. Don willigte gerne ein.

O'Brien sprang auf Rossis durch umgekippte Rücksitze vergrößerte Ladefläche. Don war noch unschlüssig, wohin er fahren sollte. Erst nach dem Gespräch mit Detektiv-Superintendent Cavanaugh würde ihm möglich, weitere Schritte zu setzen.

Er sah Kelly die Einfahrt hereinschlurfen. Gelegenheiten musste man ergreifen. Don stieg aus dem Auto, sprach das Mädchen an.

»Hi, Kelly! Du kommst, dich um Faye zu kümmern?«

»Natürlich, wie immer.«

»Faye hat jetzt eine Vierundzwanzigstundenhilfe, sie ist bei ihr.« Kellys Augen weiteten sich.

»Bedeutet das, ich habe keinen Job mehr?«

»Keinesfalls. Meghan, so heißt die Pflegerin, wird manche Auszeit brauchen. Der Job ist anstrengend.« Kelly war nicht überzeugt.

»Dann werden wir Termine abgleichen müssen, das wird oft nicht funktionieren.«

»Mach dir keine Gedanken, das bringen wir schon unter einen Hut. Meghan ist flexibel.« Don lehnte sich mit dem Rücken gegen Rossi. »Du wirst sie beim nächsten Mal kennenlernen. Komm, wir trinken einen Kaffee bei Maguires. Das ist für heute deine Tätigkeit.« Er wies mit dem Kinn auf den Suzuki. Kelly nahm auf der Beifahrerseite Platz. O'Brien steckte seinen Kopf zwischen den Vordersitzen ins Cockpit, leckte Kellys Wange. Rossi tuckerte los.

Auf dem Weg ins Lokal sprachen sie über Kellys Schulalltag, O'Briens letzten Impftermin, die Vorteile des Lebens in Dublin gegenüber dem Pampadasein. Es begann zu regnen, dünne Schauer bloß. Kelly bemerkte, solange das Wasser als Flüssigkeit fiele, könne das Wetter nicht zu kalt werden. O'Brien grunzte, Don auch.

Lokale wirken bei Regenfall aus dunklen Wolken besonders gemütlich. Sie nahmen den Tisch, an dem sie zuletzt gesessen hatten, bestellten Kaffee. Kelly aß einen Muffin dazu.

»Du hast Detektiv-Superintendent Cavanaugh kennengelernt?«, fragte Don.

»Starke Frau! Die hat echt Power.«

»So kann man das auch sehen. Mancher hat Probleme mit ihrem bohrenden Blick.«

»Gut. Die soll euch nur einschüchtern.«

»Dein Stiefvater war mit dir auf der Wache.«

»Der läuft derzeit neben mir her wie ein Köter.« Sie streichelte O'Brien, der unter dem Tisch lag. »Nicht wie du, Flanny.«

»Flanny?«

»Wie Flann O'Brien – ist er nicht sein Namenspatron? Sie hätten ihm seinen irischen Namen geben sollen: Brian Ó Nualláin.«

»O'Brien klang gesellschaftsfähiger. Man möchte seinem Hund doch nicht die Zukunft verbauen.«

»Sie denken an sowas.« Kelly lächelte. Ihre Miene fror ein. »Nur Sie.« Sie blickte aus dem Fenster, senkte den Kopf. O'Brien krabbelte hoch, brummte, legte seine Schnauze auf Kellys Schoß.

»Dein Stiefvater hält nicht viel von mir«, sagte Don.

»Ach, der«, stöhnte sie. »Sie sind ihm bestimmt nicht irisch genug.«

»Das hat mir noch keiner vorgeworfen.«

»Der ist voll der Nationalist. Sie als Prominenter müssten in seinen Augen offen für ein geeintes Irland eintreten, England schlechtmachen.«

»Zu denen gehört er also. Ist er organisiert? Ich meine, gehört er zu einer Aktionsgruppe?«

»Ich hab' das nicht beobachtet, aber wundern würde es mich nicht. Seit einigen Tagen ist er mit zwei Jungs unterwegs, die ihm aufs Wort folgen. Creepy!«

»Was treiben die?«

»Keine Ahnung.« Kelly hob die Schultern, beschäftigte sich mit ihrem Muffin. Don sah ihr eine Weile zu.

»Cavanaugh hat mich auf Faye angesprochen«, sagte er dann.

»Mich hat sie auch nach ihr gefragt. Ich habe ihr von meinem Job bei Ihnen erzählt. Sie wollte wissen, wie Ihre Beziehung zu Ms Ravenclaw sei, sie nannte sie irgendwie anders, Byrne oder so.«

»Das steht in meiner Geburts- und unserer Heiratsurkunde.«

»Sie fragte doch glatt: ›Hasst er sie?‹.«

»Die spinnt sich was zusammen – irgendein Psychozeug. Warum, zur Hölle, sollte ich Faye hassen?«

»Weiß ich doch nicht.«

»Du hast den Eindruck, sie verdächtigt mich.«

»Die verdächtigt sogar ihre Katze.«

»Von der hat sie mir auch erzählt.« Don lachte. »Du hast dich viel mit Stacey herumgetrieben?«

»Ich habe sie nur zwei- bis dreimal gesehen. Sie war nett. In jener Nacht auf dem Hill of Tara hätte ich sie besser kennengelernt. Wir waren auserwählt.« Kelly strahlte erstmals ein wenig.

»Auserwählt wozu?«, fragte Don. Kellys Miene verfinsterte sich wieder. Sie streichelte O'Brien ausgiebig, kraulte ihn mit ihren langen Fingernägeln. Der Hund schrak hoch, kroch unter dem Tisch zu Don.

»Ich werde dann mal besser gehen«, sagte Kelly. »Danke für die Einladung, Mister Ravenclaw.«

Don zahlte die Rechnung, ließ eine lokale Tageszeitung dazuschreiben. Sie verließen das Restaurant. Draußen regnete es noch immer. Sie liefen schnell zu Rossi, sprangen ins Wageninnere. Don startete den Wagen, die Scheibenwischer begannen ihre gleichförmige Bewegung.

»Natürlich, bei dem Wetter ist er wieder unterwegs«, rief Kelly. Don folgte ihrem Blick. Drei Männer stapften mit zwei Schubkarren im Schlamm zum Hill of Tara.

»Dein Stiefvater?«, fragte Don.

»Und sein Gefolge«, sagte Kelly. »Sie laufen entweder im Dunkeln oder bei miesem Wetter in der Gegend herum. Möchte echt mal wissen, was da abgeht.« Don wurde nachdenklich. Er legte einen Gang ein und fuhr los.

»Sanders ist nicht der Name deines Stiefvaters.«

»Nein, der heißt McDonagh.«

Kurz bevor Rossi am Haus anlangte, das Kellys Familie bewohnte, hörte es auf zu regnen. Don fixierte mit Kelly für den nächsten Tag einen Termin, um Meghan kennenzulernen, dann lief sie ins Haus.

Nach nur zwei Kilometern hielt er Rossi in einer Ausbuchtung der unbefestigten Straße an, stellte den Motor ab. Er legte die Tageszeitung auf seinen Schoß, warf den Kopf in den Nacken, schloss die Augen. Wie ein Vogel hing er über der Landschaft, sah den Wagen allein in der weiten Landschaft stehen, umkreiste ihn im Gleitflug, stach dann geradewegs in Richtung Meer, über Hügel und einzelne niedrige Steinmauern hinweg. Grün überall, unterbrochen von Schneeinseln, diffuses Licht irisierte auf den nassen Klippen der Küste. In weitem Bogen flog er zurück in die Ebenenlandschaft, folgte den Spuren, die Rossi in den Schlamm gegraben hatte, landete mit schlagenden Flügeln auf dem Fahrersitz des Geländewagens. Don rieb seine Augen mit den Fingern, schlug die Zeitung auf seinem Schoß auf. Neben den obligaten Berichten über den Rekordwinter fand er den gesuchten Artikel, der sich mit dem Verschwinden eines Mädchens befasste. Der Beitrag schaffte es nicht einmal auf die erste Seite. Die Zwölfjährige, von der die *Irish Independent* berichtet hatte, wurde nur in einem Nebensatz erwähnt. Sie war mit ihr bekannt, beide waren zwölf Jahre alt. Stacey dagegen war Thema, mehr als die Verschwundene selbst – Murder sells.

Don legte nach einem kurzen Blick in den Kulturteil – Lúnasa traten in Navan auf – die Zeitung beiseite, startete Rossi. O'Brien hatte die ganze Zeit über auf der Ladefläche geschlafen, jetzt schob sich seine Schnauze zwischen den Sitzen hindurch. Don blickte in den Rückspiegel.

»Keine Sorge, Junge, du bekommst deinen Auslauf noch.« Er steuerte den Wagen zurück nach Tara, hielt etwas abseits an, damit der Weg lang genug sei. O'Brien brauchte das. Der sprang denn auch aus dem Fahrzeug, lief hin und her, die Zunge wie eine Fahne im Wind.

Die schlammige Erde schmatzte bei jedem Schritt Dons, O'Brien war bald paniert wie Fish & Chips ohne Chips. Auf halbem Weg kamen ihnen drei Männer entgegen. Die zwei Jüngeren lenkten Schubkarren voller Schaufeln, Spaten und anderem Grabewerkzeug. Der Dritte war Kellys Stiefvater, McDonagh. Sie trugen Gummistiefel mit hohen Schäften, trotteten an Don vorbei. Dieser setzte zu einem Gruß an, doch sie starrten zu Boden. Er ließ es bleiben. O'Brien trieb ihn weiter, letztlich den Hügel hinan.

Sie erreichten den Dumha na nGiall, den Hügel der Geiseln. Vor dem Eingang zum Passagegrab war die Erde voller Reifenspuren von Schubkarren. Don betrat den Durchgang, duckte sich unter die niedrige Decke. Er kam nicht weit, schon stand er vor einem Erdloch, das nur drei bis dreieinhalb Meter lang und einen Meter breit war – gerade genug Platz zum Graben für zwei Personen. Doch es schien tief zu sein.

O'Brien umkreiste den Mound of Hostages, wälzte sich im Aushub, den die Grabenden hinterlassen hatten, genoss die Szenerie. Es begann wieder zu regnen. Don schlug den Kragen hoch, machte sich auf den Rückweg zu Rossi.

Im Wagen schaltete er die Scheibenwischer ein, beobachtete, wie sie ihre Halbkreise auf die nasse Scheibe zeichneten, die vom Regen sofort ausgelöscht wurden. Es war fast Mittag.

Don nahm sein Mittagessen in einem Lokal in Navan ein. Er hatte die historische Stadt lange nicht aufgesucht, beschloss, sich dort umzusehen. Nach Besuch der touristischen sowie der weniger bekannten Sehenswürdigkeiten trank er Kaffee in einem Pub. An einem der Nebentische sprach man über Stacey. Sie wurde als jugendliche

Prostituierte betrachtet, die an den falschen Freier geraten war. Wie leichtfertig hatte auch er oft Menschen abgeurteilt. Er warf es seinen Nachbarn nicht vor, fand es nur traurig. Dann wurden Fragen aufgeworfen, die sich Don noch nicht gestellt hatte: Warum hört man nichts von ihren Eltern? War sie ganz allein in der Welt?

Eine Internetsuche in seinem Smartphone zeigte unzählige Einträge für den Namen Walsh, so waren Staceys Eltern nicht zu finden. Er entschied, Kelly anzurufen.

»Sanders«, sagte eine weibliche Stimme. Es war nicht Kelly.

»Guten Abend, Ms Sanders«, sagte er. »Hier spricht Don Ravenclaw. Ist Kelly zuhause?«

»Tut mir leid, Mister Ravenclaw, meine Tochter ist außer Haus. Sie ging noch einmal weg. Kann ich vielleicht etwas für Sie tun?« Don überlegte.

»Sie kennen nicht zufällig die Eltern einer Freundin Ihrer Tochter, Stacey Walsh.«

»Das arme Mädchen! Die ganze Stadt spricht davon, was ihr zugestoßen ist. Sie hatte schon seit Jahren keine Eltern mehr. Die Mutter starb bei ihrer Geburt. Der Vater hat sie wohl der Fürsorge überlassen, aber er soll auch gestorben sein. Stellen Sie sich vor, Mister Ravenclaw: Die ganze Familie ist jetzt ausgelöscht. Das arme junge Ding. Das hat sie nicht verdient.«

»Ich dachte, Kellys Verbindung zu ihr war zu oberflächlich, all das über ihre Familie zu wissen.«

»Kelly kannte sie kaum, aber ich habe Ihre Mutter gekannt, sie war vor langer Zeit eine Freundin. Mein Gott, das arme Kind ist ganz allein aufgewachsen. Ich habe sie besucht in ihrer kleinen Wohnung in Dublin.« Ein Geräusch im Hintergrund war zu hören. »Mein Lebensgefährte ist gerade gekommen. Ich muss Schluss machen, Mister Ravenclaw. Er will sein Essen.«

»Natürlich. Danke, Ms Sanders. Vielleicht darf ich mich wieder melden.«

»Kommen Sie doch einfach vorbei. Bis zwei Uhr nachmittags bin ich immer allein zuhause.«

»Das Angebot nehme ich gerne an, Ms Sanders. Ich wünsche Ihnen noch einen schönen Tag.«

Der Abend war hereingebrochen. Jetzt wurde eine kleine provisorische Bühne im Pub errichtet, Musiker brachten ihre Instrumente zum Vorschein. Don freute sich darauf, einmal als Zuhörer einem Konzert beiwohnen zu dürfen. Er bestellte ein Glas Bordeaux.

Nachdem Fidel, Kontrabass und Banjo gestimmt waren, die Mundharmonika ein paar Töne gespielt hatte, intonierten die Musikanten a capella einen kurzen Shanty, der traditionell zum Hissen der Segel dienen sollte. Darauf folgte instrumentale Musik. Der Geiger holte viel Leben aus seiner Fidel, zuckte dazu heftig mit seinen Gliedern. Dann fiel der Bassist mit seiner Stimme ein, sang mit Inbrunst über eine Shirley. Der Refrain wiederholte den Namen immer wieder. Dons Gedanken wanderten zu Shirley mit der Dornenkrone. Er lächelte. Wie ernsthaft sie in ihn zu dringen versucht hatte! Oscars Stimme erklang: »Jemand muss sich um diese Shirley kümmern. Kate ist verrückt. Sie ist eine Gefahr.« Unsinn, Oscar entstammte seinem Gehirn, konnte nicht mehr wissen als er selbst. »Du könntest dich täuschen – in Hinsicht auf mich, meine ich. Womöglich bin ich real.« Don schüttelte ihn aus dem Kopf, konzentrierte sich wieder auf die Musik.

Die Band erledigte ihre Aufgabe mit Elan, stimmte dann ein langsames Lied an, das dennoch zum Tanzen anregte. Don versank in den Klängen, ließ sich gehen. Glänzende Augen blickten in die seinen, am Arm zerrte das Gewicht eines Körpers, der sich mit seinem um eine Achse drehte. Eine junge Faye näherte ihre Lippen seinem Ohr, eine dunkle Stimme flüsterte: »Tisha.«

Don bemerkte, er hatte die Lehne des benachbarten Stuhls umfangen, wirbelte diesen umher. Einige Gäste des Lokals kicherten. Er war zu alt, dem Bedeutung zuzumessen, wollte den unterbrochenen Zustand zurückholen, bei seiner unversehrten Frau sein. Es gelang nicht mehr. Er stellte den Stuhl gerade, raunte dem schwindenden Bild seiner Liebe zu: »Ja, Tisha.« Seine Hände umschlossen das Weinglas wie Keimblätter. »Tish.« O'Brien drehte den Kopf zur Seite, lief eine Runde um den Tisch, ließ sich zu Dons Füßen nieder.

»Die Band möchte Sie einladen, Mister Ravenclaw.« Der Kellner beugte sich zu ihm herab. »Sie werden gleich eine Pause einlegen und würden sich freuen, wenn Sie für ein paar Momente an ihren Tisch kommen würden.« Don schrak hoch.

»Natürlich, gern«, sagte er.

Sie spielten noch eine Nummer vor der Pause. Der Mundharmonikaspieler griff zur Tin Whistle, die Band intonierte ein irisches Volkslied, dann setzten sie sich an einen Tisch im innersten Teil des Lokals. Einer winkte Don zu, lud ihn mit einer großzügigen Geste ein, sich zu ihnen zu begeben. Don folgte der Aufforderung, nahm sein Glas und O'Brien mit an den Musikertisch. Er wurde herzlich empfangen, schüttelte jedem die Hand, setzte sich in die Runde. O'Brien verschwand unter dem Tisch.

»Es ist eine Freude, Raven, dich hier zu sehen.« Der Banjospieler saß ihm gegenüber. »Man hört, dein Konzert im Olympia war ein Erfolg. In unseren Tagen liest man nicht mehr viel über Folkmusic, du hältst das Banner hoch.«

»Ohne meinen Aussetzer wäre das Konzert im Strom der Meldungen untergegangen. Ein Fehler ist manchmal rentabler als ein kreativer Einfall«, sagte Don, lachte.

»Es war also doch keine Absicht!«, fiel der Bassist ein.

»Brad hatte Recht.« Der Angesprochene, offenbar der Mundharmonikaspieler und deutlich jünger als seine Kollegen, musterte Don.

»Was dürfen wir für dich bestellen«, fragte der Geiger.

»Nichts, danke, ich habe noch Wein, muss dann mit dem Auto fahren.«

»Vielleicht trinkt er auch nicht gerne mit Provinzmusikanten«, sagte Brad. Es wurde still am Tisch.

»Wo denkst du hin«, sagte Don. »Wir sind doch eine große Familie.« Die Versicherung hatte nicht die erhoffte Wirkung. Räuspern, Sesselrücken – sie richteten ihre Blicke auf die Getränke. Don gab sich einen Ruck. »Ein Pint wird mir schon nicht schaden.«

»Na also!« Der Bassist lachte, die Spannung löste sich. Nur Brad verharrte in seiner abwehrenden Haltung. Sie plauderten über die Großen der alten irischen Musik, die guten und schlechten Zeiten des Genres. Auch andere Musikrichtungen kamen zur Sprache, soweit sich diese aus traditionellen Wurzeln entwickelten. An einem Punkt erwähnte Don Ian Anderson von der Band Jethro Tull. Brad fiel ihm ins Wort.

»Einer, der irgendwo reinbläst, ist noch kein erwähnenswerter Musiker.« Er zog einen Mundwinkel hoch.

»Gerade du solltest seine Partei ergreifen«, sagte Don. »Das ist doch deine Abteilung – Tin Whistle, Blasinstrumente.«

»Sprich den Kleinen bloß nicht auf englische Musiker an«, sagte der Bassist. »Der junge Mann hält nicht viel von der Universalität der Musik.«

»Die Musik, die Kunst, die Schriftstellerei, sie alle müssen im Dienste der Sache stehen.« Brad stand auf, hob die Faust. »Wir sind keine Eintagsfliegen, wir müssen für die Menschen unserer Zeit einstehen.«

»Da ist schon was dran«, sagte Don. »Doch Anderson hat sich für vieles eingesetzt.«

»Engländer!« Das Wort kam wie Speichel aus dem Mund des jungen Musikers.

»Jeder wird irgendwo geboren«, mischte sich der Geiger nun ein. Er hatte die ganze Zeit nur zugehört.

»Das haben wir doch schon tausendmal durchgekaut.« Der Bassist fasste Brad am Ärmel, zog ihn auf seinen Platz zurück. »Lasst uns lieber an unseren Auftritt denken, es geht bald weiter.«

»Ihr werdet alle noch staunen!«, brummte der junge Mann. »Wir stellen die Ordnung wieder her.«

»Welche Ordnung?«, wollte Don wissen.

»Die gottgewollte Ordnung der Dinge. Die keltische Vereinigung – Iren und Schotten gegen die englischen

Unterdrücker.« Der Banjospieler erhob sich, bewegte die Unterarme aufwärts.

»Auf, Männer! Unsere Musik ist wieder gefragt.« Einer nach dem anderen griff nach seinem Instrument, stand auf. Sie verabschiedeten sich von Don, nur Brad warf ihm bloß einen Blick hin. Jetzt erst erkannte Don in ihm einen der beiden jungen Männer, die McDonagh begleitet hatten.

Er blieb noch eine halbe Stunde, bezahlte, winkte auf dem Weg aus dem Pub den Mitgliedern der Band zu.

Auf Rossis Fahrersitz verharrte Don noch ein paar Minuten, bevor er den Motor anließ. Fanatismus erschreckte ihn. So viel Leid hatte er schon angerichtet, besonders hier.

Er steckte einen USB-Stick in Rossis Media-Center, fuhr nachhause. Rory Gallaghers Gitarre begleitete ihn, bis er seine Farm erreichte.

Meghan hatte Faye bereits zu Bett gebracht. Sie saß in der Küche, las in einem Buch.

»Du kannst es dir ruhig im Wohnzimmer gemütlich machen«, sagte Don. »Die Küche ist ein Arbeitsplatz.«

»Ich fühle mich wohl hier«, antwortete sie. »Danke.«

»Was liest du da?«

»Shaw, Pygmalion.«

»Ich mag Shaw, sein soziales Engagement.«

»Ich habe *My Fair Lady* im Kino gesehen, das war ein schönes Erlebnis.«

»Aber auch mit klassenkämpferischem Hintergrund.«

»Ja, schon. Das ist mir auch nicht unwichtig, aber mehr als soziales Engagement brauchen gerade wir ein bisschen Heile Welt, schöne Bilder, Gesang …«

»Wer ist ›gerade wir‹?«

»Die, für die der Sozialismus da sein soll. Du hast mit deinen Liedern Freude und Trost gebracht. Weißt du, wie wichtig du einigen von uns bist, Raven?«

»Ich bin wichtig? Ich weiß nicht.«

»Ich habe diesen Job nicht zuletzt deshalb zu diesen Konditionen angenommen, weil ich ein Fan bin. Ich hätte womöglich sogar gratis gearbeitet.«

»Sag das nicht zu laut!« Don lächelte. »Tyron könnte es hören.« Er dachte einen Moment nach. »Als Fan wusstest du über unsere Situation Bescheid.«

»Ich habe von eurem Schicksal gelesen, es traf mich wie ein Schlag. Eure spätgeborene Tochter – ich wusste, Ms Byrne war gebrochen. Ich wollte ihr beistehen, dich entlasten, ein bisschen Schmerz nehmen, wie du es für mich getan hast mit deiner Musik.«

»Nenne sie Faye, nicht Ms Byrne. Du gehörst jetzt zu uns. Übrigens, morgen kommt Kelly vorbei, sie ist ein Mädchen aus der Umgebung, die regelmäßig nach Faye sieht. Ich werde am Bloomsday nicht da sein. Macht unter euch aus, wann sie für dich einspringen kann. Du brauchst auch Freizeit. Viel Spaß noch mit Pygmalion.« Don wandte sich zum Gehen. Meghan gab einen Laut von sich. Er drehte sich wieder zu ihr.

»Ich habe Tisha gekannt«, sagte sie. Don starrte sie an, er konnte nichts sagen. Sie fuhr fort. »Ich war ihre Lehrerin für ein Jahr.«

»Jetzt weiß ich wieder, woher du mir bekannt vorkamst. Der Elternsprechtag. Du hast sie über den grünen Klee gelobt.«

»Den irischen Klee.« Meghan lächelte. »Sie war ein besonderes Kind.«

»Ja, das war sie.«

»Da ist noch etwas, das ich dir sagen muss ... aber nicht jetzt. Für heute ist das genug, denke ich.«

»Ich bin tatsächlich recht müde. Der passende Moment wird kommen.«

»Das wird er.« Meghan steckte ihre Nase wieder in ihr Buch.

Don begab sich zu Faye ins Schlafzimmer. Sie schlief, ihre Züge wirkten entspannt, wie jene der jungen Frau, die mit ihm getanzt hatte.

»Komm zurück!«, flüsterte er.

Siebtes Kapitel

Don hauchte in seine gefalteten Hände. Er war nicht allein in der Eccles Street 7, wo Joyce Bloom gewohnt hatte. Die Szene glich vielmehr einem kleinen Aufstand.

Das Stimmengewirr bestand zum Gutteil aus Lachen. Kein Wunder, verteilte man doch heiße alkoholische Getränke. Schon stand ein Mann mit einem Tablett vor ihm, bot sein Feuerwasser feil. Don bediente sich. Ja, das wärmte von innen nach außen.

Detektiv-Superintendent Cavanaugh traf pünktlich ein. Sie hatte bereits ein Glas Mulled Wine in Händen.

»Das also ist das Haus, in dem er wohnte«, sagte sie und musterte das Gebäude vor ihnen von oben bis unten.

»Nein«, entgegnete Don. »Das Haus wurde vor langer Zeit abgerissen. Aber die Tür existiert noch. Sie ist im James-Joyce-Centre zu bewundern, das ist gleich dort vorn.«

»Das ist nicht ihr Ernst! Was stehen wir dann hier?«

»Es dreht sich nicht um das Gebäude, sondern um die Stationen der Odyssee Blooms.«

»So viel habe ich auch verstanden, kann aber nicht behaupten, ich sei beeindruckt. Wenn ich meine Einkäufe erledige, absolviere ich eine stolzere Odyssee als dieser seltsame Mann.«

»Vorsicht! Sie werden sich selbst wegen Landesverrats verhaften müssen.«

»Wir lassen Mister Joyce nicht einmal aus der Schweiz einreisen, dieses Volksfest veranstalten wir doch für die Touristen. Die Iren, die Sie hier sehen, suchen bloß nach Geschlechtspartnern.«

»Tut das nicht jeder, der noch einen Sack hat?« Craig blinzelte über Dons Schulter. Ein Blick in Cavanaughs Gesicht belehrte ihn eines Besseren. »Verzeihung.« Don versuchte, ihm zu Hilfe zu eilen.

»Unser Scherzbold setzt sich bei Ihnen dauernd in die Nesseln.«

»Ich fürchte, das passiert Ihrem Freund nicht nur bei mir. Diese Nesseln wachsen heute gar nicht mehr. Er hat nicht gelernt, die Themen Frauen und Sexualität unter einen Hut zu bringen. Der Schritt zum Haftbefehl ist nur noch ein kleiner.« Don und Craig schauten einander an. Lachte man jetzt oder rief seinen Anwalt an? Cavanaugh erkannte das Problem der beiden, zeigte eine stolze Miene, drängte zwischen ihnen hindurch und wandte sich an Don.

»Begutachten wir nun diese Tür im Museum oder stehen wir hier noch länger herum?«

»Ich wäre für Rumstehen«, sagte Craig. Don zögerte.

Eine Unruhe entstand am Rand der Besuchermenge. Bald wurde der Grund sichtbar. Eine Gruppe von etwa dreißig bis vierzig Menschen drängte sich durchs Gewühl, einige schleppten eine Art Schatzkiste, die aus einem Piratenfilm stammen hätte können, stellten sie direkt vor Don auf den Boden. Dieser wich aus, stieg dabei auf Detektiv-Superintendent Cavanaughs Zehen. Sie sagte nichts, wartete sichtlich ab, was die neuen Besucher vorhatten, fixierte eines der Gesichter. Genau diese Person, ein junger Mann mit Bartflaum, ergriff nun das Wort.

»Liebe Landsleute! Freunde! Ihr alle kennt die Geschichte des Steins des Schicksals auf dem Hill of Tara. Wann immer unserem Land Gefahr droht, so heißt es, schreit er, ruft uns zum Kampf.« Er sucht die Augen seiner Zuhörer. »Nun, er hat es wieder getan. Zeuge dieses Ereignisses war der Anführer der MAINS, das ist die Bewegung, die für den Zusammenschluss unseres Landes mit Nordirland und Schottland steht. Diese Länder wollen wir den englischen Besatzern entreißen.«

»Besatzern?«, fragte Cavanaugh laut. Der junge Mann beachtete sie nicht.

»Was, nun, ist die Bedrohung für unser Land, werdet ihr fragen. Ich sage es euch: Unser Land ist nicht nur der Teil der Insel, den man uns gnädig zugesprochen hat.

Unser Land ist die ganze irische Insel. Wir sind ein Volk.«

»Nicht gerade was Neues«, warf jemand aus der Menge ein.

»Nicht einmal gut kopiert«, ergänzte Craig. Der Redner räusperte sich, schluckte.

»Mit Großbritanniens Austritt aus der Europäischen Union sind wir einen weiteren Schritt getrennt worden von unseren Brüdern und Schwestern. Durch unsere Länder verläuft die Grenze zwischen der Union und dem Königreich, Demokratie und Monarchie. Unseren schottischen Freunden wurde ein Referendum über den Verbleib in der Union nach der Austrittserklärung verweigert. Diese autoritäre Behandlung ist nicht hinzunehmen.«

»Es gibt Verträge, die einzuhalten sind«, rief Craig.

»Welche Verträge hat England jemals eingehalten?«, hielt ihm der junge Mann entgegen. »Die Welt existiert nicht nur, um die Bedürfnisse von Engländern zu befriedigen.«

»Wenn Bedingungen nicht mehr den Gegebenheiten entsprechen, überdenkt man Verträge, ändert oder löst sie.« Craig hob die Schultern. »Das ist ganz normal.« Ein Lächeln zog sich über das Gesicht seines Opponenten.

»Eben«, sagte dieser. »Genau das fordern wir. Geänderte Bedingungen müssen zu Neuverhandlungen führen, deren Resultat auch die Lösung des Vertrages sein kann.«

Craig erkannte, er hatte sich in eine Sackgasse manövriert, gab vor, sich mehr für den Mann mit den Getränken zu interessieren. Cavanaugh lächelte.

»Das war wohl nichts«, sagte sie. »Auf Sie ist Verlass: immer das falsche Wort zur rechten Zeit.« Craig überhörte die Bemerkung, holte sich einen Becher Glühwein.

»Sie kennen den jungen Mann«, sagte Don. »Habe ich Recht?«

»Das ist Staceys Freund, Angus Learey. Wir hatten bereits das Vergnügen einer Unterhaltung.«

»Oh, er soll der Hauptverdächtige sein, hört man.«

»Wo nehmen Sie das her?« Sie zog die Brauen zusammen. »Von wem hört ›man‹ das?«

»Gott, das geht so um.«

»Ich verlautbare meine Verdachte nicht. Sie sollten auf derlei nichts geben.«

»Einverstanden. Allerdings wundert mich, jemand, der eben seine Geliebte verlor, steht auf der Straße als Marktschreier für eine Revolution.«

»Menschen sind verschieden, empfinden unterschiedlich.«

»Sie haben doch dasselbe gedacht. Das sah ich Ihnen an, als dieser Angus die Szene betrat.«

»Bleiben Sie aus meinen Gedanken. Ich habe Ihnen keinen Zugang gewährt.«

»Sie kennen bestimmt auch den Anführer dieser Gruppierung.«

»Mit der Beobachtung dieser Vorgänge ist ein Kollege betraut. Ich arbeite zurzeit fast ausschließlich am Fall Stacey Walsh.«

»Zwischen den Abteilungen steht nicht die Chinesische Mauer. Sie haben gemeinsame Besprechungen. Ich erinnere mich an die Fäden Ihres Netzes Sie lassen doch nichts und niemanden aus Ihren Ermittlungen.«

»Verhören Sie gerade eine Polizistin? Ihnen ist doch klar, das macht Sie verdächtig. Es ist vor allem der Täter, der am Fortgang der Untersuchungen interessiert ist.« Cavanaugh musterte Don, der erkannte, er hatte sich zu weit vorgewagt.

Craig kehrte zurück. Er lächelte seinen Glühwein an, es war Liebe. Angus unterbrach seinen Vortrag. Don hatte ihn nicht weiter verfolgt. Jetzt öffneten die Begleiter des Redners die Schatztruhe. Wie erwartet, war sie mit Flugblättern gefüllt. Don nahm ein Exemplar, Cavanaugh ebenfalls. Die Truhe leerte sich schnell. Wieder ergriff Angus das Wort:

»Dieser Schrein steht symbolisch für die Bundeslade. Das Original ist nicht zufällig in irischer Erde vergraben. Sie soll unseren Truppen vorangetragen werden, sie unbesiegbar machen. Der Glaube der Iren ist unerschütterlich. Der Herr will diese Insel nicht geteilt wissen, er verfolgt einen Göttlichen Plan. Dieses Eiland darf nicht zerrissen werden. Der Anführer der MAINS ist eine seelische Verbindung mit dem großen Michael Collins eingegangen. Wir sind gerüstet für den Befreiungskampf.«

»Daher die Grabungen auf dem Hill of Tara, von denen die Zeitungen berichteten«, sagte Don zu Cavanaugh. »Sie haben die Lade nicht gefunden, darum muss die Piratenkiste dafür herhalten.«

»Und irgendein Kasper ersetzt Michael Collins«, fiel Craig ein. Cavanaugh fasste zusammen:

»Hast du selbst nicht viel zu bieten, verstecke dich hinter großen Namen und Symbolen«,

Sie spazierten weiter in Richtung Sandycove zum Joyce Tower. Das war ein gutes Stück Wegs zu laufen. Don kratzte sein Kinn.

»Trotzdem wüsste ich gern, wer ihr Anführer ist.«

»Ein Niemand«, sagte Cavanaugh, lachte. »Eine kleine Aushilfskraft in der Minchin Foundation for Cancer Research.« Ihre Gesichtsmuskeln zuckten, sie hatte ohne Not etwas preisgegeben. Don freute sich, eine Information ergattert zu haben.

»Niemand ist ein Niemand«, protestierte Craig. »Jesus war Zimmermann, Einstein ein Büroangestellter. Jeder kann Großes leisten.« Cavanaugh würdigte ihn keiner Antwort.

Sie kamen zügig voran, Don erzählte aus den gesammelten Bosheiten über den Autor des *Ulysses*. Sie lachten, erreichten ihr Ziel, den Joyce Tower in Sandycove. Jemand las laut aus Mollys Monolog, dem letzten Teil des umstrittenen Werks. Die drei sprachen nichts. Cavanaugh wandte sich jedoch bald ab. Don lud sie mit einer Geste zum Weitergehen ein.

»Der Stream of Consciousness ist nicht jedermanns Sache«, sagte er.

»Das ist es nicht«, erwiderte sie. »Die Rose in ihrem Haar, der Kuss an der maurischen Mauer, das hat etwas mit mir gemacht. Ich erwarte nicht, dass du das verstehst.«

»Das ›Du‹ nehme ich gerne an«, sagte er. »Du kannst mich Don nennen oder Virgil, wie es in deinen Akten steht.«

»Ich nehme Don«, sagte sie. »Mein Name ist Carol.«

Craig blieb am Joyce Tower, plante, nach der Darbietung das Museum zu besuchen.

»Schön, Carol.« Don räusperte sich. »Die nächste Station ist ein Bad am Forty Foot.«

»Ich passe. Es ist kalt.«

»Ich ebenfalls. Wir spazieren einfach vorbei und stellen es uns vor.«

»Stelle es dir bloß nicht zu bildlich vor, ich bin schüchtern.«

»Du bist nicht schüchtern, Frau Detektiv-Superintendent. Das glaube ich niemals.«

»Ertappt!« Sie lachte laut auf. Die Landzunge lag in unmittelbarer Nähe zum Turm. Don folgte den Anweisungen der Polizistin nicht, seine Vorstellung des Bads geriet recht naturalistisch.

Es wurde Zeit, zurück in die Innenstadt zu marschieren, wo es galt, bei Davy Byrne's ein Gorgonzolabrot zu konsumieren. Dieser Teil des Programms war stets der schwierigste für Don, er hasste Gorgonzola. Carol genoss die Todesverachtung, die Don aufwandte, den Programmpunkt zu erfüllen. Immerhin durfte dazu Burgunder getrunken werden. Er hob sein Glas.

»Du hast viele Verhöre zu führen?«

»Zwei bis vier pro Tag, je nachdem, wie lange das einzelne Gespräch dauert.«

»Das kannst du vorher schon absehen?«

»Nicht immer. Bei Mister Lynch hat es mich überrascht. Das Interview war als Routinevernehmung vorgesehen, er hat es sich jedoch selbst schwer gemacht, war fahrig, widersprach sich – dazu seine Verletzungen.«

»Die haben ihm deutsche Urlauber beigebracht. Craig bringt sich immer in Schwierigkeiten, du hast Recht.«

»Von den Urlaubern habe ich mittlerweile erfahren. Er ist sein eigener Feind.«

»Und dieser Angus? Ich weiß, du gibst deine Überlegungen nicht preis ...«

»Der gleiche Fall. Widersprüche. Autoritätsfeindlichkeit. – Dazu seine seltsamen Ansichten und Überzeugungen.«

»Das klingt, als ob beide nicht deine Hauptverdächtigen wären.«

»Ich habe dir letztens die Wahrheit gesagt, erst, wenn ich alle Player kenne, verdächtige ich.«

»Ich konnte dich nicht ausstehen beim Verhör«, gestand Don. Carol lachte.

»Das ist mein Schicksal.« Sie fasste an seinen Unterarm. »Lass uns aufbrechen.«

Weiter ging es zum Lincoln Place, unweit Merrion Square. Ob Oscar seine Odyssee verfolgte? Bei Sweny's Pharmacy musste ein Stück Zitronenseife gekauft und in die Hosentasche gesteckt werden.

In Folge hatte Bloom ein weiteres Mahl eingenommen: Schweineniere, angebrannt. Selbst dieser spezielle Wunsch wurde am Bloomsday gern erfüllt. Dieses Mal war es Carol, die sich überwand, die Niere hinunterwürgte.

»Wer Eingeweide verspeist, sollte bei mir auf dem Revier landen. – Igitt.«

»Du tappst also noch völlig im Dunkeln, was Staceys Fall betrifft.«

»Einiges habe ich schon rausgefunden. Du wirst aber verstehen, ich kann mit dir nicht darüber sprechen, noch gehörst du zu den Figuren auf dem Schachbrett.«

»Ich erwarte nicht, durch das Du-Wort von allen Sünden freigesprochen zu werden.«

»Weißt du, ich ermittle in verschiedene Stoßrichtungen. Da gibt es einen politisch-religiös motivierten Ast, einen beruflich-persönlichen, einen von Abhängigkeit geprägten, missbräuchlichen und einen kranken, perversen. Diese Äste verzweigen sich zusätzlich, berühren einander aber bislang zu wenig, um Zusammenhänge ausreichend durchschauen zu können.«

»Das ist ja richtig Arbeit. Danach kannst du noch schlafen?«

»Das lernt man.«

Endlich gelangten sie an den Strand von Sandymount. Die Aufgabe, die hier zu erfüllen war, erwies sich als delikat.

»Hier müssten wir uns unanständigen Dingen hingeben«, sagte Don. »Ich wäre bereit, wieder die Alternative zu akzeptieren, die wir erfolgreich bei Forty Foot angewandt haben.«

»Das ist gut. Ich habe nicht vor, unanständig zu sein. Hast du dein Seifenstück noch?« Carol griff in seine Hosentasche. »Ah, da ist es ja – glatt und fest.« Sie lachte lauthals.

Zuletzt standen sie an der Liffey, betrachteten das Custom House. Das Gebäude spiegelte sich im Wasser, von den Architekten geschickt platziert. Carol lehnte sich für einen Moment an Dons Brust. Sofort richtete sie sich wieder gerade, schlüpfte in ihre Rolle des Detektiv-Superintendents zurück. Mit dem Abschluss des schnell-konsumierten Bloomsday endete die Auszeit für die Beamte.

Don trug Carol an, sie bis zur Garda zu begleiten, wo sie ihren Rover geparkt hatte, doch sie zog vor, ein Stück allein zu spazieren – zum »Runterkommen«.

Er lief eine knappe halbe Stunde ziellos in der Gegend herum, genoss die kalte Luft, selbst den dreckigen Schnee am Straßenrand, fragte sich, wie Turner das gemalt hätte, wie Constable. Gut, Constable hatte Ähnliches gemalt, soweit er sich erinnerte.

Bald tauchte die Motorhaube eines Autos neben ihm auf. Carol bedeutete Don, stehen zu bleiben. Sie fuhr ihren Wagen an den Straßenrand, stieg aus.

»Gib mir ein paar Minuten. Ich muss noch etwas loswerden. Hier kann ich nicht halten, ich suche nach einem Parkplatz. Warum treffen wir uns nicht noch kurz in dem Pub da unten.« Don war einverstanden.

Nach ein paar Minuten saßen sie an einem Tisch von der Größe eines Tabletts. Sie bestellten Weißwein.

»So schnell hatte ich nicht erwartet, dich wieder zu treffen«, sagte Don.

»Ich hatte es auch nicht geplant. Es wäre aber unehrlich gewesen, dich so zurückzulassen, nachdem wir eine gewisse Vertrauensbasis aufgebaut haben.«

»Ich frage gar nicht, was das heißt. Du beantwortest keine Fragen, du stellst sie, richtig?«

»Richtig!« Sie lächelte. »Meist zumindest. Ich möchte, dass du das verstehst: Ich bin jetzt nicht deine beste Freundin, ich will nur keinen Blinden im Kreis drehen, um ihn orientierungslos zu machen. Das alles hat irgendwie mit dir zu tun.«

»Das alles?« Don griff zu seinem Weinglas. Carol hob ihr Glas, nickte ihm zu.

»Lass uns eine Sekunde an Ms Walsh denken. Sie gab ihr Leben für das Ritual eines Teufels.«

»Ein Ritual?«

»Ich wollte dich erst später damit konfrontieren, du sollst es aber nicht aus der Gerüchteküche erfahren. Du vor allen anderen hast ein Recht, davon zu wissen.«

»Das verstehe ich nicht.«

»Stacey Walsh wurde demselben Opferritual unterworfen wie deine Tochter. Wir fanden sie auf dem Friedhof von Glasnevin, ihr wurden dieselben Dinge angetan.«

»Stacey starb wie Tish?«

»Es tut mir leid, Don.«

»Aber ...« Seine Blicke wanderten, ohne an etwas hängen zu bleiben. »Mit Stacheldraht?«

»Ja.«

»An welchem Grab?«

»Peadar Kearney. Spielt das eine Rolle?«

»Ich werde es aufsuchen.«

»Da sind keine Spuren mehr von ihr.«

»Egal. Ich suche auch Tish an Parnells Ruhestätte auf, wo sie gefunden wurde. Erst danach treffe ich sie an ihrem Grab in einem entfernten Abschnitt des Friedhofs.«

»Lass das doch, du quälst dich nur! Warum bedeutet dir Stacey so viel, du kanntest sie nur oberflächlich.«

»Was du sagst, klingt für mich immer wie eine Verdächtigung.«

»Du kannst zwischen mir und meinem Job nicht unterscheiden.«

»Das kannst du doch selbst nicht. Ich habe von Anfang an einen Zusammenhang mit Tishs Fall gespürt, darum berührte es mich. Etwas war da, das sich ebenso anfühlte, wie damals. Das betrifft auch Shenna.«

»Wer ist Shenna?«

»Niemand. Vergiss es.«

»Wenn du etwas weißt, musst du es mir sagen. Du hast eine Auskunftspflicht. Das ist kein Liedtext, hier tötet jemand Menschen in meinem Bezirk. Das nehme ich persönlich.«

»Das war nichts Reales, nur eine dumme Fantasie. Mach dir keine Gedanken.« Don zeichnete eine abweisende Geste. Carol kniff ihre Lider zusammen, schaute im Lokal herum.

»Du weißt etwas. Wie soll ich dir vertrauen, wenn du mich belügst?«

»Ich lüge doch nicht.«

»Der Name Shenna ist nicht gerade ein alltäglicher. Du musst etwas wissen.«

»Was meinst du?«

»Das Mädchen, das schon vor Ms Walsh verschwunden ist, die Zwölfjährige – ihr Name ist Ryan, Shenna Ryan.«

Dons Stirn war eine undurchdringliche Platte, Worte prallten daran ab, wurden auf ihre Sprecherin zurückgeworfen, verstärkten sich, schlugen vor Neuem auf seinem Körper auf.

»Ich habe nicht gelogen, kenne sie nur als Fantasie Fayes.« Er schüttelte den Kopf. »Wie kann sie real sein?

Ich habe selbst gesagt, sie existiere, doch es nie wirklich geglaubt.«

»Erzähl!«, sagte Carol.

Don fasste Fayes Anwandlungen zusammen, auch seine Gedanken dazu. Carol hörte zu, ohne zu unterbrechen. Dann zog sie eine Braue hoch.

»Für so dumm willst du mich verkaufen? Ich habe dir, gegen meine Prinzipien, Dinge erzählt, die du nicht hättest erfahren sollen, und du dankst es mir mit diesem Ammenmärchen!« Sie stand auf, warf einen Geldschein auf den Tisch. »Zahl du, ich verschwinde.«

Don richtete seine Schritte zum Strand, Craig brauchte Rossi für die Heimfahrt. Er verstand den Unglauben Carols. Die Situation tat ihm leid, doch er fokussierte sich auf die Bedrohung für Faye und Shenna, jetzt, da sich Letztere als wirkliches Wesen erwiesen hatte.

Craig debattierte mit einem anderen Besucher. Sie tappten beide mit Fingern auf einer Seite des *Ulysses* herum, die jedem als Beweis dienen sollte. Craig sah Don, lies von seinem Gegner ab, zeigte eine wegwerfende Geste.

»Der hat ja keine Ahnung.«

Sie besuchten das Museum, obwohl sie die Exponate seit vielen Jahren kannten. Es ging mehr darum, die Menschen zu beobachten, die sich hier umtrieben, großteils Touristen aus aller Welt. Jeder hatte seine Ausgabe des *Ulysses* unter dem Arm oder in der Tasche, einige liefen lesend umher, blind für alles andere. Sie näherten sich dem Ausgang, als sie Doktor Ives und McDonagh in ein Gespräch verwickelt sahen. Letzterer gestikulierte lebhaft, während Ives zuhörte, nur gelegentlich ein Wort einwarf. Don steuerte in ihre Richtung, doch als er nahe genug war, etwas hören zu können, beendeten die beiden ihre Konversation, trennten sich. Ives verließ sofort das Museum, McDonagh blieb noch ein paar Minuten, machte sich dann auch auf.

»Komm!«, sagte Don zu Craig. »Wir haben denselben Weg wie dieser Herr.« Craig gehorchte.

»Den habe ich schon mal gesehen«, sagte er.

»Er hat Rossi überholt, du mochtest seinen Blick nicht.«

»Ah! Ich erinnere mich. Warum interessiert er uns?«

»Ich weiß nicht – nur so ein Gefühl.«

»Dein Auto sollte man nicht schräg anschauen, du reagierst mitleidslos.«

»Könntest du einmal den Mund halten und hilfreich sein?«

Sie schlichen hinter dem Mann her, suchten Deckung in der Menge. Nahe dem James Joyce Memorial Tree traf er auf Angus.

»Der schon wieder«, sagte Craig.

»Das macht Sinn«, entgegnete Don. »Ich hatte schon vermutet, es gäbe eine Verbindung zwischen den Fanatikern und den Ausgrabungen auf dem Mound of Hostages.«

»Der Knabe hat ja auch dauernd von dieser Lade gelabert. Und was haben wir nun davon?«

»Ich weiß nicht. Vielleicht nichts. Mich würde interessieren, welchen Status McDonagh in der Gruppe hat.«

»Ich wüsste lieber, was es zu Mittag gibt«, sagte Craig. »Es ist fast zwei Uhr.« In diesem Moment läutete sein Smartphone. Er drehte sich weg. »Ja … das ist schön … am besten sofort. Gut …« Er sah Don an, kehrte ihm wieder den Rücken zu. »Ich bin in wenigen Minuten bei Ihnen … bis dann, ja.« Er wandte sich noch einmal Don zu. »Du kannst mich doch schnell wo absetzen oder?«

»Klar, Rossi steht nur ein paar Querstraßen entfernt. Die beiden MAINS-Mitglieder trennen sich auch schon wieder.«

Er lieferte Craig an der gewünschten Adresse ab, das heißt, Craig wollte nicht direkt am Ziel abgesetzt werden, das letzte Stück ging er zu Fuß. Danach steuerte Don den Wagen nachhause.

In seinem Farmhaus erzählte ihm Meghan von Kellys Besuch. Sie hatten sich arrangiert, waren einander gleich sympathisch. Morgen sollte Meghan nicht arbeiten, Kelly übernahm den ganzen Tag für sie. Im Allgemeinen sollte Kelly nur zwei- bis dreistundenweise aushelfen.

Faye saß in ihrem Armsessel im Wohnzimmer. Don trat in den Raum, sie sprang hoch, lief auf ihn zu.

»Hilf mir, er verkauft mich. Ich will den Mann nicht sehen.« O'Brien setzte sich auf.

»Faye, komm. Erzähl mir, was los ist.« Don versuchte, möglichst ruhig zu bleiben, sie nicht aus ihrem Zustand hochzuschrecken. »Welcher Mann? Wer kauft dich von deinem Vater?«

»Hol mich hier raus!«

»Ich weiß, du bist irgendwo unten. Gib mir noch einen Hinweis. Ich will dich finden.«

»Er kommt herunter in mein Verlies. Halte ihn auf!«

»Wo ist dein Verlies? Bitte antworte mir. Nur das eine Mal.«

»Ich kenne ihn doch gar nicht Was will er von mir?«

»Shenna, rede mit mir! Hörst du mich nicht?«

»Ich habe solche Angst!« Mit einem lang gezogenen nasalen Laut kämpfte Faye sich wieder an die Oberfläche. »Warum halten sie mich fest?‹

Don setzte sie zurück in den Armsessel. Meghan hatte die ganze Zeit über wimmernd in einem Winkel des Raumes gestanden. Sie schien völlig aufgelöst. Don legte eine Kamelhaardecke über Fayes Knie, richtete sich an Meghan.

»Du bist ganz blass. Ist dir nicht gut.«

»Shenna«, flüsterte sie.

»Du hast schon einmal panisch auf diesen Namen reagiert. Du kennst ihn.«

»Sie war Tishs beste Freundin bis vor drei Jahren.«

»Du hast beide unterrichtet?«

»Sie waren wie Schwestern.« Sie sah Faye an, die im Sitzen eingeschlafen war. »Deine Frau muss sie bemerkt haben. Tisha ist ihr sicher ständig mit Shenna in den Ohren gelegen.‹

»Ich hatte nie vorher von ihr gehört.«

»Männer. Was wisst ihr denn!« O'Brien gab Laut.

»Das war es, was du mir noch erzählen wolltest.«

»Shenna war so zerbrechlich, Tisha viel sicherer, die große Schwester. Sie hat sie an der Hand geführt, für sie entschieden, sie beschützt.« Meghan setzte sich auf einen Stuhl neben Faye, die an ihrem Kleid zupfte. »Ich glaube, Shenna war aus armem Haus, aber ich weiß es nicht mit Sicherheit, hatte nie mit ihren Eltern zu schaffen.«

»Mich wundert, sie war nie hier, wenn sie einander so nahestanden.«

»Du bist doch zu den Zeiten, in denen Kinderbesuche stattfinden, gar nicht zuhause. Vielleicht war sie hier.«

»Faye kennt sie. Du hast Recht. Ihre Reaktion – eine solche Verbindung entsteht nicht zu einem Fremden, sie muss auch ihr etwas bedeuten. Auf eine Weise hängt das alles zusammen. Ich hätte besser auf Oscar gehört.«

»Oscar?«

»Bloß ein Freund.«

»Okay.«

»Da fällt mir ein … in der Zeitung stand, die Zwölfjährige, also Shenna, war mit der letzten Verschwundenen – ebenfalls zwölfjährig – bekannt. Auch eine Schülerin von dir?«

»Ich weiß von keiner neuen Verschwundenen. Die Radionachrichten habe ich heute immer versäumt, ich bin hier mit Faye weit ab vom Schuss. Mein Handy ist übrigens gestört, ich habe keine Verbindung nach außen.«

»Das müssen wir ändern. Weiß deine Familie, du arbeitest bei mir?«

»Ich habe außer meiner Tochter keine nahen Verwandten. Ihr habe ich es gesagt, sie lebt in Dublin, ich in Cork. Sonst weiß nur Doktor Ives, ich bin hier.«

»Du kannst eines meiner ausgemusterten Smartphones haben. Küchenlade. Neben dem Herd. Steck einfach deine SIM-Karte rein.«

»Smartphones sind mir irgendwie unheimlich, aber danke, das werde ich versuchen.«

Don blieb mit Faye im Wohnzimmer, arbeitete an seinem Laptop. Er dachte darüber nach, ein neues Lied zu schreiben, seine Blockade zu überwinden, doch Tisha ließ ihn nicht. Im Hintergrund lief eine Radiosendung über die Celtic Fiddle. Dons Aufmerksamkeit richtete sich regelmäßig dorthin, er liebte die traditionellen Musikinstrumente. Minutenlang saß er vor dem Bildschirm seines Notebooks, schrieb nicht ein Wort. Die Musik endete, wurde von einer Nachrichtensendung abgelöst.

»Dublin. Der diesjährige, wegen einer Pandemie verspätete Bloomsday stand heute im Zeichen von Gewalt. Wie die Garda Síochána bestätigt, kam es während des traditionellen Tages zu Ehren einer Figur aus James Joyces *Ulysses* zu Szenen, die einen Schatten auf die Veranstaltung warfen. Eine wenig bekannte Gruppe fanatischer Nationalisten, die sich MAINS nennt, lieferte sich eine Schlägerei mit Touristen aus England, wie auch mit den eingreifenden Ordnungskräften. Laut Beobachtern hatte es keinerlei Provokationen vonseiten der ausländischen Besucher gegeben. Führende Mitglieder der Nationalisten wurden festgenommen. Mehrere lokale Politiker wie auch staatliche Stellen drückten ihr Bedauern aus.«

Don hatte den Ort des Geschehens rechtzeitig verlassen. Craig ärgerte sich wahrscheinlich, das Happening verpasst zu haben. Der trieb ja ordentliche Geheimniskrämerei wegen seines Treffens, wollte vor dem Ziel aus dem Wagen steigen.

Faye öffnete die Augen, sah zum Fenster. Eine kleine Stimme sagte: »Der Mann war hier. Ich bin so schmutzig.«

Achtes Kapitel

Der Kies knisterte unter Rossis Reifen, er bog in die Einfahrt des Sanders-Hauses, hielt vor dem Garagengebäude. Auf dem Weg zur Eingangstür sah Don eine Gestalt hinter dem Fenster die Blumen gießen. Er betätigte die Klingel. Ms Sanders öffnete, bat ihn ins Haus. Sie bot ihm eine Tasse Tee an, die er gern annahm. Er war schon einmal hier zu Gast, als Kelly anfing, für ihn zu arbeiten. Ihm fiel auf, das früher verspielt eingerichtete Haus wirkte nun viel nüchterner, dunkler. Er schrieb das dem Einfluss von Kellys Stiefvater zu, den hatte es zur Zeit seines ersten Besuchs noch nicht gegeben.

Ms Sanders trippelte um den Esstisch, schenkte Tee ein, zupfte an den Blumen.

»Milch?« Sie tropfte etwas in Dons Tee, zupfte wieder an den Blumen. »Ach, der Zucker, ich bin doch heute …« Don wehrte mit einer Handbewegung ab. Sie nahm sich selbst welchen. »Ist das nicht ein ganz schrecklicher Winter, Mister Ravenclaw? Also, meine Freundinnen wissen kaum noch, wo sie sich vor der Kälte verstecken sollen. Mein Gott, wer ist denn auf solch einen Winter vorbereitet, so kontinental. Man müsste doch eine Deutsche sein oder Schlimmeres. Wo kommen wir nur hin in diesem Land. Mein Lebensgefährte sagt ja, das sei der Einfluss der EU. Na, wenn das so ist, sage ich, seien wir froh, Norwegen ist kein Vollmitglied, das könnte die Temperaturen empfindlich senken, meinen Sie nicht?«

»Dazu habe ich mir noch keine endgültige Meinung gebildet, Ms Sanders.«

»Das sollten Sie, Mister Ravenclaw, Sie sollten das definitiv nicht versäumen. Ich bin ja keine Feindin der Kontinentalen, aber …« Sie flüsterte. »Es soll Studien geben, die bestätigen, mit dem Abstand vom Meer ließe der IQ signifikant nach. Hat wohl mit dem Wasser zu tun oder mit dem Salz, da ist man sich noch nicht einig. Mein Lebensgefährte weiß darüber ja viel mehr als ich.«

»Davon bin ich überzeugt, Ms Sanders.«

»Ach, Sie Plaudertasche. Wir tratschen und tratschen wie die Waschweiber, Sie sollten sich was schämen.«

»Ich versuche, mich zu bessern. Kelly war gestern bei uns und hat mit der neuen Pflegerin ihre Dienstzeiten abgeglichen. Ich hoffe, sie ist zufrieden mit dem Ergebnis.«

»Doch bestimmt. Kelly ist eine Gute. Ich bin doch ein Tölpel – biete ich Ihnen doch die Kekse nicht an, die Kelly gebacken hat.« Sie lief zum Küchenblock, kehrte mit einem Körbchen zurück. »Sie können sie ruhig probieren, meine Tochter backt mittlerweile recht passabel.«

»Danke, da sage ich nicht nein.« Don griff zu. »Wir sprachen letztens am Telefon über Stacey, die sie – wie sie sagten – besser kannten als ich.«

»Armes Kind. Der Herr sei ihrer Seele gnädig.«

»Äh, ja. Sie besuchten sie in ihrer Wohnung?«

»Das tat ich. Stellen Sie sich vor, das arme Kind hatte bloß Bett, Schrank und Tisch mit nur einem Stuhl. Die Kochzeile: höchstens ein Wort. Sie verstehen: Zeile – Wort.«

»Ich habe verstanden. Hat sie so wenig verdient als Tänzerin?«

»Ich denke, sie hatte Schulden, sie hat aber nichts Näheres darüber gesagt. Abgesehen von ihren Mietproblemen.«

»Davon hat sie auch mir erzählt. Der Vermieter war ein ungeduldiger Geselle.«

»O ja, und ein Unmensch. Das sehen Sie sofort, wenn Sie sich die Lippen eines Menschen anschauen, da gibt es kein Schummeln.«

»Sie haben seine Lippen gesehen?«

»Natürlich, der junge Mann ist doch in die Wohnung gekommen, während sie Besuch hatte – überlegen Sie mal. Na he!«

»Sowas!«

»Sie sagt, sie will ausziehen. Er sagt, erst zahlen, dann ausziehen. Sie sagt, sie zahlt, schon bald. Er sagt, wovon denn. Sie sagt, das wird er schon sehen. Er lacht. Ich sage, wenn die junge Dame sagt, sie zahlt, dann wird das auch so sein. Er sagt, was mischen Sie sich ein, alte Schachtel. Ich sage … nein, ich sage nichts. Ich bin sprachlos.«

»Wo befand sich denn diese Wohnung?«

»In der North Inner City, Summerhill. Die genaue Adresse kann ich für Sie raussuchen, die weiß ich nicht auswendig.«

»Danke, Ms Sanders.« Sie holte einen Notizblock aus einer Küchenschublade, suchte dann in einem Haushaltsbuch herum, schrieb schließlich die Adresse auf den Notizblock, riss ein Blatt heraus, reichte es Don.

»Armes Ding, kann ich nur sagen. Das arme Ding.« Ms Sanders räumte das Teegeschirr in die Spüle. Das bedeutete wohl, das Gespräch war beendet. Don erhob sich.

»Was Kelly gemeint hat, als sie zu mir sagte, sie und Stacey seien auserwählt gewesen, können Sie mir vermutlich nicht erklären.«

»Das tut mir leid, davon weiß ich nichts.«

»Ich bedanke mich herzlich für die Auskünfte, den guten Tee und Ihre Gesellschaft. Sagen Sie Kelly, ihre Kekse schmeckten ausgezeichnet.«

»Das werde ich tun. Leben Sie wohl Mister Ravenclaw.«

Don beschloss, die Adresse umgehend aufzusuchen, bevor neue Mieter in die Wohnung einziehen würden.

Er fuhr los, passierte die Stelle, wo er zuletzt seinen geistigen Flug absolviert hatte. Dort stand eine Person, ein alter Mann, neben der Straße, winkte ihm zu. Don hielt Rossi an, fragte den Mann, ob er ihn ein Stück mitnehmen solle. Der Angesprochene nickte, setzte sich neben Don in den Wagen.

»Ganz schön kalt für einen Spaziergang«, sagte Don.

»Mich friert nie«, entgegnete der Fremde.

»Sie Glücklicher, wohin darf ich Sie bringen?«

»Oh, ich fahre immer nur geradeaus.«

»Geradeaus. In Ordnung.« Ein geradliniger Typ, der fackelte nicht viel rum. »Ich bin Don. Ich fahre nach Dublin.«

»Gott.«

»Warum? Gefällt Ihnen Dublin nicht?«

»Mein Name.«

»Ich verstehe nicht.«

»Ich bin Gott.«

»Oh. Halleluja! Verzeihen Sie. Ich wollte nicht …«

»Dir sei vergeben.« Eine Weile lang sagte keiner etwas, bis Don sich aufraffte.

»Auch nicht immer leicht, so als Gott, oder?« Sein Gast sah ihn ernst an. Seine buschigen Brauen spitzten sich wie Pannendreiecke.

»So als Gott ist es nicht leicht, das ist richtig.«

»Und was führt Sie nach Irland? Eine Sintflut?«

»Geschäfte.«

»Stimmt, die Kirche sammelt laufend. Sie sind fürs Investment zuständig, richtig?«

»Richtig.« Er kraulte seinen Rauschebart, musterte Don von oben bis unten. Dem fiel nichts Rechtes mehr ein.

»Tja, Donnerstag. Mögen Sie das Vaterunser?«

»Du musst mich nicht unterhalten. Es reicht, wenn du still betest.«

Don betete still, der Mann möge in Stephenstown aussteigen.

Stephenstown kam und ging, Gott war immer noch bei uns. Er starrte durch Rossis Frontscheibe, klopfte auf seinem Bäuchlein herum.

»Du darfst jetzt deine Fragen stellen. Ich bin bereit.«

Don hatte gehofft, nichts mehr sagen zu müssen – wieder ein nicht erhörtes Gebet. Was fragte man Gott, wenn man längst wusste, die Antwort auf die Frage nach allem war 42. Gott hatte seinen Douglas Adams nicht gelesen, vielleicht, weil dieser Engländer war. Wie fing man an?

»Ach, mein Gott …«

»Ein guter Anfang.«

»Wo ist Shenna?«

»Welche Shenna?«

»Shenna Ryan.«

»Willst du nicht wissen, warum es Kriege und Erdbeben gibt, wenn ich doch alle so liebe?«

»Nein, wo ist Shenna.«

»Könnte ich dich für die Frage nach dem Sinn des Lebens interessieren?«

»Nicht wirklich. Wo ist Shenna.«

»Du musst dich doch nach einer Erklärung der unbefleckten Empfängnis sehnen, der Dreifaltigkeit, der Wiederauferstehung.«

»Sag mir, wo Shenna steckt, oder ich werf' dich raus, Gott.«

»Ich kann mich doch nicht um alles kümmern.«

»Dann kann ich mich auch nicht um dich kümmern.«
Don hielt Rossi an, wies auf die Beifahrertür. Gott drehte
die Augen über.

»Noch so einer! Da komme einer weiter. Alle paar Kilometer ein Rauswurf. Das wird ein weiter Weg.«

»Du bist doch der Weg.«

»Das ist der andere Gott, der mit den vielen Fans. Ich
will bloß angebetet werden, das wird man doch noch erwarten dürfen.«

»Nicht von mir. Der andere Gott hat sich seine Fans
erarbeitet, so wie ich. Aber wenn du dich ruhig verhältst,
nehme ich dich mit bis Dublin. Dort gibt es Freaks, die
dir die Sandalen binden werden.«

»Danke, ich habe meinen eigenen Weg.« Er lächelte,
sprang aus dem Fahrzeug, schlug die Tür zu, legte einen
Arm ans geöffnete Seitenfenster und sagte: »Shenna sitzt
zwischen Ratten und bunten Gläsern.« In der nächsten
Sekunde war er verschwunden.

Don setzte seine Reise fort, erreichte Dublin noch vor
Mittag. Über die Navan Road fuhr er nördlich von Glasnevin in die North Inner City bis Summerhill. Das Haus,
in dem sich Staceys Wohnung befand, war ein alter Back-
steinbau wie die meisten Gebäude dort. Er stellte den
Wagen in einer Querstraße ab, stand vor dem Haus, unschlüssig, was er hier zu erreichen hoffte. Drei Menschen
näherten sich. Er wandte sich ab, gab vor, sich für das
Geschehen auf der anderen Straßenseite zu interessieren.
Eine der Personen entsperrte das Haustor, sie ver-
schwanden im Eingang. Er hörte kein weiteres Sperrge-
räusch, näherte sich der Tür, lauschte. Schritte klapper-

ten eine Treppe hoch. Sobald er sie nicht mehr wahrnahm, schlüpfte er durch die Tür. Staceys Wohnung lag im ersten Stock. Er stieg die Treppe hoch, sah die drei Personen – eine Frau und zwei Männer – im Treppenhaus stehen. Er erklomm ein weiteres Stockwerk, wartete ab, bis er das Schließen einer Tür vernahm, kehrte zurück. Die Nummer fünf war Staceys Wohnung. Er horchte an der Tür, stellte fest, die Personen hielten sich drinnen auf. Don setzte sich auf eine Stufe, wartete etwa zehn Minuten. Die Tür öffnete sich wieder, er stieg ein paar Stufen die Treppe hoch.

»Nun, Ms O'Sullivan«, sagte eine Stimme, die Don bekannt erschien. »Die Wohnung hat Ihnen offenbar nicht missfallen. Werden wir uns einig? Der Preis ist ja nun wirklich kaum zu schlagen.«

»Das stimmt«, sagte eine weibliche Stimme. »Ich denke, ich werde sie nehmen. Eine günstigere Wohnung finde ich nicht.«

»Das ist ausgezeichnet. Alles Weitere wird Al, mein junger Kollege hier mit Ihnen besprechen. Er wird sie künftig betreuen, sie können sich in sämtlichen Mietangelegenheiten vertrauensvoll an ihn wenden.«

»Ich freue mich auf unsere Zusammenarbeit«, sagte nun Al. Don, der ursprünglich angenommen hatte, dieser sei der Partner der Frau, schlich die Treppe nach oben. Die Stimmen entfernten sich. Don lief ins Erdgeschoss, schaute durch die Scheiben des Haustors nach draußen. Der ältere Mann war McDonagh, der hagere, rothaarige Al mochte einer der beiden gewesen sein, die ihn auf den Hill of Tara begleitet hatten. Don war sich nicht sicher. Ms Sanders schien nicht zu wissen, ihr Lebensgefährte war Staceys Vermieter, sie hatte Al mit der Tänzerin verhandeln gesehen. McDonagh barg Geheimnisse.

Die Wohnung war nun wieder abgesperrt, Don konnte hier nichts mehr ausrichten, verließ das Haus, näherte sich Rossi. Ein dumpfer Schlag. Von den Füßen aufwärts verlor sein Körper Kontakt zu seinem Bewusstsein.

Ein ausgemergeltes Gesicht grinste in das seine. Don schrak zurück. Ein alter Mann, der einen kleinen Jungen an einer Hand hielt, hatte seine zweite auf Dons Schulter gelegt, er kniete neben ihm.

»Na, bist du wieder bei uns?«, sagte er. Don versuchte, zu nicken, doch sein Genick war steif. »Du bist gefallen wie eine Pflaume vom Baum.« Der Mann stand auf, betrachtete ihn. »Eine Ambulanz wirst du nicht brauchen, nehme ich an. In deinen Kreisen hat man lieber kein Aufsehen.«

»Kreisen?«

»Der andere Dealer hat dir einen Denkzettel verpasst. Du lässt dich besser nicht mehr in seinem Sprengel blicken.«

»Ich bin kein Dealer, ich wurde überfallen.«

»Ja, klar.« Der Alte kniff ein Auge zu. »Sieh her, Jimmy.« Er wandte sich an den kleinen Jungen. »Das passiert, wenn man die schnelle Kohle machen will, statt zu arbeiten.«

»Ich muss doch sehr bitten! Haben Sie erkannt, wer mich niedergeschlagen hat?«

»Der Knabe, der vor dir aus dem Haus gekommen ist, natürlich. Du wolltest ihm die Kundin ausspannen.

Sie haben dich ertappt. Sinnlos, jetzt den Blauguck zu spielen.«

»Grandpa, ist der Mann ein Verbrecher?«, fragte Jimmy, zog an seiner Hand.

»Ja, Jungchen, ein böser Mann.«

»Ich bin nicht böse!«, sagte Don.

»Hör nicht auf ihn, sein Leben ist versaut, der ist hinüber.« Der Alte zeichnete eine wegwerfende Geste.

»Rufen wir die Polizei, Grandpa?« Konnte niemand diesem Jungen den Mund stopfen?

»Brav aufgepasst, kleiner Mann. Genau das wird Grandpa jetzt tun.«

Don krabbelte hoch, zog seinen Sweater aus. Die beiden starrten ihn an. Er stülpte den Sweater über Rossis hinteres Verkehrskennzeichen, sprang in den Wagen, fuhr los. Im Rückspiegel sah er, wie Grandpa seinen Kopf schüttelte.

McDonagh hatte Rossi wiedererkannt, für Don war es nun nicht mehr so einfach, gedeckt zu operieren. Er war noch etwas benommen, sein Genick schmerzte. Ein paar Straßen weiter hielt er in einer Einfahrt, holte seinen Sweater zurück, lehnte sich für einige Minuten gegen Rossi, massierte seinen Hinterkopf.

Bald saß er wieder in seinem Geländefloh. Er fuhr nach Westen. Die Aufschrift einer Tafel erregte seine Aufmerksamkeit:

Músaem Reilig Ghlas Naíon
GLASNEVIN CEMETERY MUSEM

Das Museum interessierte ihn nicht, doch der Friedhof, auf dem nach Tish nun auch Stacey gefunden worden war, zog ihn an. Er fuhr zum Haupteingang, wo sich überraschend wenige Touristen angesammelt hatten. Er stellte Rossi ab, schritt durch das Eingangstor.

Schon länger nicht und so, geht es dir?, acht Tage her, früher täglich, nicht mehr wichtig und derlei, sieh, dort, Michael Collins rottet vor sich hin, schau an, warum nicht?, alle sind hier wegen Collins, liegt schon lange auf mir und all das, fault nicht mehr, bröselt, nie vergessen, klar, haha, Menschen!, ich sags ja, alle bröseln, Kalkstaub reizt, du möchtest sie raushusten, ist so, wie lange noch?, Kerzen, Kränze, Schleifen, Blumen, langweilig, zeigt mal was anderes, ist das alles, was ihr drauf habt?, Krone der Schöpfung, Zahnkrone, viele Plomben hier, Gebisse, Implantate, alles auf mir, he, Raven, alte Haut, geht es dir?, Tish, ja, ich weiß, Tish immer, immer Tish, all das und so, Faye kommt nicht, die schiefe Krücke, schiefe Krücke die, Raven, alter Sack, Friedhof sein wird überschätzt, Sportplatz ist besser, du bist nicht mal ein Platz, Sackgesicht altes, Schmerz ist keine Ausrede, Pinkelsack, ich bin Glasnevin, das i taugt nichts, Glasnevon, das wär' rund, he, Raven, geht es dir?, hier sterben sie jetzt, ja, die werden nicht mehr tot geliefert, die schlachten sie hier, wem sage ich das, sind ja deine Mädels, ha, Raven, geht es dir?, ja, Tish ist tot, und die andere, die auch, auch die, Faye möchte ich sehen, nein, nicht tot, mit dir, bring die Fregatte mal mit, Raven, he, geht es dir?, ich liege da in der Landschaft, liege nur so da, bin Hof, bin Friedhof, hier hält der Frieden Hof, Hof, Hoffnung, Kerzen, Lichter, blink, blink, Lametta, Engel, jede Menge Engel, feist, kugeln herum, he, Raven, geht es dir?, dein Schmerz gibt dir kein Recht, alle hier sagen: Der Raven, der versagt, betrachte mich, ausgedehnt, riesig, bunt, gestylt, verkitscht, aber immer distinguiert, von nobler Zurückhaltung, Faye soll kommen, sing ihr was, damit sie kommt, ich will Faye sehen, sie soll auch sehen, Stacheldraht, so an den Grabstein genietet, nach dem rituellen Zeug, Klemmer, entblutet, für irgendwen, irgendwas, sag mal was, Raven, he, geht es dir?, sag was, ich will dich hören, hier ist es immer so ruhig, schrei mal, brüll, jodle, irgendwas, he, geht es dir?, warum machen die ein Schlachtfeld aus mir?, bin ich zu alt für 'nen Friedhof?, ein Grab ist kein Altar, keine Opferbank, he, Raven, sag was, alte Plaudertasche, du bist ja so still, hallo, Oktoberfest, hopps, lach mal, komm schon, lach, tot, lach, tot, totlachen, es ist zum Totlachen hier, immer eine Sause, sagt man das nicht mehr?, egal, sag was, he, Raven, geht es dir?, wir haben abgestimmt, das Ergebnis lautete: Tod nervt, ich bin Zeuge, mich fragt ja keiner, frag mich, na los, frag, das Ding mit Fragezeichen, ich könnte erzählen, hab' beide verrecken gesehen auf meinem unschuldigen Grün, hier stirbt man nicht, hier ruht man, ich protestiere, du hörst mich nicht, gib es zu, du hörst uns alle nicht, taube Nuss!, alle schreien dich an, du hörst keinen, da hinten schreit einer: Tu was!, Daniel O'Connell, der da vorn, euer Superstar, der sagte mir doch letztens, ich sei besudelt, verstehst du?, besudelt, Blut und so, das Zeug halt und derlei, die Markievicz, Countess oder was die ist, hat gedroht, auszuziehen, nein, nicht sich, weg von hier, stell dir das vor!, du bist der, den wir rufen, ausgerechnet, jeder andere wäre besser, mach die Lauscher hoch, sag was, lass was sagen, alles, nur nicht blöd stehen und schauen, schau, starr, kannst du noch was anderes?, he, Raven, geht es dir?, Oscar spricht nicht zu dir, das bist bloß du selbst, er ist mit seinen Pluderhosen beschäftigt, Tish sucht nach dir, Stacey sucht nach dir, viele hier suchen nach dir, tausende, sie finden dich nicht, auch wenn du hier bist, weil du nicht hier bist, bring Faye, die hört, sie kann nichts damit anfangen, aber sie hört, ihr Menschen!, entweder ihr hört nicht, oder ihr versteht nicht, du musst Shenna retten, das Leben zumindest, hast schon so viel verpasst, kannst nur noch ihr Leben retten, nicht mehr ihre Seele, sie waren schon bei ihr, alle beide, während du in deinem Rossi herumgefahren bist, he, Raven, geht es dir?, hör her, beide waren bei ihr, einer nach dem anderen, sagt dir das was, he, Raven, Don, du Enttäuschung, geht es dir?

Don schlurfte zwischen den Gräbern, schaute nicht auf. Er kannte den Weg zu Tish. Parnells Grab zierte ein unbehandelter Fels, der trug seinen Namen. Don hatte Tisha nicht auf den Stein montiert gesehen, keiner außer den Beamten, die den Fall bearbeiteten, und dem Friedhofsbesucher, der sie fand, hat sie so wahrgenommen. Von niemandem sollte man das verlangen. Don stellte sich einige Meter vom Fels entfern auf, zu viel Nähe ertrug er hier nicht. Um das Grab herum streckte sich eine Grünfläche, Parnell nahm Raum ein. Zwei Personen, welche die Sehenswürdigkeit betrachtet hatten, wanderten weiter. Er war nun mit Tisha allein, Parnell störte nicht. Don schloss die Augen. Tish schnitt eine Grimasse, war zehn Jahre alt, lief los, sprang, stolperte, sprang wieder, rannte. Jetzt dreijährig, stapfte sie, trampelte mit einer Puppe in Händen im Garten umher, um den Mund hinterließ Naschwerk seine Spuren. Tränen flossen für Rockstar, ihren Kater, der von einem Landcruiser überrollt wurde. He, Kleines, Tish, das ist Teil der Schöpfung, der Tod ist die Erfüllung des Lebens. Hast du es mir geglaubt, Kind? Ich weiß nicht, ob ich selbst es noch glauben kann, nachdem das Leben mir dich genommen hat. Du hast Steine geliebt. Schnapp dir den Großen hier, den von Parnell, spiel! Bei uns ist es schwierig zurzeit. Deine Freundin, Shenna, macht uns Sorgen, das weißt du vielleicht. Wahrscheinlich weißt du nichts, du hörst mich nicht, ich spreche zu einem Stein, einem verdammten Stein. Du hast mir nur einen Stein hinterlassen. Entschuldige, ich klage die an, die niemandem etwas angetan hat, niemals. Ich kenne Shenna nicht. Du hast sie geliebt, höre ich. Sie soll nicht erdulden müssen, was dir geschah. Ich finde sie nicht. Es gibt so viel »unten« in Dublin. Einer, der sich Gott nannte – wieder eine Ausgeburt meiner maroden Fantasie – meinte, sie sei unter Ratten und bunten Gläsern. Ich weiß nicht. Es könnte ein Keller sein – Marmeladengläser um sie herum. Eine Kirche käme infrage, buntes Fensterglas. Ich halte mich an blöde Hirngespinste, habe sonst nichts. Faye will ein Lied von mir, aber ich kann nicht mehr schreiben, weil … An diesem Punkt stoppte Don, es sollte nicht erden wie sonst. Er betrachtete still den Fels, dachte nicht mehr, nahm wahr. Drähte krochen wie Schlangen von hinten über den Stein. Spitze Knotenenden schürften an seiner Oberfläche, ritzten Tishas Namen ein, scheuerten ihn wieder blank, kratzten das Wort *Tod* an seine Stelle.

»Ich sehe mal nach Stacey«, sagte Don laut. »Eine Freundin aus Dublin. Bis später, Schatz.«

Er stapfte durch den Friedhof, ohne nachzudenken. Schon fand er sich auf dem falschen Weg, hörte eine

Stimme, die ein paar Meter entfernt erklang. Er fand einen einfachen Grabstein. Die Laute drangen aus dem *D* des Wortes *Dubliner* unter der Aufschrift *Luke Kelly*, dem Namen eines alten Freunds und Musikerkollegen.

Hier lieg ich nun und faule.

– He Luke. Was liegt an?

– Donny, Donny, was muss ich von dir hören! Du machst alles falsch, sagt man. Ich gebe ja nicht viel aufs Geschwätz der Leute, aber, he, du machst alles falsch. Mush-a ring dumb-a do dumb-a da.[9]

– Wie macht man etwas richtig? Ich fürchte, darin bin ich nicht wirklich firm.

– Hast du vergessen, wer du bist? Du hast eine – na ja, beschränkte – Begabung. Wir beide wissen, welche es ist und was sie vermag. Mush-a ring dumb-a do dumb-a da.

– Ach, ich wüsste nicht, was mir das hier bringen sollte. Außerdem, ich habe die Gabe verloren, bin leer.

– Leer ist ein vertilgtes Pint, Bruder. Jeder kennt die Lösung deines Problems. Es langweilt, dir zuzuschauen, wie du planlos herumläufst. Ich darf es dir nicht sagen, du musst es selbst begreifen. He, mach hin, Junge, du nervst.

– Kannst du mir nicht einen Hinweis geben? Einen Hint für ein Pint. Ich schütte es verlässlich auf dein Grab.

– Schon bei dem Gedanken saugen meine Zehen den köstlichen Saft auf, aber es geht nicht, Mann. Danke für den nassen Gedanken, ich behalte ihn im Herzen. Mush-a ring dumb-a do dumb-a da.

---

[9] Whiskey in the Jar, Traditional (17. oder 18. Jhd.)

– Du fehlst mir. Wir haben nie zusammen gesungen, das holen wir nach, wenn ich rüber komme.

– Wo denkst du hin? Ich stelle Ansprüche, denen du im Leben nicht gewachsen bist. Nebenbei, bleib auf deiner Seite, hier ist es trocken. Gut, Regenwasser tropft schon mal durch, aber du weißt ja, was ich von Niederprozentigem halte. Du könntest zumindest deine hübsche Idee publik machen. Wenn jeder Besucher ein Pint vergösse, wäre ich saniert. Mush-a ring dumb-a do dumb-a da. Geh jetzt, ich träume eben von einer Melodie.

Don orientierte sich neu, suchte endlich das Grab von Peadar Kearney auf – ein weiterer Kollege, Dichter unserer Hymne. Er lag ruhig da, anders als Luke, war nicht allein in seinem Grab. Zu ihm vermochte er keine Verbindung herzustellen. Don kannte den grau-weißen Stein, doch er sah ihn blutrot. Ein Bild von verklebtem Haar, aufgerissenem Mund, trüben Augen wischte über das Bewusstsein des alten Mannes, spielte ihm einen Streich. Er setzte sich auf die Fersen, balancierte sein Gewicht, dessen er sich mit einem Mal bewusst wurde, stürzte auf die Knie. Eine Frau schlenderte vorbei, betrachtete ihn, senkte den Kopf. Nein, ich bete nicht, bin nur gefallen. Ach was – egal. Weiter. Sein Hirn projizierte eine Illusion hinter seine Augen, der letzten ähnlich, einen Atemzug lang nur. Er mühte sich hoch, fasste an sein Kreuz. Noch ein Abbild strich wie gepinselt über die Innenlider. Es zeigte nicht Stacey, nichts Makabres. Ein kleines Mädchen – Brillen mit dicken Gläsern – es hob den Kopf, lächelte. Jetzt wurde es aus dem Bild gerissen von kräftigen Armen. Nur seine Stimme hallte in Don wieder.

So ist das jetzt.

– Wer bist du?

– Die Andere.

– Shenna?

– Die andere Andere.

– Was ist deine Rolle?

– Sag du es mir.

– Du gehst verloren.

– Ja. Leb wohl.

Sie verklang.

Tyron meldete sich über Dons Smartphone.

»Hi Don. Schlechte Nachrichten. Fayes Vierundzwanzigstundenhilfe wurde eben von der Ambulanz weggekarrt.«

»Meghan? Du bist verrückt.«

»Bin ich nicht. Kelly hat sie gefunden. War hinüber. Faye saß allein in der Wanne. Gott sei Dank kam die Kleine hin. Komische Sache. Sie ist angeblich immer noch ohne Bewusstsein.«

»Was ist passiert?«

»Das weiß keiner. Sie lag in der Küche. Wäre gut, wenn du vorbeischauen würdest. Ich habe keine Zeit. Kelly bleibt bei Faye.«

»Gestern Abend wirkte sie noch so entspannt, las Shaw. Ich verstehe nicht, was sie so aus der Bahn werfen konnte.«

»Frag sie. Geh hin. Ich hab' eine Konferenz. Entschuldige mich.«

»Okay, bye. Moment noch, wo liegt Meghan?«

»Die haben sie nach Navan gebracht. Our Lady's Hospital. Übrigens: Gib zumindest Kelly deine Nummer. Keiner kann dich erreichen.«

Don lief, so gut er es noch konnte, zum Ausgang.

Ja, verschwinde nur, Raven, he, geht es dir? Hast wieder alles vermasselt und all das, sprichst nur mit deinem Kopf, statt die zu hören, die brüllen, Altes Haus, he, geht es dir? O'Connell lässt sich empfehlen, das und was es so gibt, schau mal wieder vorbei, he, bring Faye mit, die Schabracke, aye, Sir?, dir geht es.

Don fuhr gleich los. Er tippte ins Navigationssystem *Our Lady's Hospital* ein. Navan war etwa sechzig Kilometer entfernt, er brauchte ohnehin Zeit, einiges zu verarbeiten. Rossi half ihm dabei, sein Knattern und die Stimme des Navis trieben Dons Gedanken voran.

Benutzen Sie einen beliebigen Fahrstreifen, um rechts auf die Phibsborough Road abzubiegen. Stacey starb wie Tish. Was hatten sie gemein? Sie waren jung, das war alles. Dublin noch, mehr Verbindendes fällt mir dazu nicht ein und doch … Im Kreisverkehr nehmen Sie die zweite Ausfahrt. Es gibt den Zusammenhang, davon bin ich überzeugt, doch hilft mir der weiter? Fahren Sie auf der M2 und N2 bis zur R153 in Meath. Welches Problem zuerst lösen. Das Dringendere ist natürlich Shenna, die unmittelbar gefährdet ist. Da gibt es auch noch die zuletzt Entführte. Mit ihrem Erscheinen wollte mir mein Gewissen sagen: Du musst auf alle achten. Weiter auf der N2. Halten Sie sich links, bleiben Sie auf der N2 und folgen

Sie der Beschilderung für Doire, Ashbourne. Wenn aber Stacey den nötigen Hinweis bringt, Shenna und die andere zu finden, ist sie genauso wichtig. Nehmen Sie im Kreisverkehr die erste Ausfahrt zur N2. Hier ist einiges los heute. Habe wieder den besten Tag erraten. Folgen Sie der R153, fahren Sie bis Claremont Estate in Navan. Ja, ist gut, mache ich doch schon. Warum geschieht das alles? Warum um mich herum? Seit zwei Jahren brenne ich im Fegefeuer. Links abbiegen auf die R153. Allein bringe ich gar nichts weiter. Links abbiegen auf die Kells Road. Wer sich nicht helfen lässt ist hilflos, heißt es. Rechts abbiegen auf die Circular Road. Meghan hätte eine Verbündete sein können, die fällt nun aus. Im Kreisverkehr die erste Ausfahrt nehmen. Rechts abbiegen auf die Carriage Road. Carol weiß am besten Bescheid, kann am meisten ausrichten. Rechts abbiegen auf die Claremont Avenue. Schon wieder rechts. Mir wächst bald ein Wurm im Kopf. Rechts abbiegen auf die Commons Road. Aber Carol ist nicht gut auf mich zu sprechen. Sie denkt, ich wollte sie mit der Geschichte von Shenna foppen. Ich bin auf mich allein gestellt. Rechts abbiegen auf Claremont Estate. Noch einmal nach rechts, und ich steige aus. Nach links abbiegen, um auf der Claremont Estate zu bleiben. Okay, schicke mich nur herum. Ist das noch Leben, was ich hier mache? Ich irre herum ohne Sinn und Zweck, täusche mir vor, zu agieren, reagiere aber nur, selbst das nicht adäquat. Nach rechts abbiegen, um auf der Claremont Estate zu bleiben. Sei nicht so anhänglich, die Claremont Estate ist auch nicht das Paradies. Auf der Claremont Estate nach Nordwesten fahren. Tu ich glatt. McDonagh taucht überall auf. Der Mensch ist mir nicht ganz geheuer. Ich behalte ihn im Auge. Nach rechts abbiegen, um auf der Claremont Estate zu bleiben. Du stehst wirklich auf die Estate, he. Nach links abbiegen, um auf der Claremont Estate zu bleiben. Déjà-vu, jetzt wird es seltsam. Rechts abbiegen auf die Commons Road. Kenne ich auch schon. Such dir einen besseren Gag-Schreiber. Links abbiegen auf die R161. Gleich haben wir es. Links abbiegen. Endlich: bei Muttern. Our Lady's Hospital.

Man stellte Fragen nach seinem Verhältnis zu Meghan, nicht jeder könne Auskunft über Patienten erhalten – Datenschutz. Don beantwortete alles geduldig, jemand fragte die Patientin, ob sie ihn kenne, dann ließ man ihn zu Meghan vor.

»Ms Dougherty ist noch sehr mitgenommen«, sagte die Schwester. »Wenn Sie Ihren Besuch bitte kurz halten könnten, wäre ich Ihnen dankbar.« Meghan war allein in einem Zimmer für sechs Patienten. Sie saß auf dem Bett, spielte mit ihren Habseligkeiten, schob Gegenstände herum, Schlüssel, Brillen, die Börse. Don sah ihr eine Weile zu, machte dann auf sich aufmerksam, hüstelte. Sie sah kurz hoch, spielte weiter mit dem Kram.

»Wie geht es dir, Meghan?«, sagte Don. »Ich habe von deinem Zusammenbruch erfahren, bin gleich losgefahren.« Sie sah ihn an, als habe sie nicht verstanden, spielte wieder mit ihrem Zeug, dann hob sie den Kopf.

»Leila«, sagte sie – eine Information, weiter nichts. Sie blickte zum Fenster.

»Wer ist Leila?« Don senkte seine Stimme, setzte sich zu ihr aufs Bett.

»Meine Leila. Mein kleiner Schatz. Die Tochter meiner Tochter.«

»Du hast eine Enkelin. Gibt es Schwierigkeiten mit ihr? Sie ist doch nicht ernsthaft krank?«

»Leila ist weg.« Sie schaute immer noch zum Fenster hinaus, wiegte vor und zurück.

»Ausgerissen?«, fragte Don. Meghan blickte ihm zwischen die Augen.

»Sie ist weg wie Shenna, ihre Freundin, wie Tisha.« Ein Schlüsselbund fiel zu Boden. Don legte ihn auf das Nachttischchen zurück. Meghan nahm den Bund in die Hand, hielt ihn hoch, ließ los. Don griff wieder nach ihm. Sie packte seinen Arm. »Leila ist weg! Sie haben Leila!«

»Das ist noch nicht gesagt. Wir wissen nicht einmal, wo Shenna steckt.«

»Du weißt wie ich, was mit ihr passiert.«

»Ich …« Don hatte keine Worte mehr. Er nahm die schaukelnden Bewegungen Meghans auf, wiegte sich wie ein Baby in Ruhe. Dann schrie Meghan, kreischte. Don presste seine Hände gegen die Ohren. Eine Schwester stürmte ins Krankenzimmer, versuchte, Meghan zu beruhigen, wies mit ihrem Zeigefinger erst auf Don, dann zur Tür.

»Sie haben sie aufgeregt. Sie sollten jetzt besser gehen, zumindest vorerst. Das Krankenhausbuffet hat geöffnet.«

Don folgte der Aufforderung, verließ das Zimmer. Er stolperte durchs Haus, suchte das Buffet. Mit einem Becher Kaffee setzte er sich an einen Tisch. Er trank auf einen Schluck aus, trommelte mit den Fingern auf der Tischplatte. Es hielt ihn nicht lange dort, er lief herum ohne Ziel. Als er an der Anmeldung vorbeikam, debattierte dort jemand mit der Angestellten am Schalter. Carol. Sie zeigte einen Ausweis. Ihr junges Gegenüber konnte dessen Gültigkeit nicht verifizieren, eine Kollegin half aus, wies Carol den Weg. Diese nahm Don wahr, stapfte entschlossen weiter.

Es würde länger dauern, bis man Don wieder zu Meghan vorließe. Er beschloss, im Auto zu warten. Am Eingangsschalter erregte eine Frau seine Aufmerksamkeit, die sich nach Meghan erkundigte. Ihre Arme baumelten an den Hüften, aus dem blassen Gesicht blinzelten gerötete Augen. Man bat sie zu warten, bis die Superintendentin ihre Arbeit erledigt hätte. Don stellte sich neben sie.

»Verzeihung, sind Sie Meghans Tochter? Ich bin ihr derzeitiger Arbeitgeber.« Sie drehte sich zu ihm.

»Mister Ravenclaw, ich erkenne Sie. Mom hat schon in meiner Kindheit Ihre Alben gesammelt.«

»Sie hat mir erzählt, was Sie durchmachen. Ich wurde aus dem Zimmer gewiesen. Ich bedaure Ihr Leid sehr.« Sie drehte ihren Kopf zur Seite, er sah die Augen nicht. Don hob seine Arme, griff in den Raum, senkte sie wieder. Es war nicht seine Faye, nicht an ihm, sie festzuhalten, vor dem Auseinanderfallen zu bewahren. Nichts, was er tun konnte, würde die geringste Auswirkung auf ihren Zustand haben. Sie fuhr herum, blitzte ihn an.

»Mom hat bei Ihnen zu arbeiten begonnen, und schon wurde meine Leila entführt. Wie Ihre Tochter. Das alles passiert nur Ihretwegen.« Sie trommelte mit beiden Händen auf seiner Brust. »Geben Sie mir meine Tochter zurück! Geben Sie sie heraus!« Don wagte nicht, sie abzuwehren. Sie schlug nun auch in sein Gesicht, zu schwach, ihn zu verletzen. Eine Krankenhausmitarbeiterin griff dazwischen, redete auf sie ein, hielt ihre Handgelenke fest. Die beiden wandten sich von ihm ab, Meghans Tochter wurde zum Buffet gebracht, an einen Tisch gesetzt. In Dons Kopf dröhnte ein Satz: Das alles passiert nur Ihretwegen.

Er verließ das Gebäude, setzte sich in seinen Suzuki, suchte nach O'Brien, doch den hatte er nicht mitgebracht. Jemand, der sich freute, ihn zu sehen, hätte ihm gutgetan, nach den Reaktionen der drei Frauen. O'Brien, Stolz des Eilands, verstieß ihn nie – egal, was geschah. Er lehnte sich zurück, schloss die Augen.

Ein Geräusch ließ Don hochschrecken. Durch Rossis Frontscheibe sah er einen Ambulanzwagen in der Einfahrt halten. Die Sirene erstarb. Eine Schiebetür rollte zur Seite, zwei Sanitäter hasteten, hantierten schnell, jeder Griff saß – ein Uhrwerk. Jetzt kam eine weitere Person aus dem Krankenhaus gelaufen. Sie hievten den Patienten auf einer Trage aus dem Wagen. Ein Plastikbeutel baumelte über seiner Stirn. Ein Kampf ums Leben. Stirb du nicht auch! Zeig mir, das Leben kann siegen – immer noch.

Carol trat aus dem Gebäude. Don stieg aus dem Wagen. Sie wechselte demonstrativ die Richtung. Er sah ihren Wagen nur zwei Parkschluchten von seinem entfernt stehen. Sie musste zurückkehren. Er wartete ab, verschränkte die Arme, lehnte sich gegen Rossis Wagentür. Carol schritt ein paar Meter, blieb stehen, kehrte mit einer entschlossenen Drehung um, hielt auf ihren Wagen zu, ignorierte ihn.

»Was soll das werden?«, fragte Don. Sie hob eine Schulter, reckte das Kinn hoch, stolzierte weiter. Er folgte ihr. »Ich habe nicht gelogen. Faye tritt als Shenna auf. Was das bedeutet, weiß ich auch nicht. Ich kann nur berichten, was geschieht.«

»Erspare mir das.« Sie erreichte ihr Auto, öffnete die Tür. »Frau Dougherty mussten sie auch vor dir retten. Und was war mit der Frau im Buffet? Du hinterlässt nur Leid, wohin du dich auch wendest.«

»Die Frau im Buffet war die Tochter von Frau Dougherty, ihr Kind ist verschwunden. Das ist es, was die beiden quält, nicht ich. Ich erinnere sie daran, was einem Kind, das verschwindet, passieren kann. Sie hat nicht mich geschlagen, sondern den Gedanken an meine Tochter.«

»Mag sein. Dein Ammenmärchen beleidigt dennoch weiter meine Intelligenz. Ich will mit dir nur noch im Verhörraum zu tun haben.« Sie warf die Tür ins Schloss, startete den Wagen. Eine Seitenscheibe fuhr herunter. »Und wage nicht, mich auf dem Revier zu duzen!« Der Auspuff ihres Autos hinterließ Don ein stinkendes Abschiedsgeschenk.

Er stellte sich noch einige Minuten zu Rossi, betrat das Krankenhaus, setzte sich ins Buffet. Meghans Tochter zeigte sich auch nach einer halben Stunde nicht, hatte das Haus womöglich über einen anderen Zugang verlassen. Er entschied, nachzusehen. Er öffnete die Tür zum Krankenzimmer einen Spalt weit. Mittlerweile waren zusätzliche Patienten im Raum. Meghans Tochter lag im Bett, schien zu schlafen. Eine Hand der Mutter lag auf ihrer Stirn. Don trat zu ihr.

»Faye ging es ebenso«, sagte er. »Sie fiel wieder und wieder in Ohnmacht.«

»Sie ist auch ohne Macht«, sagte Meghan. »Du kannst nur warten.«

»Ja.« Don stützte sich mit einem Arm an der Wand ab. Nach einer Minute Stille blickte Meghan zu Don hoch.

»Wie lange hat es gedauert, bis ihr von Tisha gehört habt?«

»Etwa einen Monat.«

»Die Hölle.«

»Ja. Nur eines ist schlimmer als die Ungewissheit: Die Nachricht, dein Kind sei tot.« Don schüttelte den Kopf. »Entschuldige, ich habe nicht mitgedacht.«

»Wie auch, wenn du das Undenkbare denkst.« Meghan streichelte den Haaransatz ihrer Tochter. »Was mache ich nur mit meinem Kind.«

»Weiß Gott, ich habe keine Ahnung. Liebe sie.«

»Das muss mir niemand sagen.« Sie nahm eine Hand der Liegenden. Beide schwiegen für eine Minute, dann stellte sich Don ans Bettende.

»Kannst du mir etwas von Leila erzählen?«

»Ach, willst du wirklich hören, was eine Großmutter über ihr Enkelkind plappert? Sie ist ein Engel, was sonst. Ein kleines, dünnes Wesen mit dicken Brillengläsern, fliegenden Haaren, immer am Drehen, am Laufen: ein Kind. Hundert Fragen, wildes Lachen, eigensinnig, frech und zutraulich – ein Sein, das anfängt, abhebt ins Leben.«

»Was sagen die Ärzte über deinen Zustand?«

»Meine Tochter hat angerufen, versuchte schon seit über vierundzwanzig Stunden, mich zu erreichen. Die Nachricht hat mein Bewusstsein abgedreht. Ich werde hier bald raus dürfen, sobald mein Kreislauf stabilisiert ist, muss aber in psychiatrische Behandlung, eine Therapie.«

»Du hast gute Ärzte. Bei Ives bin ich mir da nicht sicher, er hat Fayes Psyche immer ignoriert. Sie hätte sofort therapiert werden müssen.«

»Ives ist eine Kapazität als Arzt.«

»Deshalb wählte ich ihn, er hatte Weltruf.«

»Er wird Gründe haben.«

»Ich weiß nicht mehr. Du hast Faye erlebt. Das ist aber nicht akut. Du und deine Tochter – ihr geht jetzt vor.«

»Cynthia hat dich für Leilas Entführung verantwortlich gemacht. Das war Verzweiflung.«

»Ich weiß.« Er schaute zum Fenster. »Was, wenn sie damit Recht hat? Ich verstehe nichts mehr, mein Kopf ist ein Bienenstock.«

»Tisha ist vor zwei Jahren gestorben, Leila seit zwei Tagen abgängig. Shennas Verschwinden liegt näher.«

»Ach, Shenna! Über sie weiß ich am wenigsten, durch Faye kommt sie mir aber am nächsten, wendet sich ausschließlich an mich. Warum nur, und wie dringe ich zu ihr durch?« Er drehte den Kopf wieder zu Meghan, sah, sie war vornüber gekippt, lag halb über, halb neben Cynthia. Ihre Augen waren geschlossen.

Eine Schwester betrat den Raum, in Händen ein Tablett mit Medikamenten. Sie stellte es ab, steuerte auf

Meghans Bett zu, warf dabei Don einen Blick zu, der ihn zum Verlassen des Zimmers aufforderte.

Wie diesen Tag beenden? Don machte sich auf den Heimweg, wollte aber zuvor den Boyne sehen. Nur das Geräusch fließenden Wassers konnte seine Gedanken wegtragen, ihm eine Pause gönnen. Er fuhr nahe dem Fluss von der M3 ab.

Am Ufer setzte er sich ins Gras, schaute dem Wasser zu, wie es seine Locken herumwarf. Jemand nahm neben ihm Platz, eine Angel in Händen.

»Du schon wieder«, sagte Don zu Gott. »Hat dich noch einer aus dem Wagen geworfen?«

»Nein, ich habe mein Ziel erreicht.«

»Du tötest jetzt Fische im Boyne?«

»Du siehst, ich habe mich weiterentwickelt.«

»Was ist aus der Anbetung geworden?«

»Die soll der Teufel holen.«

»Das wird er tun, wenn du sie ihm so einfach überlässt.«

»Soll er doch selig werden damit.«

»Willst du mir etwas mitteilen?«

»Nichts von großer Bedeutung, bloß ... nimm die Aussagen der Personen, die dir erscheinen, nicht zu wörtlich. Sie sind nur Produkte deiner Ängste, neigen zur Übertreibung. Ängste sind eben so – ich sollte mal ein ernstes Wort mit ihnen reden, höre nichts als Beschwerden über sie. Man – namentlich der Friedhof von Glasnevin – meldet mir, du richtetest dich nach dem Zeug. Lass es!«

»Du bist doch selbst eine dieser Erscheinungen,

tauchst immer auf, wenn mein Kopf schlappmacht. Du bist kein Gott, sondern ein Pausenfüller.«

»Wo ist der Unterschied?«

»Hmm …«

»Du solltest mich aus deinem Bewusstsein streichen, dann kann ich in Frieden angeln. Übrigens, der Friedhof von Glasnevin lässt dir ausrichten: He, Raven, geht es dir? Gott ist nur ein Wort für dich, wozu also nerven.«

»Na gut, verzieh dich!«, sagte Don. Gott ploppte aus seinem Kopf, hinterließ eine angenehme Leere, die er noch eine halbe Stunde genoss, bevor er in Richtung Stephenstown weiterfuhr.

Unterwegs rief Tyron an, teilte mit, Doktor Ives wolle früh am nächsten Morgen nach Faye sehen, sich von ihren Fortschritten überzeugen. Don solle auch anwesend sein, um über seine Erfahrungen mit Meghan zu berichten und das weitere Vorgehen bezüglich seiner Frau zu planen.

Nachdem er auf seiner Farm eingetroffen war, brachte er Kelly nachhause, die den ganzen Tag mit Faye verbracht hatte. Sie erklärte, sie wolle am nächsten Morgen wiederkommen, um Meghan zu schonen. Don brachte Faye zu Bett, die bei seiner Rückkehr stärker verwirrt war als sonst. Sie warf den Kopf hin und her, als beobachte sie eine sich ständig ändernde Umgebung, verfolge etwas Bedrohliches. Er erzählte ihr mit gedämpfter Stimme vom Tag, bis sie sich beruhigte. Kurz nachdem sie endlich eingeschlafen war, gelang das auch Don.

Neuntes Kapitel

Der Kaffee gurgelte die Espressokanne hoch. Eben aus der Dusche gestiegen, war Don dennoch müde, setzte sich an den Frühstückstisch. Kelly war vor Kurzem eingetroffen, Faye für den Besuch des Doktors vorzubereiten.

Don hörte Motorengeräusch in der Einfahrt. Er erhob sich, öffnete die Tür, sah Ives Wagen im Vorhof stehen. Der Doktor näherte sich, in einer Hand eine Tasche, unter dem Arm eine Mappe. Sie grüßten einander, traten ins Haus. Dank Kelly war Faye mittlerweile bereit, den Gast zu empfangen. Don führte Ives ins Wohnzimmer.

»Ach, Herr Doktor«, sagte Faye. Don erschrak. Ihn erkannte sie von einem Moment zum anderen nicht wieder und nun …

»Meine Lieblingspatientin!«, rief der Doktor, breitete seine Arme aus, ging auf sie zu. »Wie geht es Ihnen?«

»Mein Befinden ist den Umständen entsprechend.« Don liebte es, wie förmlich sie sich ausdrückte. Der Doktor plauderte noch eine Weile mit der Hausherrin, dann öffnete er seine Tasche, kramte sein Untersuchungswerkzeug heraus.

Don verließ mit Kelly den Raum. Sie stellten sich in den Windfang.

»Haben Sie Neuigkeiten von Meghan?«, fragte das Mädchen.

»Noch nicht«, antwortete er. »Ich werde gleich anrufen.« Er zog das Smartphone aus seiner Hosentasche, gleichzeitig schaute er durch eine der Glasscheiben in der Haustür. Er nahm zwei Autos wahr, sie kamen die Straße hoch. Das Erstere war Carols Rover, das andere ein Einsatzwagen. Er steckte das Telefon wieder ein, öffnete die Tür.

Die Fahrzeuge hielten in der Einfahrt, Carol wuchtete sich aus dem ihren, stakte in hochhackigen Schuhen auf den Eingang zu. Die Beamten aus dem anderen Wagen folgten ihr. Die Staatsgewalt rollte auf Don zu, er duckte sich, Kelly tat es ihm gleich.

»Mister Byrne, ich fordere Sie auf, mich durchzulassen«, sagte Carol. Don und Kelly wichen zur Seite. Carol stolzierte ins Haus, ihre Kollegen folgten ihr. »Sie sind nicht verpflichtet, mich einzulassen, aber es ist besser für Sie.«

»Jetzt bist … sind Sie ja nun mal drinnen«, sagte Don. Er führte sie weiter in den Gang.

»Darf ich erfahren, welchen Zweck Sie mit Ihrem Eindringen verfolgen?«

»Eigentlich nicht, aber kurz: Die abgängige Ms Leila Dougherty ist vor einigen Stunden wieder aufgetaucht. Ich habe sie verhört. Es gibt Spuren, die in dieses Gebiet führen. Ich will deinen Keller sehen!« Sie biss sich auf die Lippen.

»Okay.« Don stieß Luft durch die halb geschlossenen Lippen, zeigte mit einer Hand auf die Tür zum Kellergeschoß. »Duzen wir uns?« Carol schoss Giftpfeile aus ihren Augen. Kelly zog die Brauen zusammen, machte einen Schritt zurück. In diesem Moment öffnete sich die Wohnzimmertür. Doktor Ives trat heraus.

»Oh«, rief er aus. »Recht und Gesetz sind auch anwesend.«

»Ihre Patientenbesuche erstrecken sich bis Tara?«, fragte Carol.

»In Ausnahmefällen«, gab Ives zurück. »Ich will Sie nicht an der Ausübung Ihrer Pflicht hindern. Bitteschön!« Er zeichnete eine einladende Geste. Carol schritt auf die Kellertür zu, öffnete sie. Sie winkte die Beamten zu sich.

»Meine Herren!« Sie wich zurück. Die beiden Wachmänner stiegen die Treppe hinab in die Finsternis. Don schaltete das Licht ein. Carol folgte ihnen, die anderen verblieben im Erdgeschoss. Nach ein paar Minuten rief Carol nach Don, ein Raum sei versperrt. Dieser stieg hinunter, blieb bei den Beamten und Carol stehen.

»Tja, das ist mein Studio.« Er zuckte mit den Schultern. »Ich suche den Schlüssel dazu schon seit Tagen. Keine Ahnung, wo der rumkullert.«

»Denken Sie, so ließen wir uns abspeisen?« Carol grinste. »Walten Sie Ihres Amtes, meine Herren, wo wir schon einmal die Zustimmung des Hauseigentümers haben. Die haben wir doch?« Sie sah Don an.

»Tun Sie, was Sie nicht lassen können«, sagte er, stöhnte. Einer der Beamten stieg die Treppe hoch, um etwas aus seinem Wagen zu holen. Jetzt kam Ives herunter. Er stellte sich zwischen Carol und Don. »Ist Kelly wieder bei Faye?«, fragte dieser.

»Ich sah sie ins Wohnzimmer gehen.« Ives wandte sich Carol zu. »Superintendent Detektive, sie haben Hinweise, dies könnte ein Tatort sein?«

»Die habe ich«, sagte Carol.

»Interessant, interessant.« Ives schüttelte den Kopf. »Man muss Verständnis haben.«

»Inwiefern Verständnis?«, fragte Carol.

»Nichts. Ich denke nur an eine Person … seine Partnerin beachtet, ja, erkennt ihn nicht einmal mehr. Sie müssen verstehen, welchem Druck er ausgesetzt ist.« Er flüstert ihr zu. »Und die Tochter, ein kleines Mädchen wie die Entführte, wurde ihm genommen. Was das auslösen kann … ich will gar nicht daran denken.«

»Wovon sprechen Sie hier?« Don fasste ihn an der Schulter.

»Ich will Ihnen doch nur helfen«, sagte Ives.

»Hören Sie auf, mir zu helfen.«

»Diese Gedankengänge sind mir nicht fremd«, sagte Carol zum Doktor, ignorierte Don. »Solche Überlegungen habe ich bereits angestellt.« Der Beamte kehrte zurück, hantierte am Schloss herum, Don konnte nicht sehen womit. Die Tür sprang auf. Die Wachmänner drangen in den Raum.

»Ist jemand drinnen?«, fragte Carol. Ein Beamter schüttelte den Kopf. Sie betrat selbst das Studio, sah sich um.

»Was ist das?« Carol wies mit dem Zeigefinger auf einen Pouf, darauf lag Papier, in das ein angeschimmeltes Käsebrot eingeschlagen war. Daneben fanden sich ein paar Gurkenscheiben.

»Ich habe hier gegessen während des Übens. Das Zeug liegt schon lange hier.«

»Oder jemand war hier gefangen.« Carol starrte ihm in die Augen.

»Du bist verrückt!«

»Duzen Sie mich nicht, und nehmen Sie sich in Acht, wen Sie verrückt nennen.«

»Das kann doch …«

Carol sagte zu einem Wachmann: »Herr Kollege, packen Sie die Nahrungsmittel ein und nehmen Sie sie mit aufs Revier, das sind Beweismittel.« Zu Don gewandt raunte sie: »Natürlich sind das nur sehr schwache Indizien, aber sammeln sich davon mehrere an, ergibt das auch einen schönen Fall. Und wer weiß, was eine DNA-Analyse, so sie genehmigt wird, ergibt.« Sie deutete den Beamten mit einer Handbewegung an, sie mögen die Treppe hochsteigen, folgte ihnen. Don und Ives standen immer noch im Keller. Sie schauten aneinander vorbei, Ives räusperte sich. Don bat den Doktor, ihm ins Erdgeschoss vorauszugehen. Auf der Treppe drehte der sich um.

»Ich hoffe, Sie haben nicht missverstanden, was ich vorhin sagte.«

»Ich weiß nicht. Sagen Sie mir lieber, wie es Faye geht.«

»Nun, leider musste ich feststellen, ihr Zustand hat sich eher verschlechtert.«

»Sie schafft es aber manchmal, aufzustehen, herumzuhüpfen, mich zum Tanz aufzufordern.«

»Was wollen Sie mir da weismachen? Ich bitte Sie!«

»Warum halten mich plötzlich alle für einen Lügner?«

»Sprechen Sie vernünftig, dann wird Ihnen das nicht passieren. Ihre Frau ist zu nichts von alldem, was Sie hier vorbringen, im Stande.«

»Ich bestehe nicht darauf. Es macht keinen Sinn.«

»Sehr vernünftig.«

»Ich möchte für meine Frau jemanden, der ihren seelischen Zustand ernst nimmt. Was für Meghan und ihre Tochter Recht ist, muss für Faye billig sein, sie hat dasselbe und mehr durchgemacht. Ihr Kind ist nicht zurückgekehrt.«

»Was heißt das?«

»Ich denke daran, Sie zu feuern.« Dons Augen blitzten. Ives holte Luft.

»Überlegen Sie sich das gut. Der Wechsel einer Bezugsperson kann unabsehbare Folgen haben. Ihre Frau vertraut mir.« Dons Blick trübte wieder ein.

»Ich gestehe, es hat mich beeindruckt, als Faye Sie sofort erkannte, vielleicht war ich sogar eifersüchtig. Ihre Seele weiter negiert zu sehen, kann ich aber nicht erlauben.«

»Ich bin bereit, Ihnen entgegenzukommen. Was würden Sie dazu sagen, wenn ich einen Kollegen hinzuzöge, einen Psychiater. Ich sehe zwar keine Notwendigkeit dafür, zu Ihrer Beruhigung ließe ich mich aber darauf ein.« Don überlegte.

»Versuchen wir es. Wenn es nicht fruchtet, sehe ich mich nach etwas anderem um.«

»Na also! Die Laienpflege durch dieses Mädchen ist für Ms Ravenclaw aber nicht angemessen.«

»Meine Frau heißt Byrne. Kelly hilft ihr bei gewissen Verrichtungen, ich schätze ihr Tätigkeit. Für die Pflege haben wir jetzt ja Meghan.«

»Ms Dougherty wird vermutlich eine Weile – wenn nicht ganz – ausfallen.«

»Jetzt, da Leila wieder zuhause ist, wird sie hoffentlich bald wiederhergestellt sein. Natürlich wird sie therapeutische Begleitung brauchen, es war ein Schock, aber ich rechne mit ihr.«

Dons Smartphone läutete.

»Hi, Meghan! Wenn man vom Teufel spricht …« Er nickte Ives zu, der schlüpfte ins Wohnzimmer zu den Damen.

Meghan erklärte, sie verbringe diesen Tag in Dublin bei Ihrer Tochter. Sie war überrascht, Don wusste bereits von der großen Neuigkeit. Er wollte mehr erfahren, was am Telefon für Meghan zu teuer würde, so kamen sie überein, er besuche die drei Frauen in der Stadt, lade sie auf einen Ausflug ins Mayfield ein.

Nach dem Telefongespräch betrat Don das Wohnzimmer, wo Kelly unter den kritischen Augen Ives Faye reinigte, die Kaffee über ihr Kleid geschüttet hatte.

»Liebe junge Dame«, sagte Faye. »Bemühen Sie sich doch nicht. Das erledige ich später selber.«

»Das tu ich doch gern«, sagte Kelly. Ives sah Faye an, legte seine Hand auf ihre Schulter.

»Sie können das nicht, Frau Byrne«, sagte er. »Das müssen Sie akzeptieren.«

»O Gott, Herr Doktor«, erwiderte die Angesprochene. »Ist das wirklich so?« Er nickte heftig, schloss dabei die Augen, die Lippen schmollten. Faye starrte erschrocken in die Leere. Don musste eingreifen.

»Sie haben sicher noch viel zu erledigen, Herr Doktor«, sagte er. »Wir wollen Sie nicht länger bemühen.« Ives zog die Brauen hoch, räusperte sich, suchte nach seiner Tasche.

»Stimmt, Mister Ravenclaw. Ich habe tatsächlich noch Krankenbesuche auf dem Kalender.« Er nahm seine Mappe unter den Arm, verbeugte sich. »Ich darf mich verabschieden, meine Herrschaften.« Der Doktor verließ den Raum, ohne sich umzudrehen. Kurz darauf hörte man die Haustür ins Schloss fallen.

»Ich mag den Typ nicht«, sagte Kelly.

»Er ist der Einzige, der sich in Fayes Gedächtnis halten kann«, entgegnete Don. »Wir können uns nicht leisten, ihn zu verlieren.«

»Der Creep redet Ihrer Frau ein, sie sei hilflos.«

»Ich hätte ihn auch am liebsten geohrfeigt.«

»Mein Herr, ich muss schon bitten«, fiel nun Faye ein. »Keine Gewalt, um Himmels Willen. Wir sind doch zivilisierte Menschen hier.«

»Du hast wie immer Recht, Schatz.« Don küsste ihre Stirn. Sie zog den Kopf zurück, strafte ihn mit einem durchdringenden Blick. »Wird dir das auch nicht zu viel?«, frage er Kelly. »Du musst jetzt viel mehr Zeit hier verbringen als früher.«

»Es gibt nicht so viel zu tun, wie der Doktor glauben macht. Ich erledige nebenher andere Aufgaben. Mom hat mir freie Tage in der Schule organisiert.«

»Ich treffe heute noch Meghan in Dublin. Wir werden sehen, wie es ihr geht und was die Zukunft für uns bereit hält.«

»Richten Sie ihr meine Grüße aus. Ich habe zwar keinen wirklichen Durchblick, was Sie mit der Polizistin über Meghans Enkelin gesprochen haben, aber es klang wie eine gute Nachricht.«

»Eine wundervolle Nachricht für Meghan und ihre Tochter!«

»Dann freue ich mich für sie.«

»Ich gebe das weiter.«

Eine Stunde später saß Don im Suzuki auf dem Weg nach Dublin. O'Brien hatte sich wieder hinter den Frontsitzen versteckt. Doch als Don Maguires erreichte, hielt er den Wagen an. Vor dem Lokal stand Carols Rover. Er stieg aus, ging auf den Eingang zum Restaurant zu. Stimmen näherten sich von der linken Seite des Gebäudes her, eine davon war Carols. Als sie Don wahrnahm, unterbrach sie ihr Gespräch mit einem Wachmann. Sie ließ ihn stehen und kam auf Don zu.

»Man sieht sich überall«, sagte sie. »Was machst du hier?«

»Ich fahre hier nur durch.«

»Ich sehe dich gar nicht fahren.«

»Dein Rover ist mir aufgefallen. Habe mich gefragt: Was treibt sie hier?«

»Meinen Job. Jede Abweichung vom Standardverhalten oder -geschehen ist verdächtig, wenn man einen Fall untersucht.«

»Columbo habe ich gesehen. Du sprichst von den neuerlichen Grabungen auf dem Hill of Tara.«

»Du weißt davon. Das hatte ich mir schon gedacht.«

»Und jetzt denkst du, das war ich.«

»Es käme meiner Theorie entgegen.«

»Was habe ich mit einer Bundeslade zu tun.«

»Die Fährte ist zu deutlich, um nicht gelegt zu sein. Hier geht es um etwas anderes.«

»Was meinst du?«

»Rituelle Opferungen finden statt, und zufällig wird ein Loch, passend für ein Grab, auf den heiligen Hügeln gefunden.«

»Du würdest auch die schlechte Kartoffelernte mit deinem Fall verquicken.«

»Alles steht mit allem in Zusammenhang.«

»Das behauptet ein Freund von mir auch«, sagte Don. Carol sah ihn fragend an. »Nur wieder ein Ammenmärchen«, erklärte er. »Diesmal wirklich. Der Freund ist nicht real.«

»Du hältst das alles für eine große Party, wo jeder seine Witzchen erzählt.« Carol sprach durch ihre Zähne. Don hatte genug.

»Ich muss diesen Fall nicht lösen, bin nur ein dummer Sänger. Tu du deine Arbeit.« Er stieg in seinen Geländewagen und fuhr los.

O'Brien schob seinen Kopf zwischen den Vordersitzen hindurch, gab einen lang gezogenen, wie fragenden Laut von sich.

»Ja Junge, das frage ich mich auch«, sagte Don, blickte in den Rückspiegel, schaltete in einen höheren Gang. O'Brien grunzte.

»Wem sagst du das! Pute! Verzeihung, Detektiv-Superintendent Pute.« O'Brien versuchte Dons Arm mit der Zunge zu erreichen.

»Für wen hält die sich? Agatha Christie und Höchstrichterin in einer Person. Ha! ›Große Party ... jeder seine Witzchen, ich bin ja so wichtig, siehst du, wie wichtig ich bin? Ich platze fast vor Wichtigkeit, puff‹. Die verwendet alles gegen mich, das ist rein persönlich. Ich hätte ihr wohl auch in die Hosen greifen müssen – Rache ist das, kalte Rache.« O'Brien verlegte sich auf den Versuch, die Sitze zu überklettern. »Ein Loch, passend für ein Grab – Ha! Obwohl, da ist schon was dran. Die Breite zumindest passte, die Länge wäre eher für zwei Personen ausgelegt.« Er biss auf seiner Unterlippe herum. »Ach, Unsinn. Es ging um die Bundeslade. Ich weiß, wer dafür verantwortlich war, habe sie in flagranti ertappt.« Er lenkte in einen Seitenweg ein. »Das sagt aber nichts darüber aus, was sie vorhatten. Im Prinzip kann auch Carols Theorie stimmen. Pute die! Ehrwürden Pute!« O'Brien gab seine Annäherungsversuche auf, beschäftigte sich mit Befriedigenderem, seinem Unterleib.

»Ja, du hast es gut, ich komme da bei mir gar nicht hin. Was hat sich die Natur dabei gedacht? Nein, ich bringe das nicht mit Carol in Verbindung. Wo denkst du hin! Du hast damit angefangen. Was tust du da auch herum vor aller Welt? Kennst du keine Scham? Carol – Ha! Ich habe meine Faye, meine geliebte Faye. Gut, ich muss auf einiges verzichten, auf das man nun mal ungern verzichtet. Man ist doch ein Mann, ähm! Ein, zwei Gedanken müssen gestattet sein. Ich würde niemals … egal. Hund. Du bist ein Hund. Wau! Was für verrückte Tage das sind! Mein Verstand ist den Bach runter. Den Bach, verstehst du? Mistiger Bach! Hörst du mir überhaupt zu? Wuff! O'Brien, alter Kläffer! Ein Guter Ire, das bist du, ja. Wenn je ein Ire ein Guter Ire war, dann bist du das. Mögen deine Testikel wachsen bis in den Himmel, Held der Republik.« O'Brien gähnte.

Kurz vor Mittag erreichte Don Dublin, gerade rechtzeitig, die Damen zum Essen auszuführen. Er fütterte O'Brien, rief ein paar Minuten vor seinem Eintreffen Meghan an. Drei Generationen Dougherty-Frauen standen bei seiner Ankunft vor ihm, bereit, hungrig.

»Ich dachte erst ans Pygmalion«, sagte Don, blinzelte Meghan zu. »Aber dann schien mir doch das Mayfield passender.«

»Das ist heller«, bestätigte Cynthia. »Und nah.« Damit war es beschlossene Sache. Die Damen stiegen in den Suzuki. Nachdem er einige Haken geschlagen hatte, musste Rossi nur noch die Harold's Cross Road runter in die Terenure Road fahren, schon stander sie vorm Mayfield. Sie hatten gehofft, die immer gut beheizte Terrasse wäre zu benutzen, doch der Rekordwinter machte ihnen einen Strich durch die Rechnung. Doch im Inneren sorgten große Sprossenfenster und warme Holztöne ebenfalls für Stimmung.

Meghan wusste schon im Auto, was sie essen wollte, bestellte denn auch Räucherlachs mit Garnelen auf Roggenbrot, eingelegtem Fenchel und Karotten. Die drei anderen suchten auf der Karte herum. O'Brien bekam Wasser.

»Wer hätte gedacht, wir würden schon so bald zusammen sitzen«, sagte Don. Cynthia strahlte ihre Tochter an.

»Mein Schatz ist wieder da. Ich kann es kaum glauben.« Leila lächelte, wie Kinder lächeln, wenn Erwachsene schmalzig werden: ein Mundwinkel in die Höhe, die Augen woanders. O'Brien bot sich als Ziel an.

»Ich fühle mich nicht sicher«, sagte Meghan. »Der Täter könnte in der Nähe sein, lauern.«

»Hat Detektiv-Superintendent Cavanaugh euch nicht Verhaltensregeln mitgegeben, wenn sie schon keine Beamten zum Schutz abstellt?« Don sah Leila an.

»Nein«, sagte diese. »Die hat mich nur viel gefragt.«

»Ich hätte mir schon auch mehr Zuwendung erwartet, ehrlich gesagt.« Cynthia streichelte Leilas Haare. »Sie scheint mir ziemlich kalt.«

»Sie kann auch nett sein«, sagte Don. »Aber Empathie ist tatsächlich nicht ihre Stärke.«

»Ich nehme die Seezunge mit Spinat und Schafskäse, dazu Tomatensalat mit Oliven.« Cynthia legte die Karte beiseite. Don entschied sich für den scharfen Chickenburger mit Avocados und nahm extra Fritten dazu. Leila bestellte gemischte Fleischbällchen mit Tomatensauce und Salat.

»Was war denn nun eigentlich los?«, drängte Don endlich.

»Willst du erzählen, Schatz?«, sagte Cynthia zu Leila. Diese schüttelte den Kopf.

»Ich weiß nicht«, piepste sie. streichelte O'Brien unterm Tisch. Cynthia legte ihre Hand auf die ihrer Tochter.

»Ich erzähle, du korrigierst mich, wenn ich etwas verwechsle. Okay?«

»Okay«, sagte Leila. Cynthia holte Luft.

»Es war zuhause, stellen Sie sich vor. Leila spielte im Garten, als zwei Männer mit Faschingsmasken auftauchten. Sie fand es erst lustig, nicht wahr, Schatz?« Leila nickte, rückte ihre Brille zurecht. »Dann kamen sie näher, packten sie. Ich war im Haus, mein Gott, ganz nahe, als mein Kind um ihr Leben kämpfte.« Cynthia versuchte, Tränen zu unterdrücken, doch schließlich flossen sie reichlich. O'Brien winselte leise.

»Sie schleppten sie in ihr Auto«, setzte nun Meghan fort. »Was war das noch einmal für eines, Liebes?«

»Ein großes, lautes Auto«, sagte Leila.

»Sie verbanden ihr die Augen und fesselten ihre Hände. Mein armer Schatz!« Meghan fasste Leila ans Kinn. »Dann brachten sie dich … wohin?«

»Wir sind in ein Haus gegangen. Dann runter.«

»Eine Treppe?«, fragte Don. Leila nickte.

»Es war kalt und feucht.« Der Lachs mit Garnelen wurde serviert, dazu die Getränke für alle. »Dann war da nur noch ein Mann«, setzte Leila fort. Sie nahm einen Schluck aus ihrem Glas. »Er hat immer so gemacht.« Sie imitierte ein Räuspern.

»Hat er etwas gesagt?«, fragte Don.

»Erst später im Auto.«

»Er hat dich wieder weggebracht?« Don wunderte sich, hatte an ein Gefängnis geglaubt.

»Ja, er wollte mich woanders hinbringen. Im Auto hat er telefoniert. Die Polizistin wollte das ganz genau wissen.«

»Das kann ich mir vorstellen. Weißt du noch, was er gesagt hat?«

»Er hat von Tara gesprochen: ›Bei dir in Tara‹, hat er gesagt, und: ›Das ist zu weit, ich bringe sie runter‹.«

»Was er mit ›runter‹ meinte, weißt du natürlich nicht.«

»Nein.«

»Sonst haben sie nichts gesprochen?«

»Sonst noch über Geld.«

»Wie?«

»›Die wird nicht billig, sie ist zwölf, das kostet‹, hat er gesagt.« Cynthia stürzte zu ihr, nahm sie in die Arme.

»Mein Gott, das hast du mir gar nicht gesagt. Mein Liebling.« Die beiden wiegten einander in ihren Armen. Jetzt kamen die Fleischbällchen und die Seezunge.

»Wir essen erst einmal etwas, bevor wir weiterreden«, schlug Meghan vor. »Einverstanden?« Don nickte, die beiden anderen waren in ihrer Umklammerung völlig aus der Welt. Jetzt wurde auch Dons Burger gebracht. Während des Essens sprachen sie nur über die Einrichtung und Stimmung des Restaurants, wie Meghan bei ihrer Tochter untergebracht war, dies und jenes. Danach bestellten sie noch Kaffee, Leila nahm einen Muffin mit heißer Schokolade. Don wandte sich an sie.

»Und wie bist du dem Mann entkommen?« Cynthia antwortete für sie.

»Unsere kleine Heldin ist an einer Kreuzung aus dem Wagen gesprungen.« Leila lächelte, wuchs ein Stück.

»Wie ging denn das zu?«, fragte Don.

»Ich habe gemerkt, er hatte keine Kindersicherung wie Mom. Ich habe vorher gesagt, ich kann nicht sitzen, wenn er meine Hände hinten fesselt. Er band sie mir vorne.«

»Mein schlaues Mädchen«, warf Cynthia ein.

»Dann hab' ich darauf gewartet, dass er einmal stehenbleibt«, setzte Leila fort.

»An einer Kreuzung«, ergänzte Meghan. Leila drehte ihren Kopf hin und her, weil alle für sie sprachen.

»Vorne gefesselt konnte ich an den Griff ran. Ich habe die Tür geöffnet und bin hinausgesprungen.« Sie strahlte.

»Gott sei Dank hast du dich nicht verletzt«, sagte Meghan.

»Das wäre das geringere Problem, denke ich.« Cynthia strich durch Leilas Haar. Don dachte an Shenna, sie hatte keine Chance, irgendwo hinauszuspringen.

»Hast du etwas von einem anderen Mädchen gehört?«, fragte er.

»Nein, welches Mädchen?« Leila zuckte mit den Schultern. Don blickte abwechselnd Meghan und Cynthia an. Sie hatten ihr nichts von ihrer Freundin erzählt.

»Weiß nicht«, sagte er. »Ich frage nur so.« Don ließ einen letzten Versuchsballon steigen.

»Was fällt dir ein, wenn ich sage: ›Buntes Glas und Ratten‹?« Meghan und Cynthia sahen einander verständnislos an.

»Einfach so? Ich sage: ›Pinky und Brain‹[10].« Leila hielt es für ein Assoziationsspiel. Don lächelte.

»Danke«, sagte er, kraulte O'Brien und verfiel in Gedankenschwimmen.

---

[10] Tom Ruegger & Steven Spielberg, Pinky and The Brain (Warner Bros. Television Animation, 411 North Hollywood Way, Burbank, California, United States, 1995)

Zehntes Kapitel

Don brachte die Doughertys nach dem Essen zurück zu ihrer Wohnung. Meghan bestand darauf, schon bald wieder für ihn zu arbeiten, sonst hätte sie zu viel Zeit zum Nachdenken. Angeblich habe der Therapeut, den sie eine Stunde vor ihrem Treffen kennengelernt hatte, ihr dazu geraten, sich zu beschäftigen. Die Therapie könne sie nebenher durchziehen, wenn sich das mit Kelly vereinbaren ließe. So müsse diese auch keine weiteren Ganztagsdienste leisten. Meghan wollte auch ihre Tochter nicht länger als nötig belasten. Don erzählte ihr von Ives Sicht der Dinge. Sie wies dessen Bedenken zurück. Wie Kelly fand auch sie, Faye sei eine anspruchslose Pflegebefohlene. Solange Don nicht anwesend sei, träten auch ihre Anfälle nicht auf.

Sie kamen überein, Kelly das letzte Wort zu überlassen. Don gab zu, es würde ihn freuen, Meghan weiter bei Faye zu sehen.

Der Tag war noch jung, Don überlegte, bei Oscar vorbeizuschauen, verwarf den Gedanken jedoch wieder. Dennoch brauchte O'Brien Auslauf, er selbst auch. Das Meer zog ihn an, so fuhr er die Clontarf Road hinaus, an der Küste entlang. Er ließ Rossi am Pebble Beach Car Park zurück. O'Brien sprang heraus, sprintete sogleich auf die Bucht zu. Die Luft wärmte sich am Wasser etwas auf, Don fror hier weniger als im Stadtzentrum, erst recht im Vergleich zu Tara. Der Wind in den Haaren vermittelte immer ein Gefühl von Freiheit. O'Briens Rücken dehnte sich beim Laufen wie ein Pfeilbogen, der Kopf unbewegt nach vorne gestreckt, als wäre das ganze Tier an den Halswirbeln aufgehängt. Seine Läufe wirbelten über die Steine hinweg, als sei der Strand eine plane Fläche. So sah Freude am Leben aus.

Sie streiften umher, Don blieb an verschiedenen Orten stehen, schaute aufs Meer hinaus, warf Kiesel ins Wasser. An der Dollymount Wooden Bridge lehnte er sich an das Geländer, O'Brien lief bis North Bull Island und zurück. Don schlenderte die glitschigen Holzbohlen entlang, schlang sich tiefer in seine Jacke, fand eine Haube in der Seitentasche, die sein nun doch zu sehr durcheinandergewirbeltes Haar bändigte. Mit wehender Zunge – die Flagge des Übermuts – kehrte O'Brien wieder, umkreiste Don, peitschte ihn mit seiner Rute, bellte, sabberte.

Auf der Insel liefen sie lange Zeit am Strand entlang, balancierten auf Steinen. Leuchttürme warnten in Rot und Blau – oder war es ein Grün? Das flirrende, diffuse Licht ließ keine genaue Bestimmung zu. Auf einem schmalen Steindamm wichen sie einem Paar aus, das er als Tyrons Sekretärin und Bowen identifizierte. Sie passierten ihn, erkannten ihn nicht, umschlangen und küssten einander. Die schöne junge Frau passte in Dons Welt optisch nicht zu dem behäbigen älteren Herren, doch was sagte das schon. Liebt euch, solange ihr könnt! Ausbrechen aus der Strenge – er urteilte zu leichtfertig über andere, über sich selbst. Nein, ich habe nicht Schuld an Tishs Tod. Ihr Mörder ist schuldig.

Auf einer Bank aus Beton ließ Don sich nieder, schloss die Augen.

Hallo, Dad.

Don sah eine zehnjährige Tisha vor sich stehen, ihre Stimme war die einer erwachsenen Frau, es verunsicherte ihn.

– He, Schatz, du sprichst zu mir. Endlich!

– Machen wir uns nichts vor – du träumst, alter Mann.

– Warum diese Stimme?

– Erkennst du sie? Tisha neigte den Kopf zur Seite.

Don dachte nach.

– Nein. Sie ist vertraut, als hätte ich sie kürzlich gehört, ich kann sie aber nicht zuordnen.

– Erst wenn du sie findest, findest du zu mir.

– Du bist so rätselhaft. Wir standen einander nah, alles war offen, einfach.

– Alter Mann, wach auf! Shenna braucht dich.

Don öffnete die Augen. Über dem Meer schwebte eine Ahnung von Tisha zu den Wolken hoch. Er rief nach O'Brien, begab sich auf den Rückweg.

Auf der Wooden Bridge nahm er wieder Jane und Bowen wahr, eine weitere Person war bei ihnen. Er rieb seine Augen, sich nicht zu täuschen: Es war Kate, die Schamanin. Oscar und Carol hatten gemeint, alles hinge mit allem zusammen. So wörtlich war das zu nehmen? Er schlug den Kragen seiner Jacke hoch, zog die Haube tief ins Gesicht, eilte an der Gruppe vorbei. Er versuchte erst gar nicht, Sinn im Gesehenen zu finden, dazu fehlte es an Zusammenhängen. Er brauchte mehr Informationen. Wollte er mehr zu Jane und Bowen erfahren, konnte er sich nur an Tyron wenden, bei dem er sich ohnehin wegen des letzten Konzerts melden wollte. Er war weit gelaufen, traf erst spät bei Rossi ein. Vom Auto aus rief er Tyron an, der ihm sagte, er sei nicht im Büro, das habe er für heute geschlossen, Jane freigegeben.

»Ich weiß«, sagte Don. »Ich habe sie gerade an der Wooden Bridge gesehen.«

»Gut. Sie sitzt zu viel.«

»Bowen war bei ihr.«

»Haha, Albert Schweitzer wohl auch.«

»Ehrlich, sie waren offensichtlich sehr vertraut.«

»Das tut sie mir nicht an.«

»Warum täte sie dir etwas an? Gefühle fallen, wohin sie fallen.«

»Sie könnte ihm Geschäftsgeheimnisse verraten, er würde mich übervorteilen.«

»Tut mir leid, die schlechte Nachricht zu überbringen«, sagte Don. »Aber sie sind ein hübsches Paar.« Tyron atmete heftig.

»Muss Vorkehrungen treffen‹, sagte er. »Hab' keine Zeit mehr. Danke für die Warnung.« Er legte auf. Das war es nicht, was Don erreichen wollte. Nun wusste er zwar, Tyron war nicht eingeweiht, doch was es mit der Verbindung zwischen Jane, Bowen und Kate auf sich hatte, war weiterhin im Dunkeln.

Das Wichtigste war, sich nach Tishs Mahnung um Shenna zu kümmern. Carol wusste, wer Shenna war, doch die sprach nicht mehr mit ihm. Meghan konnte er momentan nicht damit belasten, Recherchen zu unternehmen. Don wollte zumindest ein Bild der Kleinen im Kopf haben. Er griff noch einmal zum Smartphone. Meghan meldete sich.

»Dougherty.«

»Don hier. Entschuldige, dass ich dich schon wieder belästige.«

»Was hast du auf dem Herzen?«

»Shenna. Wie sieht sie aus?«

»Ist das wichtig?«

»Für das Bild in meinem Herzen, ja.«

»Ihre Mutter ist arabischer Abstammung, wurde aber schon hier geboren, der Vater Ire. Shenna hat dunkle Augen, dichte Brauen, langes braunes Haar, ein rundes Gesicht. Sie ist ernsthaft, etwas melancholisch, ängstlich. Reicht das?«

»Kannst du mir mehr über ihre Beziehung zu Tish erzählen?«

»In den Grundzügen habe ich sie bereits beschrieben. Sie verbrachten viel Zeit miteinander, gingen gern zum Spielen ans Wasser, haben füreinander Geschichten erfunden, wie ihre Zukunft aussehen würde. Aber Leila kann dir mehr sagen, sie war oft mit ihnen zusammen, ging in dieselbe Klasse. Eine Lehrerin sieht nur, was sie sehen kann. Ich war nur ein Jahr dort.«

»Denkst du, Leila kann darüber sprechen?«

»Ich frage sie und Cynthia, was sie davon halten.«

»Danke.« Don griff über die Rückenlehne, streichelte O'Brien. Eine kleine Stimme meldete sich nach einer knappen Minute.

»Hier ist Leila.«

»Hallo Leila. Das Essen mit euch hat Spaß gemacht. Hat es dir geschmeckt?«

»Ja.«

»Weißt du, ich habe erst vor Kurzem erfahren, du und Tish, meine Tochter, seid Freundinnen gewesen. Ich habe im Restaurant nicht zu fragen gewagt … Wer war Tish bei euch? Mochten sie die anderen Kinder?«

»Sie war nicht bei den beliebten Kindern, sie gehörte zu den anderen. Sie wollte das.«

»Was meinst du?«

»Sie hätte bei den Beliebten sein können, ihr Dad war ein Star. Du. Aber sie wollte lieber bei uns sein.«

»Warum gehörst du zu den ›anderen‹?«

»Das ist so.«

»Bei Shenna ist das auch so?«

»Ja. Manche mögen sie gar nicht, weil sie anders aussieht.«

»Ich verstehe. Was habt ihr denn unternommen, wenn ihr zusammen wart?«

»Die zwei haben Tausendundeine Nacht gespielt. Tisha hat die Prinzessin geschmückt und ihr komische Namen gegeben.«

»Komische Namen?«

»Licht des Orients und Blüte des Ostens und so.«

»Shenna mochte das?«

»Klar, he. Wenn mich wer Blüte des Ostens nennt …«

»Du hast da nicht mitgespielt?«

»Doch, ich war der Prinz, der sie beschützt hat.«

»Wovor beschützt?«

»Vor den bösen Männern.«

»Welchen bösen Männern?«

»Da war immer einer, manchmal waren es zwei.«

»Wer?«

»Die haben uns immer beim Spielen zugesehen. Die waren komisch.«

»Was haben sie getan?«

»Die haben uns immer angestarrt und einer hat sich so komisch gerieben da unten.«

»Habt ihr die Männer gekannt?«

»Tisha hat einen gekannt, den, der nicht so oft gekommen ist.«

»Hat sie gesagt, wer er war?«

»Nein.« Ein Geräusch aus dem Hintergrund war zu hören, dann meldete sich die Stimme Meghans.

»Ich glaube, das ist genug, Don.«

»Ja. Sag ihr, ich bedanke mich.«

»Ich richte es aus. Was hältst du von dem, was sie gesagt hat?«

»Ihre Verfolger haben sie beobachtet und studiert, bevor sie zugegriffen haben, schon vor zwei Jahren.«

»Warum haben sie nach Tisha so lange gewartet?«

»Das weiß ich auch nicht. Vielleicht wurden sie gestört. Ich bleibe dran.«

»Du willst auf eigene Faust suchen? Sei vorsichtig, das sind feige Mörder.«

»Ich will Shenna finden. Auf den Erfolg der Garda zu hoffen, ist zu wenig. Tish würde von mir erwarten, ihre Prinzessin zu befreien … die Blüte des Ostens.«

Don startete Rossi, um den Motor aufzuwärmen, der Wind war eisig geworden. Im Autoradio wurde ein Sturm angekündigt. Der kalte Polarwind träfe auf den warmen Golfstrom und puff.

Saß ein Mensch in einem kleinen Geländewagen und ein Sturm zog herauf, verwandelte er sich auf unerklärliche Weise in Linda Hamilton am Ende von Terminator I, gab Gas und steuerte in den Sonnenuntergang, ging auch die Sonne gar nicht unter, bumm, bummbumm, bummbummbumm …

Der Weg zu Shenna führte über Stacey. Zwischen dieser und Kelly bestand eine Verbindung über deren Stiefvater, der ihr Vermieter war, sowie durch die Aussage, sie seien auserwählt gewesen. Kelly sagte nicht alles, was sie wusste. Don entschied, das Mädchen zur Rede zu stellen, sobald er auf seiner Farm angekommen sei. Es ging um ein Menschenleben, das hatte Vorrang vor Privatheit. Rossi hustete, grölte, hustete wieder. Seinem Motor gefiel etwas nicht. Das kannte Don bereits – Rossi krankte manchmal, wenn er längere Zeit zu nahe an der Küste stand. Normalerweise brauchte er den Wagen nur eine Weile im Stadtinneren abzustellen. Bis Glasnevin musste Rossi aber noch durchhalten, die Gespräche über Tish hatten Sehnsucht hervorgerufen, ihr erstmaliger Wortwechsel Hoffnung geweckt. Don wollte ein Grab aufsuchen.

Rossi kämpfte tapfer, stotterte, wimmerte, knallte wie ein Colt. Don fand einen Parkplatz in der Umgebung des Friedhofs, ließ O'Brien aus dem Wagen springen. Er kaufte Montbretien in einem nahen Blumenkiosk, betrat die Anlage durch das Haupttor.

Hi, Raven, geht es dir?, du machst uns ein bisschen Hoffnung, aber nur ein kleines bisschen, Alter, wir beobachten deine Schritte, nicht alles falsch, nur das meiste, für deine Verhältnisse richtig gut, he, geht es dir?, Tisha wartet auf dich, ich lasse dich schon in Ruhe, du hast dir ein paar Minuten mit ihr verdient, prasse nicht damit, ich bin kein Wohltäter, Altes Haus, he, Raven, geht es dir?

Parnells Fels machte schon von Weitem auf sich aufmerksam, doch Don richtete seine Schritte direkt zu Tishas eigenem Grab. Wie weitläufig dieser Friedhof war! Don lief durch viele Reihen, vorbei an hunderten Toten. Jeder war durch ein Leben gestolpert, auf der Suche nach dem Glück oder auf der Flucht vor Leid; mancher hatte auch nur seine Zeit abgesessen. Oft meintest du ihre Bewegungen wahrzunehmen, wenn sie sich in ihren Gräbern wälzten, dem Wundliegen vorzubeugen, ohnehin wund schon vom Gift der Tränen, Säure der Hilflosigkeit.

O'Brien kannte Tishas Grab, lief darauf zu. So musste Don sich nicht orientieren, er hatte sich wiederholt verlaufen, dabei neue Bekanntschaften geschlossen mit in Grabsteinen eingravierten Namen.

Die Montbretien in der Vase auf Tishas Grab waren noch nicht verblüht. Er brachte es nicht übers Herz, sie zu entsorgen. Gerade an diesem Ort sollte man mit Vergänglichkeit anders umgehen. Er steckte die frischen Blumen zu den alten in die Vase. O'Brien schnüffelte daran herum, als müsse er erst sein Einverständnis geben. Da der Hund kein Wort der Kritik äußerte – er hatte seine Chance –, beließ es Don dabei. Tisha hatte Montbretien geliebt.

Hallo Tish, hier bin ich wieder – dein alter Mann.

– Hi, Dad.

– Du hast deine eigene Stimme wieder. Es ist schön, dich antworten zu hören, so lange habe ich darauf gehofft. Warum begann das heute am Strand?

– Du hast dir vergeben, Dad. Ich spreche seit zwei Jahren zu dir, du konntest mich nicht hören. Weißt du schon, mit wessen Stimme ich sprach?

– Mein Kopf ist voller Stimmen, ich kann sie zurzeit nicht trennen, muss erst zur Ruhe kommen. Ich habe heute mit einer deiner Freundinnen gesprochen – Leila. Sie sagte, du habest einen der Männer gekannt, die dir, Shenna und Leila beim Spielen zugesehen haben.

– Kann sein.

– Wer war es?

– So funktioniert das nicht, Dad. Ich bin keine Auskunftsstation. Wir haben Zeit erhalten, einander nahezukommen, nichts sonst.

– Ich verstehe. Schade, Shenna macht mir große Sorgen.

– Ich weiß, mir auch. Sie ist meine Prinzessin.

– Wie geht es dir, Kleines?

– Das ist die richtige Frage, Dad. Ich bin tot, jemand hat mich getötet. Er hätte gut sein müssen, aber er war schlecht. Er hätte gut sein müssen.

– Was willst du damit sagen, Kind?

– Er war nicht gut. Und einer hält sich nicht. Er hält sich nicht.

– Ich verstehe kein Wort, Schatz. Du …

– Ich muss jetzt schlafen, alter Mann. Ich benötige Ruhe.

Don strich mit einer Hand über die Erde.

– Schlaf schön, Kind.

Er zupfte etwas Unkraut aus der Umfriedung. O'Brien war einstweilen zwischen den Gräbern umhergelaufen, kehrte nun wieder.

»Sprich zu mir«, sagte Don zu O'Brien. Der schaute ihn an, leckte seine Hand. »Schon gut«, flüsterte der alte Mann. »Du und Rossi, ihr seid die Einzigen, die nicht zu mir sprechen. Das ist sehr rücksichtsvoll von euch.« Er kraulte das Fell seines Freundes. Eine der Kerzen in den beiden Laternen war niedergebrannt. Hinter dem Grabstein waren noch Teelichter zur Reserve. Er legte eines in den Windschutz, entzündete es.

»Dir soll nie kalt sein, mein Herz.«

Zu ihrem ersten Rätsel hatte Tish, anstatt es zu lösen, zwei weitere hinzugefügt. Don sammelte Krumen. Dunkle Wolken zogen auf. Kalter Wind kroch durch seine Kleidung. Er blickte über die Gräberfelder hinweg. Shenna durfte hier nicht enden, nicht, ehe ihr Leben sich erfüllt hätte. Seine bisherigen Erkenntnisse wiesen auf McDonagh als einen Drehpunkt in dem Geschehen hin. Es gab nur einen Weg, mehr darüber zu erfahren.

Don nahm Abschied von Tishas Grab, machte sich auf den Rückweg durch die Gräberschluchten.

Nun gut und so, Tisha spricht also mit dir, Raven, geht es dir?, verstanden hast du immer noch nichts, es ist doch so einfach, jeder hier könnte es dir sagen, die einfachsten Rätsel der Welt, he, Raven, geht es dir?, alles und so weiter, mach hin, gib Zucker, Mann, he, Raven, geht es dir?

Don trat aus dem Haupttor, sah jemanden neben Rossi knien, herumhantieren. Die Person erkannte, sie wurde beobachtet, sprang auf. Doch O'Brien war schneller, versperrte dem Mann den Weg, bellte. Don war im Nu am Wagen, griff nach dem Hemd des Flüchtenden. Auf dem Boden lag ein Radkreuz, die Nabenschrauben an Vorder- und Hinterrad waren gelöst. Er zwang den Mann gegen Rossis Karosserie, drehte ihn herum.

»Das also machst du, wenn du nicht Mundharmonika spielst!«, brüllte er in Brads Gesicht. Der wand sich, vermochte sich freizukämpfen. Don drängte. »Was, glaubst du, tust du hier? Denkst du, du kannst jetzt weglaufen und das war 's? Ich will eine Erklärung!« Der junge Mann trotzte, verschränkte die Arme. Don schrie: »Du hast eben eine Todesfalle errichtet und fühlst dich in deinen Gefühlen verletzt, weil der böse Mann fragt, warum du das tust!«

»Klagen Sie mich doch an, Systemkonformist«, sagte Brad.

»Oh, du kämpfst also gegen das System, indem du einen Anschlag auf das Leben eines alten Folkmusikers verübst. Das System zittert jetzt bestimmt!«

»Was wissen denn Sie!«

»Dann sag mir doch, was ich nicht weiß. In wessen Auftrag handelst du? Erzähl mir nicht, das war deine Idee.« Der junge Mann drehte sich weg, starrte auf die Straße. Don tippte mit dem Zeigefinger auf Brads Brust. »Ich lasse dich ohne eine Antwort nicht weg. Rede!« Mittlerweile hatte sich eine Gruppe Passanten zusammengefunden, die beratschlagten, wer hier der Böse war und warum man ihn aufknüpfen sollte. Don war am Verlieren.

»Ich bin kein Verräter!«, sagte Brad, sein Brustkorb schwoll. Das Publikum goutierte das. »Sie können mich schlagen oder verpfeifen, ich stehe zu meinen Prinzipien.« Ein kleiner Applaus brandete auf, eine junge Dame hatte sich eben verliebt. Brad genoss seinen Triumph. »Sie haben vielleicht mehr Erfolg als Musiker, aber als Ire sind sie ein Versager. Waschlappen!« Er verbeugte sich bescheiden.

»Wie weit wollt ihr kommen, wenn ihr eure Möglichkeiten zerstört, statt sie zu nutzen?«, sagte Don.

»Welche Möglichkeiten? Wovon reden Sie?«

»Du hast nicht einmal versucht, mich auf deine Seite zu bringen vor dem Mordanschlag«, erklärte Don. Die Zuschauer blickten Brad ernst an. »Ich kann Massen aktivieren, der Bewegung einen Schub versetzen.« Don gewann an Zustimmung bei der weiter angewachsenen Zuhörerschaft.

»Warum sollten Sie plötzlich auf unserer Seite stehen?«

»Wie kommst du auf die Idee, ich stand je auf einer anderen Seite. Mir fehlte eine Organisation, der ich mich anschließen konnte. Ich bin allein zu nichts im Stande.« Das Volk war uneins, welchen der beiden es unterstützen sollte. Immerhin rief keiner mehr: Hängt ihn an seinem Sack auf! Brad stieg von einem Fuß auf den anderen.

»Darüber muss ich nachdenken«, entgegnete er. »Ich lasse Sie wissen, wie ich mich entscheide.«

»Gut«, sagte Don. »Meine Räder bringst du wieder in Ordnung.« Brad nahm das Radkreuz, machte sich an die Arbeit. Die Menschenmenge löste sich auf. Don lehnte sich mit dem Rücken gegen Rossi. »Ich habe dich in Tara gesehen. Ihr habt gegraben.« Brad schien überrascht, hatte ihn nicht erkannt. Don blickte um sich. »Ihr sucht nach der Bundeslade?«

»Nein.«

»Wonach dann?«

»Das erfahren Sie vielleicht, wenn ich mich entscheiden sollte, Ihnen zu trauen.« Ein Reifen war wieder befestigt.

»Woher kennst du McDonagh?«

»Sie stellen zu viele Fragen.«

»Dafür bin ich bekannt. Er gehört wohl auch zur MAINS. Es sah aus, als sei er dir übergeordnet.«

»Wir sind alle Brüder.«

»Damit hatten schon Schiller und Beethoven ein Problem.«

»Ich glaube nicht, die … ich werde mich nicht entschließen, Sie aufzunehmen. Sie sind ein Zyniker. Das verträgt sich nicht mit Idealismus.«

»Sind da auch Frauen bei euch?«

»Wieso?«

»Ich sah bisher nur Männer. Im Sinne eures Idealismus rechne ich doch mit Vorbehaltlosigkeit.«

»Natürlich gibt es welche, und es wird noch viele mehr geben, wenn wir erst richtig Fuß gefasst haben.«

»Jaja.«

»So, das war 's.« Brad erhob sich, schulterte das Radkreuz.

»Die andere Seite nicht?«

»So weit war ich noch nicht gekommen.«

»Na gut, dann hören wir wieder voneinander.«

»Möglicherweise. Fällt die Entscheidung gegen Sie, melde ich mich nicht mehr.«

»Einverstanden«, sagte Don. Brad verschwand in einer Seitengasse.

Rossis Motor lief wieder ruckelfrei, ermöglichte so Don, nachhause zu fahren.

An der Haustür kam ihm schon Kelly entgegen.

»Ich verschwinde dann gleich«, sagte sie. »Es war ein langer Tag.« Sie schlüpfte an ihm vorbei.

»Ich bin dir sehr dankbar, Kelly. Eine Frage noch …« Sie drehte sich um. »Ich dringe nicht gern in dein Privatleben ein«, sagte Don. »Aber da ist etwas, das für jemanden wichtig sein könnte.«

»Mein Privatleben! Für wen könnte mein Saustall von Bedeutung sein?«

»Für das Mädchen, das entführt wurde.«

»Das ist schräg. Worum geht 's da?«

»Du hast in einem unserer letzten Gespräche erwähnt, du und Stacey wärt auserwählt gewesen. Mich interessiert: Wozu auserwählt?«

»Das hat doch mit keiner Entführung zu tun. Stacey lebt nicht mehr.«

»Aber die Menschen, die Stacey getötet haben, sind vielleicht die Entführer des anderen Mädchens.«

»Nein. Tut mir leid, das ist mir zu weit hergeholt.« O'Brien, der um die Beine der beiden gestrichen war, zog sich ins Hausinnere zurück.

»Es geht möglicherweise um ein Menschenleben«, sagte Don. »Alles, was mit Stacey zu tun hat, kann für Shennas Überleben von Bedeutung sein.«

»Shenna heißt sie?« Kelly seufzte. Jetzt hatte das Opfer einen Namen, das stellte Nähe her. »Ich weiß trotzdem nicht. Es …« Don begriff, er musste Shenna noch näher heranholen.

»Sie ist zwölf. Sie war Tishs beste Freundin. Sie hat dunkle Augen und braune Haare. Sie wurde von Perversen beobachtet. Sie ist ein richtiger Mensch, keine Zeitungsnachricht.«

»Break – ist schon gut! Es war eigentlich keine so große Sache, aber wir haben ein heiliges Versprechen ablegen müssen, mit niemandem darüber zu sprechen.«

»Daraus könnte ein unheiliges Versprechen werden.«

»Ich singe doch schon. Schalten Sie runter. Stacey und ich sollten geopfert werden.«

»Was!«

»Nicht wirklich – nur eine Inszenierung.«

»Wofür?«

»Ein Weiheritual. Wir sollten als Jungfrauen auftreten, die geopfert werden, um eine Verbindung zum Reich der Toten herzustellen. Ein Austausch.«

»Unschuldige Mädchen würden geopfert, um Tote ins Leben zurückzuholen.«

»Ja, soweit das Drehbuch.«

»Kate!« Don griff sich an die Stirn.

»Sie kennen Ms Minchin?«

»Es sollte Fake sein, sagst du. Kate hätte also bloß eine große Show abgezogen. Wozu das alles?«

»Das sage ich nun nicht mehr. Sie wissen jetzt, es war harmlos. So brauche ich mein Versprechen nur halb zu brechen. Ist schon heftig genug.«

»Na gut, Kelly. Danke dafür.«

»Können Sie damit etwas anfangen?«

»Das weiß ich noch nicht, aber Kate wird mir einiges erklären müssen. Die Frage ist, wie ich sie erreiche.«

»Das kann ich Ihnen nicht sagen. Es wäre nett, Sie würden nicht an die große Glocke hängen … Sie wissen schon … ich habe geplaudert.«

»Das geht keinen was an. Ich hoffe, wir können Shenna noch helfen, die Zeit läuft.«

»Ja. Guten Abend, Mister Ravenclaw.«

Faye saß in ihrem Armsessel im Wohnzimmer. Don öffnete die Tür hörbar, sie sollte nicht erschrecken, wenn er plötzlich vor ihr stand. Faye sah ihn unverwandt an, richtete ihren Blick wieder geradeaus.

»Hi, Schatz«, sagte Don. Sie schaute durch zusammengekniffene Augen in die Leere. Er fragte: »Ist alles in Ordnung, Liebes?« Faye reagierte nicht. Don fügte hinzu: »Kann ich etwas für dich tun? Kelly ist gegangen, du musst mit mir vorliebnehmen.« Sie legte den Kopf zur Seite, drehte ihn in seine Richtung.

»Keiner hat mir geholfen«, sagte sie. Don schluckte. »Der Mann war hier und niemand hat mir geholfen.« Faye blickte wieder nach vorne. »Keiner. Es hat weh getan. So wie bei Daddy.« Sie senkte den Blick. »Das geht nicht mehr weg.«

Don hockte sich neben Fayes Armsessel, nahm ihre Hand, legte seine Wange darauf. Eine Minute lang verharrten sie in dieser Position, dann erhob er sich, hielt Fayes Hand in seinen beiden.

»Es tut mir leid, Shenna.«

Elftes Kapitel

Um halb acht Uhr morgens rief Tyron an. Don stellte den Ton ab und eilte aus dem Schlafzimmer, um Faye nicht zu wecken. Im Gang nahm er das Gespräch an.

»Hi Don. Ich belästige dich sonst nicht mit Anrufen von Leuten, die behaupten, sie kennten dich«, sagte Tyron. »Dieser Junge weiß ein paar Dinge, die nicht in den Zeitungen stehen. Er sagt, er heiße Brad, du erwartetest seinen Anruf.«

»Das stimmt. Hast du ihn auf der anderen Leitung?«

»Nein. Er ruft in ein paar Minuten wieder an. Ich gebe ihm dann deine Nummer. Ist das in Ordnung?«

»Ja, okay. Was tut sich in Sachen Bowen? Du wolltest Maßnahmen ergreifen.«

»Zunächst hat sich bestätigt, was du gesagt hast. Du wirst verstehen, das musste überprüft werden. Checken, gegenchecken – das ist in der Businesswelt so. Jane sitzt vor meinem Büro, ahnungslos. Ich bin im Vorteil, weiß mehr als sie.«

»Denkst du? Sie hat Informationen aus Jahren deiner Tätigkeit.«

»Ich gewähre ihr nur noch eingeschränkten Zugang zu den Daten. Natürlich weiß ich nicht, was sie bereits weitergegeben hat, aber so schnell dreht man keinen Menschen um. Sie war eine verlässliche Kraft. Bowen arbeitet sicher noch daran.«

»Du willst sie also weiterbeschäftigen?«

»Sowas kann nur ein Künstler fragen. Natürlich! Sie ist mein Schlüssel zu Bowens Daten.«

»Du drehst den Spieß um.«

»Fressen oder gefressen werden. Ich lege auf, dein Freund wird sich gleich melden. Bye.«

Don setzte sich in die Küche, nahm ein Stück Käse aus dem Kühlschrank, knabberte, bis erneut ein Anruf reinkam.

»Brad Calhoun hier. Spreche ich mit Mister Ravenclaw?«

»Nenne mich doch Don, Brad.«

»Okay. Das beeinflusst aber nicht meine Entscheidung.«

»Schon gut. Sie ist demnach noch nicht gefallen.«

»Wo denkst du hin? Es geht um viel. Wir können nicht jedem trauen. Wir … ich muss dich erst näher kennenlernen.«

»Soll ich zu euch kommen?«

»Wir treffen uns auf neutralem Boden. Ich dachte an den Merrion Square.«

»Das ist ausgezeichnet. Warum nicht gleich bei Oscar Wilde? Das ist einer meiner Lieblingsplätze.«

»Das bestimme ich. Wilde, das wollte ich vorschlagen. Zufällig treffen sich unsere Vorstellungen. Sagen wir nach Mittag, um eins.«

»Ist mir recht. Dann also bis Mittag am Merrion.«

Brad legte grußlos auf.

Don stieg unter die Dusche, zog sich an und holte Faye aus dem Bett, die bereits wach war. Während er versuchte, sie in den Armsessel zu wuchten, klingelte es am Haustor. Er setzte Faye, strich über ihren Arm, öffnete die Tür und stand vor Meghan.

»Du schon?«, fragte er. »Ist das nicht zu früh?«

»Ich hatte Sehnsucht nach Faye«, sagte sie. Er bat sie herein.

»Das freut mich natürlich. Wie fühlst du dich?«

»Gar nicht so schlecht. Das Auf und Ab der Empfindungen hat mich zuerst schon belastet. Letztlich hat aber das Auf gewonnen, da alles noch einmal gut ausgegangen ist. Ich gehe nach Dienst zur Therapie, Kelly übernimmt dann.«

Sie hängte ihren Mantel in die Garderobe. Don ging ihr voraus in die Küche.

»Hat Leila noch etwas gesagt, das wichtig sein könnte?«

»Er hat kein Auto.«

»Ich verstehe nicht.«

»Der zweite Mann, der, mit dem ihr Entführer sprach, hatte kein Auto, darum musste einer sie herumfahren.«

»Kann sie irgendwas zum Fahrzeug sagen?«

»Sie beschreibt es als groß. Vermutlich ein SUV oder Geländewagen, das Abrollgeräusch der Reifen war laut.«

»Ein schlaues kleines Mädchen.«

»Meine Enkelin! Leider gibt es viele SUVs im Land.«

»Wenn der Täterkreis erst enger gezogen ist, kann das eine Rolle spielen.«

»Ich fand interessanter, der andere hatte kein Fahrzeug. Das ist heute seltener.«

»Du könntest Recht haben. Sonst noch etwas?«

»Nicht von ihr. Detektiv-Superintendent Cavanaugh hat ihr gegenüber einiges erwähnt.« Meghan schnitt Brot, legte es auf einen Teller, schüttete Kaffee in einen Filter. Don füllte Wasser in eine Kanne.

»Ich dachte, Frau Superintendent fragt nur, der andere antwortet.« Er stellte die Kanne auf eine Heizplatte.

»Manches kann ein Kind besser entlocken«, sagte Meghan. »Zum Beispiel vermutet Cavanaugh, Stacey Walshs Tod war nicht geplant.«

»Aber Stacey wurde doch rituell getötet wie Tish, was kann da nicht geplant sein?«

»Mich darfst du das nicht fragen. ›Etwas an dem Bild stimmt nicht‹, soll sie gesagt haben. Die Fälle Tish und Shenna passten angeblich besser zueinander. Leila hätte dem Bild auch mehr entsprochen. Über Shennas Vater hat sie auch etwas gesagt. Sie mussten ihn festsetzen, weil er willkürlich auf Menschen eingeschlagen hat, nachdem ihn die Nachricht ereilt hatte. Es gab ernste

Verletzungen.« Das Wasser kochte, Don goss es in den Filter.

»Man kann es verstehen.«

»Aber nicht akzeptieren.« Meghan nahm ihm die Kanne aus der Hand.

»Was macht die Mutter jetzt ganz allein?«, fragte Don.

»Weiß Gott.« Sie goss Wasser nach. »Tara kam während des Verhörs zur Sprache.«

»Das weiß ich. Carol, Frau Superintendent, war bei mir, hat meinen Keller durchsuchen lassen.«

»Deinen Keller? Warum um Himmels willen?«

»Ich denke, sie wünscht sich, ich wäre der Täter.«

»Unsinn!« Meghan holte Wurst, Käse und Margarine aus dem Kühlschrank. Die beiden setzten sich zu Faye ins Wohnzimmer. »Sie denkt also auch, Shenna steckt in einem Keller«, fuhr Meghan fort. »Ich frage mich, welche Hinweise sie hat ohne Faye.«

Faye drehte sich zu den beiden.

»Shenna?«, sagte sie. »Den Namen habe ich doch schon einmal gehört.«

»Wo?«, fragte Don. Faye überlegte.

»In mir«, sagte sie. »Macht das Sinn?«

»Natürlich macht das Sinn, Faye.« Meghan ermutigte sie. Don stieg darauf ein.

»Wie kommt die Stimme in dich, die den Namen ausspricht?«

»Ich weiß nicht. Ich denke, sie war immer schon da.«

»Wer ist Shenna?«

»Ich bin Shenna ... und ich bin nicht Shenna. Es ist verwirrend. Guten Tag, mein Herr, mein Name ist Ravenclaw. Ich freue mich, Ihre Bekanntschaft zu machen.«

»Ich freue mich auch, dich zu kennen, mein Schatz«, sagte Don.

Nach dem Frühstück wollte Meghan mit Faye ein paar Schritte ums Haus gehen. Don nahm O'Brien mit in seinen Wagen, versprach, mit ihm unterwegs eine Runde zu laufen.

Nicht lange nach ihrem Aufbruch stand Rossi hinter einer Schafherde, die sich nicht nennenswert vorwärts bewegte. Steinmauern zu beiden Seiten des Weges verhinderten eine Veränderung der Situation. Don war daran gewöhnt, er lehnte sich in seinen Autositz zurück, betrachtete das ziellose Gewimmel weißgrauer Wollknäuel vor seiner Motorhaube. O'Brien war ein ausgesprochener Schafliebhaber, er grinste breit, folgte ihren Bewegungen, als zähle er die Herde.

»Ich tippe auf dreißig«, sagte Don. O'Brien bellte zweimal. »Doppelt so viele? Ich weiß nicht. Du lässt dich von deiner Begeisterung hinreißen.« O'Brien winselte. »Na gut, deine Schätzung wurde akzeptiert. Ich denke jedoch, du begibst dich damit auf Glatteis.« Lautes Motorengeräusch wurde hörbar. Ein Motorrad hielt neben Rossi an. Don kurbelte das Seitenfenster nach unten.

»Hi Craig, was liegt an?«

»Ich habe einen Termin in Dublin.«

»Etwas Unangenehmes?«

»Nein, Standard.«

»Du hast gar nicht gefragt, ob ich dich mitnehme. Du fährst doch nicht gern mit dem Motorrad in der Stadt herum.«

»Geht schon. Wollte dich nicht belästigen. So bin ich unabhängiger.«

»Du hast länger zu tun?«

»Kann sein.«

»Bin ich zu neugierig, wenn ich wissen möchte, was du vorhast?«

»Ja. Ist privat.« Craig richtete seinen Blick auf die Schafe. So kannte Don seinen Freund nicht. Zum zweiten Mal traf sich dieser mit jemandem, ohne Don davon zu erzählen. Craig konnte früher nicht den Mund halten, erzählte jedes Detail, Don sollte zu allem seinen Senf abgeben. Craig schaute um sich, es gab keine Möglichkeit, das Hindernis zu umfahren. Jetzt drängte er, der Hirte solle seine Tiere gefälligst antreiben, er habe noch etwas vor in seinem Leben. Die Steinmauer lief bald auf einer Seite aus, Schafe sprangen ins Gras. Craig hob eine Hand zum Gruß, stieg aufs Gaspedal. Don brauchte länger, die Schafherde zu passieren, sein Fahrzeug war breiter. Es begann zu regnen, wenigstens war es nicht so kalt, die Tropfen zu Kristallen zu frieren. Die Fahrt durch den Matsch genoss Don, dazu war Rossi konstruiert. Wie ein junges Reh hoppelte er durchs Gelände, sprang in Pfützen, kletterte Anstiege hoch.

In Dublin angekommen sah Rossi aus wie paniert und nicht gebacken. Don fuhr ihn durch eine Waschanlage, setzte sich dann in ein Restaurant, nahm ein Mittagsmahl ein. Schließlich brach er auf zum Merrion Square.

Es regnete nicht mehr. O'Brien sprang aus dem Wagen, gähnte.

Don hatte gemeint, zu früh dran zu sein, wollte noch mit Oscar plaudern, doch Brad stand vor Wilde, begutachtete die Statue von oben bis unten. Don näherte sich ihm.

»Eindrucksvolle Darstellung«, sagte er. Brad wandte sich nicht um.

»Ein Dandy, Lebemann. Während Menschen verhungerten, hat er sich vergnügt und mit seinem Zynismus Kohle gemacht.«

»Müssen alle leiden, weil es anderen schlecht geht? Ist Glück nicht erlaubt?«

»Wenn du etwas gegen das Leiden unternommen hast, kannst du anfangen, Spaß zu haben.« O'Brien legte sich neben Oscar, drehte den Bauch nach oben.

»Übrigens hatte Oscar kein so leichtes Leben. Er ist für seine sexuelle Ausrichtung verfolgt worden«, sagte Don.

»Das ist das Einzige, das ich ihm zugutehalte. In gewissem Sinne war er Freiheitskämpfer, aber wider Willen.«

»Was ist wichtiger, der Wille oder die Tat?«, fragte Don. Brad drehte sich jetzt herum.

»Eine so prinzipielle Frage hätte ich dir nicht zugetraut, du bist doch ein Stück Establishment.«

»Ich liefere mir keine Schlägereien mit der Garda, wenn du das meinst.«

»Damit waren wir auch nicht einverstanden, das waren ein paar Spinner, die in unserem Namen losgeschlagen haben. Denen ist egal, für welche Seite sie prügeln, Hauptsache, man lässt sie draufhauen.«

»Warum lässt ›man‹ sie?«

»Wenn der Damm erst bricht, musst du schwimmen. Du darfst nicht zeigen, du hast keine Kontrolle, sonst bist du unten durch. Stärke ist der Schlüssel zu allem.«

»Das unterschreibe ich«, sagte Don. »Wir dürfen uns nicht unterdrücken lassen, das macht uns zu Vieh.«

»Bist du bereit, dafür zu kämpfen?« Brad starrte in Dons Augen.

»Mehr als bereit.« Don versuchte, entschlossen zu wirken. Brad musterte ihn, schaute dann zum Nordeingang. Von dort näherten sich jetzt zwei Personen. O'Brien gähnte. Brad zog ein Smartphone aus der Brusttasche seines Hemds, drückte auf den Touchscreen. Das Gespräch war übertragen worden.

Don war wenig überrascht, McDonagh sich nähern zu sehen, doch der Anblick Bowens schockierte ihn. Was konnte ein gewiefter Geschäftsmann mit einer Gruppe von Chaoten zu tun haben?

»Sie wollen sich uns also anschließen«, sagte McDonagh. »Ich hätte nicht erwartet, ausgerechnet Sie als Bewerber begrüßen zu dürfen. Ich gebe zu, wir hatten keinen guten Start.«

»Den hatten wir nicht«, erwiderte Don. »Eine schlechte Generalprobe ist die beste Voraussetzung für eine gelungene Premiere.«

»Die Unterstützung durch einen Prominenten, der beim gemeinen Volk beliebt ist, bedeutet für jede Organisation einen Boost. Sie könnten auch ein Beispiel für andere aus Ihrer Profession abgeben. Insofern ist von unserer Seite her durchaus Interesse gegeben.«

»Er könnte auch ein Spitzel sein«, warf Brad ein. McDonagh nickte.

»Das ist klar. Dieses Risiko müssen wir auch in jedem zukünftigen Fall eingehen, das ist unvermeidbar.«

»Mich wundert, ihr seid hier«, sagte Don. »Laut den Radionachrichten sind die Führungskräfte von MAINS festgenommen worden.«

»Die Garda hält Angus für den Boss von MAINS«, sagte McDonagh und lachte. »Selbst ihn werden sie wieder freigeben müssen. Vermutungen reichen nicht aus. Damit Sie wissen, mit wem Sie es zu tun haben: Ich bin der Leiter der Exekutivabteilung unserer Organisation, der Chef für die Mitglieder. Dahinter steht das Gehirn von MAINS, Mister Bowen.« Dons Welt stand kopf – Bowen unter allen Menschen ein Idealist? Der Angesprochene ergriff nun das Wort.

»Wir kennen einander zwar nur vom Sehen, sind in gewisser Hinsicht aber Kollegen, arbeiten in derselben Branche. Ich muss das Bild des kalten Geschäftsmannes aufrecht halten, um meine Deckung nicht zu verlassen.«

»Den Bowen, den ich kenne, gibt es nicht?«

»Es gibt vor allen Dingen einen Iren aus vollem Herzen, einen Patrioten, der vereint sehen will, was zusammengehört. Natürlich erledige ich auch die Arbeit in meiner Agentur.«

»Die Beschäftigung Staceys war nur Fassade«, sagte Don. O'Brien stand auf, trottete zu ihm.

»Wir benötigen auch Geld«, sagte Bowen. »Meine Künstler treten auf, unterstützen die Sache.«

»Stacey war eine von euch?«

»Die Tänzer und Musiker wissen nicht in jedem Fall, wohin das Geld geht. Sie bekommen ihren fairen Anteil. Wir duzen uns übrigens hier. Mein Name ist Timothy.« Er reichte Don die Hand.

»Ich heiße eigentlich Virgil«, sagte dieser.

»Nein, für uns bist du Raven, unser Raven.«

»Das kommt auch besser bei den Mitgliedern an«, meinte McDonagh. »Ich heiße Brardon.« Er streckte Don die Hand hin. »Nach dem Eklat durch die Radaubrüder bleiben wir eine Weile unsichtbar, sonst machten wir uns unbeliebt. Wir brauchen also nichts zu überstürzen.« Brad funkelte ihn an.

»Wir müssen jetzt losschlagen«, sagte er. »Wie lange sollen wir noch warten?« Bowen winkte ab.

»Die Ungeduld des Herzens,[11] wie Stefan Zweig es nannte – unsere Jugend kann es nicht erwarten, ein Ziel durch Muße zu erreichen. Angus führt schon ein Grüppchen an, das aufbegehrt.«

Don wurde in die Organisation aufgenommen. In welcher Weise sie seine Prominenz zu nutzen beabsichtigten, würde noch Gegenstand von strategischen Sitzungen sein. Das erste Treffen war schon heute für den frühen Abend geplant. Man traf sich in einem Pub, die Führungsriege und Funktionäre würden anwesend sein, etwa fünfzehn Personen. Nach einigen organisatorischen Hinweisen gingen sie auseinander, Don blieb mit O'Brien bei Oscar zurück.

Don, Don, Don. Was höre ich von dir?

---

11 Stefan Zweig, Ungeduld des Herzens (1939)

– Ach, Oscar, ich muss in die Organisation eintreten, wenn ich erfahren will, was es mit McDonagh auf sich hat, mit den Opferungen, den heiligen Versprechen. Du warst es, der sagte, alles hinge zusammen.

– Wenigstens hörst du auf die richtigen Leute.

– Staceys Mörder kannte die Einzelheiten der Tötung Tishs, die nicht öffentlich gemacht wurden. Er hat sie wiederholt, ist dieselbe Person, das steht für mich fest. Und Tishs Mörder hat auch Shenna beobachtet. Ich tue das für sie. Findest du das folgerichtig?

– Frag einen anderen Steinhaufen.

– So bescheiden bist du doch sonst nicht.

– Es wird schon seine Ordnung haben, aber vergiss Shirley nicht. Du hörst immer nur die Hälfte dessen, was man dir sagt.

– Shirley? Was soll das jetzt! Hier geht es um Leben oder Tod, Shirley hat nun wirklich nicht Priorität. Ich verziehe mich mal. Hab einen guten Tag.

– Du auch, Don, du auch.

Es begann wieder zu regnen, die Kälteperiode schien zu Ende zu gehen. So kannte er sein Irland, hier war er zuhause. Er verwahrte einen Schirm im Auto, verzichtete aber lieber auf dessen Schutz, als den Garten zu verlassen. Sein Hund dachte ebenso. Sie tobten herum, Don warf Zweige und kleine Äste, O'Brien, der organische Bumerang, brachte sie zurück. Beide wälzten sich im Gras, von kopfschüttelnden Passanten beobachtet. Einen folgenden Ringkampf konnte O'Brien mit vierzehn zu zwei Punkten für sich entscheiden. Don wurde letztlich wegen Betrugs disqualifiziert, die zwei Punkte waren

durch eine mathematische Unkorrektheit zu Stande gekommen. In der Liebe und im rassen Gras sei alles erlaubt, argumentierte Don, doch O'Briens Gähnen wischte alle Einwände hinweg.

»Ich weiß, das war nicht genug«, sagte Don endlich.
»Wir finden noch eine Möglichkeit, uns zu bewegen.« Sie
liefen ein letztes Mal durch den Garten, dann nahmen sie
patschnass in Rossi Platz.

Don war bereit, in ein Spiel einzusteigen, das andere
deutlich besser beherrschten als er. Einen davon kannte
er gut. Er wählte Tyrons Nummer.

»Hi, Don. Du rufst mich an – ein seltenes Vergnügen.
Was gibt es?«

»Ich bin im Besitz einer Information, die für dich
nützlich sein kann. Ich profitiere auch davon, wenn du
entsprechend agierst.«

»Ich höre.«

»Bowen ist nicht, was du von ihm denkst.«

»Was heißt das nun wieder?«

»Er ist der Kopf der Nationalisten, die derzeit Schlag-
zeilen machen.«

»Wo hast du den Unsinn her?«

»Von ihm. Ich bin der Organisation heute beigetreten.«

»Bist du verrückt?«

»Kann sein, aber für dich bedeutet das, du hast ihn in
der Hand. Wenn er dir ans Leder will, sprichst du mit
Cavanaugh.«

»Was für eine hübsche Vorstellung!«

»Sag' ich doch. Ich will aber auch etwas davon haben. Er macht gerade eine kurze Revolutionspause, um

Gras über die Unruhen wachsen zu lassen, die seine Anhänger verursacht haben. Die jungen Nationalisten sind darüber nicht glücklich. Ich möchte, dass du ihn zwingst, eine deutlich längere Pause auszurufen.«

»Wozu?«

»Ich will die Jungen dazu bringen, gegen die Alten aufzustehen. Sie sollen die Schmutzwäsche Bowens und vor allem McDonaghs hervorkramen. Die zwei haben in irgendeiner Weise mit Staceys Tod zu tun, und der hängt mit der Entführung eines anderen Mädchens zusammen. Ich will da Licht rein bringen.«

»Oh, der große Held. Du legst dich da mit Profis an. Bowen ist kein Idiot. Aber meinetwegen. Das ist auch alles wahr?«

»Natürlich.«

»Du bist ja mal richtig nützlich, Don. Ich gehe davon aus, du willst nicht damit in Verbindung gebracht werden.«

»Ist mir lieber, aber nicht wichtig. Bowen ist zwar, wie du sagst, kein Idiot, er wird wissen, wem er das zu verdanken hat, nachdem ich eben beigetreten bin. Aber das ist egal, es ändert nichts. Er darf nicht zugeben, er würde zu etwas gezwungen. Stärke zu zeigen, bedeutet in diesem Verein alles.«

»Hast du dabei auch an deine Gesundheit gedacht? Ein kleiner Unfall ...«

»Du bist im Hintergrund, ihm ist klar, du weißt dich abzusichern. Er wird das nicht riskieren.«

»Okay, alter Mann. Du überrascht mich. Dann lass uns das durchziehen. Gehab dich wohl.«

Zeit, O'Brien den ihm versprochenen Auslauf zu bieten! Don ließ Rossis Motor an, fuhr aus der Stadt in Richtung Fairy Castle. Unterwegs hörte es auf zu regnen. Die beiden nahmen den Two Rock und Three Rock Mountain Loop, eine Spazierstrecke für Familien, nicht zu fordernd. Sie wichen mehrfach vom vorgegebenen Weg ab, streiften felsige Strecken entlang. Auf dem Rückweg begegneten sie Carol. Sie gab vor, ihn nicht gesehen zu haben, wechselte auf einen Seitenweg. Don folgte ihr.

»Was wurde aus meinem Käsebrot?«, fragte er. »Habt ihr es an die Armen verteilt?« Sie blieb stehen, würdigte ihn jedoch keines Blickes.

»Für eine DNA-Untersuchung waren die Verdachtsmomente nicht ausreichend«, sagte sie. »Sie wurde nicht genehmigt.«

»Du hältst tatsächlich mich für den Täter.«

»Wie gesagt, mein Verdacht ist nicht deine Sache. Ich informiere dich nicht darüber.« Sie stellte ihren Rucksack auf den Boden.

»Ich höre, du hältst den Mord an Stacey nicht für geplant. Das macht keinen Sinn, sie wurde rituell geopfert. Sowas plant man.«

»Nicht, wenn das Opfer bereits tot ist«, sagte Carol in belehrendem Tonfall. Don erschrak. »Ja, da schaust du«, fuhr sie fort. »Der Täter hat sich an der Leiche vergangen und sie auf den Friedhof gebracht, wo er sie zugerichtet hat wie deine Tochter. Woher weißt du davon? Leila?«

»Ja.«

»Die Kleine hat mich ausgehorcht wie ein Profi. Solche Leute brauchten wir bei der Garda.«

»Leila hat viele Talente. Warum kann er das getan haben? Ein Nekrophiler?«

»Das erklärte nur einen Teil seines Verhaltens, auf keinen Fall, warum er bei deiner Tochter unterschiedlich vorging.«

»Tish lebte noch?« Don hatte nie daran gedacht, alle Muskel seines Körpers zogen sich zusammen.

»Davon gehe ich aus. Den Fall hat mein Vorgänger bearbeitet. Ich konnte keine Anmerkung dazu finden, das wäre auf jeden Fall auch außerhalb des medizinischen Gutachtens festgehalten worden.«

»Warum siehst du nicht im Gutachten nach?«

»Ich gebe das nicht gern zu, aber ich finde keines.«

»Das ist nicht dein Ernst. Es gibt keine ärztliche Untersuchung meiner Tochter?«

»Ich werde weiter nachforschen, vermutlich handelt es sich um die Schlamperei eines Mitarbeiters, eine falsche Ablage.« Carol zeichnete eine beschwichtigende Geste. Don stöhnte.

»Wann immer ich meine, eine Richtung zu sehen, ist alles anders.«

»So geht es mir mit diesem Fall auch. Ich fühle mich wie eine Anfängerin. Wenn du nicht weißt, wie er tickt, fängst du den Teufel nicht.« Carol legte ihre Stirn in die Hand, griff in den Haaransatz, raufte ihre Haare den ganzen Weg zurück bis in den Nacken. »An diesem Menschen stimmt etwas nicht, so ist niemand.« Sie schüttelte den Kopf. »Ich spinne. Jeder ist irgendwie.«

»Aber nicht jeder zeigt, wie er ist«, sagte Don. Carol sah auf.

»Was meinst du?«

»Ich bin mir selbst nicht sicher, was ich damit meine. Wenn er nur inszeniert, uns verwirren will ...«

»Das hat er doch gar nicht nötig.« Sie öffnete die Hände wie eine Venusfliegenfalle. »Und dieser Aufwand ...«

»Das stimmt schon«, sagte Don. »Er hätte geschnappt werden können, als er sein grausiges Werk auf dem Friedhof verrichtete. Der Mann hat viel riskiert. Es macht keinen Sinn.« Dons Kopf fiel auf seine Brust. »Kearneys Grabstein muss voller Blut gewesen sein.«

»Nein.« Carol ließ ihren Arm fallen. »Sie war schon tot. Es ist kein Blut geflossen. Gar keines.« Don wurde klar, seine Fantasien wiesen ihm auch manchmal eine falsche Richtung. ›Gott‹ hatte Recht gehabt.

»Was tun wir?«, fragte er.

»Wir tun gar nichts«, sagte sie. »Ich bin die Ermittlerin, du bist Sänger. Singe!« Sie nahm ihren Rucksack auf. »Ich setze jetzt meinen Spaziergang fort. Ich bin zur Erholung hier. Du gehst besser nachhause.« Carol schritt entschlossen los, den felsigen Weg entlang.

Don und O'Brien kehrten in die Innenstadt zurück, gerade recht, zum Treffen im Pub pünktlich zu erscheinen. Don setzte sich an einen Tisch, der schon mit drei anderen Personen, darunter Brad, besetzt war. O'Brien legte sich zu seinen Füßen unter den Tisch. Erst wurde Don kaum wahrgenommen, bis jemand bemerkte, er war Raven, der bekannte Folksänger. Zu ihren nationalistischen Gesprächen konnte er nichts beitragen. Sie wussten nicht viel mit ihm anzufangen. Sein Name war alles, was sie zur Verfügung hatten, doch das bedeutete ihnen offensichtlich etwas. Die meiste Zeit wurden nur Sprüche geklopft. Sie überholten einander auf der Straße der Wichtigkeit, es schien Don wie ein Kindergarten. Wer wird die große Tüte mit dem Naschwerk gewinnen? Brad war besonders ernsthaft, er glaubte sichtlich an alles, was er sagte, das respektierte Don bis zu einem gewissen Grad. Doch die Tendenz, Aufrichtigkeit durch Bereitschaft zu immer grausameren Konsequenzen beweisen zu wollen, stieß ihn ab. McDonagh und Bowen dagegen zeigten sich in der Wirklichkeit verwurzelt, planten längerfristig, beabsichtigten den Blutzoll gering zu halten. Sie hatten vermutlich im Gegensatz zu den Jungen die Gegenwart der Gewalt bereits gespürt, ihre Unumkehrbarkeit. Das Heldengejohle ist schnell verklungen, sterben erst die, die du liebst, für deinen Glanz. O'Brien wurde unruhig unter dem Tisch, er war nicht gewohnt, mit Don lange in fremder Gesellschaft zu verweilen. Don saß inmitten der Nationalisten, ließ den Schwulst über sich ergehen, dachte daran, einen Vorwand zu finden, sich zurückzuziehen. Da geschah etwas, das ihn festhielt. Bowen, der kurz den Raum verlassen hatte, kehrte mit Kate zurück. Die beiden winkten McDonagh zu sich, setzten sich an einen separaten Tisch. Don konnte nicht hören, worüber sie sprachen, doch es war mit viel Armgefuchtel verbunden. Endlich war Kate, zu welcher Kontakt herzustellen, ihm unmöglich gewesen war, greifbar. Hatte seine Gegenwart hier bislang keinen Sinn gehabt, so eröffnete sich nun ein Ausblick auf Antworten.

Eine Stunde verging. Man band Don immer stärker in die Gespräche ein. Teils wurde über seine Musik gesprochen, es waren Fans anwesend wie auch Verächter von Folkmusik. Nach einer Attacke, die er mit Mühe abwehren konnte, blickte er zu Bowens Tisch, sah, Kate war nicht mehr hier. Er musste herausfinden, wie er Kontakt zu ihr aufnehmen konnte. Er fragte seinen Sitznachbarn beiläufig: »Wer war denn die Dame, die beim Boss gesessen hat?«

»Das war Kate Minchin«, gab dieser zurück. »Sie ist eine große Seherin. Angeblich hängt unsere Zukunft zu einem beträchtlichen Teil an ihr.«

»Inwiefern«

»Das machen die Oberen unter sich aus, alles erfahren wir nicht, solange es nicht spruchreif ist.«

»Werden wir nicht in die Entscheidungsprozesse miteingebunden? Wir sind doch alle Brüder.«

»Das ist keine Bevormundung. Sie haben so viel mehr Erfahrung als wir, manche Entscheidungen können nur von oben getroffen werden.«

So viel zu Demokratie und Brüderlichkeit. Don hatte sich schon gedacht, so würde der Modus Operandi nicht aussehen.

»Wo kommt die Seherin denn her?«, fragte Don. »Lebt am Himalaya, nehme ich an. Ha!«

»Quatsch Himalaya! Ihr Sohn zahlt ihr ein luxuriöses Appartement.«

»Der hat es wohl?«

»Klar, das ist doch der berühmte Arzt, der Ives.« Don stutzte. Alles hing zusammen – Oscar war ein Genie. Oder war bloß die Welt ein Dorf?

»Ist ihr Name nicht Minchin?«

»Wird noch einmal geheiratet haben.«

»Die Wohnung liegt wahrscheinlich in nobler Gegend.«

»Da kannst du sicher sein. Merrion Square. Die läuft auch dauernd dort herum.«

In wenigen Minuten war Don einen guten Schritt weitergekommen. Mehr erwartete er sich von diesem Abend nicht. Er zog O'Brien unter dem Tisch hervor, stellte sich zu Bowen und McDonagh, verabschiedete sich. Die beiden protestierten, beklagten, er sei doch noch nicht lange hier. Er sagte, er müsse nachhause, um McDonaghs Tochter abzulösen, die sich so aufopfernd um seine Frau kümmere, sie brauche auch Freizeit. Dagegen gab es kein Argument.

Es tat gut, wieder mit O'Brien allein zu sein. Sie liefen noch eine Runde durch die Innenstadt, dann stiegen sie in Rossi.

Auf dem Heimweg versuchte Don an nichts zu denken. Ein älterer Mensch brauchte Erholungsphasen, wollte er weiterfunktionieren. Bei Maguires blieb er noch kurz stehen, ein paar Kleinigkeiten mitzunehmen. Er fuhr ein, kam neben einem Wagen zu stehen, in dessen Laderaum eine Frau einen Weidenkorb stellte. Er erkannte in ihr Ms Sanders.

»Das war ein regnerischer Tag heute«, sagte er.

»Lieber feucht als zu kalt«, entgegnete sie.

»Da liegen sie richtig. Ich habe heute ihren Mann gesehen.«

»Sieh an! Haben Sie sich miteinander unterhalten?«

»Ja, kurz. Kann es sein, ihr Mann kannte Stacey?«

»Nicht, dass ich wüsste. Er hat natürlich von ihr gehört, sie war eine Bekannte meiner Tochter. Warum?«

»Ach nichts, ich hatte nur unlängst den Eindruck, ihn in dem Haus gesehen zu haben, in dem Stacey gewohnt hat. Vielleicht habe ich mich auch getäuscht.«

»Das ist schon möglich. Mein Mann vermittelt unter anderem auch Wohnungen für einen befreundeten Geschäftsmann, der über die ganze Stadt verteilt Mietobjekte besitzt.«

»Wissen Sie, wer dieser Geschäftsmann ist?«

»Nein. Sie sind ja sehr an meinem Mann interessiert!« Ms Sanders sah ihn kritisch an. Don lächelte.

»Ich habe nur Smalltalk getrieben. Verzeihen Sie. Ich bringe Ihnen Kelly gleich nachhause, wenn ich an meiner Farm ankomme.«

Zwölftes Kapitel

Am nächsten Morgen saßen Faye und Meghan bereits im Wohnzimmer, als Don aus der Dusche kam. Das Frühstück erwartete ihn auf dem Esstisch.

»Wie geht es dir in der Therapie?«, fragte er Meghan.

»Ich denke, es tut mir gut, wenn es auch ungewohnt ist, vor Fremden über persönliche Dinge zu sprechen.«

»Sie sollten nicht mit jedem Fremden reden, junge Frau.« Faye lächelte.

»Danke«, sagte Meghan. »Aber eine junge Frau war ich einmal. Ich bin älter als Sie.« Sie wandte sich Don zu. »Ich habe gestern Recherchen betrieben.«

»Welcher Art?« Don horchte auf.

»Ich habe meine Beziehungen zu Tishs Schule spielen lassen. Sie geben nicht gerne Daten heraus, das könnte missbraucht werden. Ich vermochte trotzdem in Erfahrung zu bringen, wo die Mutter Shennas lebt. Nur für den Fall, du möchtest sie sehen.«

»Das möchte ich.«

»Dir ist klar, du wirst dich defensiv verhalten müssen, wenn sie dir überhaupt öffnet?«

»Ich werde sie nicht bedrängen«, sagte Don. Meghan kramte in ihrer Hosentasche, brachte einen Zettel zum Vorschein, auf den eine Adresse gekritzelt war. Don nahm ihn entgegen. »Ich werde gleich nach dem Frühstück aufbrechen. Ich verbringe jetzt jeden Tag in Dublin. Rossi protestierte schon.«

»Überall Proteste!«, sagte Faye. »Ihr Rossi sollte sich bescheiden. Mit wem habe ich eigentlich das Vergnügen?«

»Ich bin ein alter Freund.« Don fiel immer weniger ein, womit er diese Frage beantworten konnte.

Shennas Mutter, Ms Ryan, wohnte in Summerhill wie Stacey, sogar in deren Nachbarschaft, nur einen Block entfernt. Don fragte sich, ob die Mädchen einander je begegnet waren. Er ließ O'Brien im Auto, hatte nicht vor, lange auszubleiben.

Das Haustor war geöffnet. Da er die vergilbten Namensschilder an den Klingeln nicht entziffern konnte, stieg er die Treppe hoch, stand bald vor Ms Ryans Wohnungstür. Er verharrte minutenlang untätig, dann wagte er, den Klingelknopf zu drücken. Nichts geschah daraufhin. Er presste den Knopf noch einmal. Wieder war keine Reaktion festzustellen. Don wandte sich zur Treppe. In diesem Moment hörte er Schritte, die sich von innen der

Tür näherten. Stille. Er ließ es ein drittes Mal läuten. Jetzt öffnete sich die Tür. Eine Frau mit karamellbrauner Haut und streng nach hinten gezwungenem Haar streckte den Kopf durch den Türspalt ins Treppenhaus.

»Guten Tag, Ms Ryan«, sagte Don. »Mein Name ist …«

»Ich brauche nichts«, hauchte sie. »Danke, nichts.« Sie setzte dazu an, die Tür zu schließen. Don sprach ebenfalls mit behauchter Stimme.

»Ich komme wegen Shenna.« Sie sah ihn verwundert an. »Mein Name ist Don Ravenclaw«, fügte er hinzu. Sie lächelte.

»Shenna erzählt immer von Frau Ravenclaw. Ihre Frau?«

»Ja, das ist meine Faye.«

»Faye, richtig. Shenna ist gerade nicht da, kann ich ihr etwas ausrichten?« Don schaute sie verständnislos an.

»Ich … äh. Ich wollte mit Ihnen über Shenna sprechen.« Ms Ryan wies mit beiden Händen in die Wohnung, lächelte.

»Kommen Sie doch herein. Shennas Freunde sind unser aller Freunde.« Don betrat die Wohnung. Ms Ryan bat ihn, Platz zu nehmen. »Shenna muss jeden Moment aus der Schule kommen«, sagte sie. Don erstarrte. Jetzt erst begriff er.

»Ms Ryan, meine Frau und ich, wir bedauern, was Ihrer Tochter widerfahren ist.«

»Shenna geht es gut. Aber danke für die freundlichen Worte.«

Don brachte es nicht übers Herz, ihr nicht wehtun, es wäre auch gegen Meghans Rat. Er war nicht psychologisch geschult, konnte nicht beurteilen, was er mit den falschen Worten anrichten würde. Einen Moment lang dachte er daran, sofort wieder zu gehen.

»Wie geht es Tisha?«, fragte Ms Ryan. Es traf Don wie ein Schlag. Hier lebte seine Tochter noch, Tish lebte. Er musste die Antwort umgehen.

»Ich war erst unlängst in dieser Gegend, gleich im Haus nebenan. Wenn ich gewusst hätte, Sie wohnten hier …«

»Dann haben Sie sicher Stacey besucht.« Ms Ryan strahlte ihn an. Don wusste nicht mehr ein noch aus.

»Ms Ryan, mir ist gerade nicht gut. Ich denke, ich sollte sie verlassen.«

»Das kommt gar nicht infrage. Wenn Ihnen nicht gut ist, legen Sie sich kurz aufs Sofa dort drüben. Ich richte eine gute Tasse Tee für sie. Na los, los.« Sie zog ihn aus dem Stuhl hoch, schob ihn zum Wohnbereich. Don gehorchte. Sie verschwand für ein paar Minuten in der Küche. Don streckte sich auf dem Sofa, beinahe wäre er eingeschlafen. Sie kam mit einem Tablett zurück, rückte den Couchtisch näher zu ihm, stellte ihre Last ab, goss Tee aus einer Kanne in beide Tassen.

»Shenna würde sich freuen, sie hier zu begrüßen. Zu dumm, sie hat einen so langen Schulweg. Ist sie mit einer Freundin unterwegs, kommt sie womöglich noch später.«

»Das macht nichts. Wir können uns über sie unterhalten, dann ist sie im Geiste hier.«

»Was für eine hübsche Idee.« Ewas in ihrer Gestik passte nicht zur Mimik. Sie lächelte entspannt, gleichzeitig waren ihre Bewegungen fahrig, abgehackt. Er konnte nur ahnen, wie lange sich die Frau schon im Schockzustand befand, tagelang vielleicht. Kein Körper konnte das auf Dauer aushalten. Sie hatte bestimmt seit der bösen Nachricht nicht geschlafen. Er sah Faye vor sich, als sie von Tishas Tod erfuhr. Er würde handeln müssen. Wenn sie das Zimmer wieder verließe, würde er Hilfe rufen.

»Ich wusste gar nicht, dass Shenna Stacey gekannt hat«, sagte er. »Ich nehme an, sie haben einander nur auf der Straße getroffen, wegen der räumlichen Nähe.«

»Unsinn, Stacey ist wie eine große Schwester für sie. Auch Tisha liebt sie, wenn sie bei uns zu Besuch ist.«

»War Tish oft hier?«

»Sie nennen sie Tish? Das ist nett. Stacey ruft sie Tishaba.«

»Warum das?«

»Sie meint, das passe besser zu Shenna.«

»Tishaba. Ich mag es. Stacey war mit den jüngeren Kindern hier bei Ihnen?«

»Die beiden laufen ständig zu ihr hinüber. Ich bin schon ein bisschen eifersüchtig.« Sie lacht.

»War das nicht lästig für ein vierzehnjähriges, für sein Alter sehr reifes Mädchen.«

»Die ist froh, einmal nicht reif sein zu müssen. Sie ist die Kindischste aus dem Bündel.«

»Was taten sie drüben bei Stacey?«

»Spielen, was sonst!«

»Das Prinzessinnenspiel?«

»Das ist das Lieblingsspiel meiner Tochter.«

»Welche Rolle fiel Stacey dabei zu?«

»Stacey ist der Drache. Sie ist unüberwindlich. Alle fürchten sie. Mit einem Atemhauch fegt sich alle Feinde hinweg, verbrennt die bösen Männer.«

»Von diesen bösen Männern habe ich schon gehört. Leila, als Prinz, hat sie auch bekämpft.«

»Leila tut ihr Bestes, aber nur der Drache kann wirklich schützen. Er weiß, wo die verwundbare Stelle der Bösen ist.«

»Wo?«

»Fragen Sie Stacey. Entschuldigen Sie mich einen Augenblick.« Ms Ryan verließ das Zimmer. Don holte sein Smartphone hervor, rief einen Rettungswagen. Er hatte genug Zeit, den Fall zu beschreiben, bat, auch eine psychologische Hilfe im Krankenhaus bereitzustellen. Ms Ryan kehrte zurück, wankte wie leicht trunken, zitterte, doch ihr Gesichtsausdruck war gefasst.

»Was bin ich nur für eine Gastgeberin! Sie haben nichts mehr zu trinken.« Sie schenkte eine weitere Tasse Tee ein, das Porzellan klapperte. Sie mühte sich, den Deckel ruhig zu platzieren, es misslang. Jetzt begriff sie selbst, wie sehr sie zitterte. Sie setzte sich, atmete tief durch und stöhnte.

»Wo ist meine Shenna!«

Das Ambulanzfahrzeug traf ein. Ms Ryan ließ sich ohne ein Widerwort auf die Bahre legen, winkte Don zu sich, der die Wohnung abgesperrt und den Schlüssel einem Sanitäter übergeben hatte. Er hielt ihre Hand auf der Treppe, begleitete sie zum Wagen.

»Helfen Sie ihr!«, bettelte sie und verschwand im Bauch des Rettungsfahrzeugs.

Don rief Meghan an, erzählte ihr von Ms Ryan. Er bat sie, Leila zu Staceys Beziehung zu den anderen Mädchen zu befragen. Auch wollte er wissen, ob sie etwas über den Drachen sagen könne und die verwundbare Stelle der Bösen. Er stieg zu O'Brien, den die Vorgänge außerhalb Rossis aufgeregt hatten, in den Wagen. Er fragte sich, warum Stacey nie über Tisha gesprochen hatte, auch nicht nach deren Tod. Es konnte nur aus Rücksicht gewesen sein. Sie wollte ihn nicht an sein Unglück erinnern.

»Wir zwei fahren jetzt zum Merrion Square, warten dort auf Kate«, sagte Don. O'Brien hatte keine dringenderen Pläne, so war die Sache geritzt.

Zuvor fuhr Don noch zur National Concert Hall, um dort etwas zu besorgen. Dann, auf dem Merrion Square angekommen, betrat Don den Garten über einen anderen Eingang als üblich. Mit Oscar würde er später sprechen. Er setzte sich auf eine kalte Bank und lauerte auf das Erscheinen der Einwohnerin eines der umliegenden Häuser, die laut seinem gestrigen Gesprächspartner »dauernd hier herumläuft«. O'Brien tollte im Park, schien nicht zu verstehen, warum Don nur saß. Es wurde nicht langweilig, etliche Menschen spazierten vorbei, manche musterten ihn, stupsten ihre Partner an: Hilf mir mal, den kenne ich doch. Auch er vermeinte, bekannte Gesichter in der Menge zu erkennen. Da war der Kerl, der aussah, wie einer von Thin Lizzy, ein anderer war zweifellos der Politiker, dessen Namen er immer vergaß. Bald schlenderte ein hagerer Rothaariger vorbei: Al. Er war einer der Teilnehmer an der Versammlung im Pub gewesen. Don streckte sein Bein in die Höhe.

»Halt, Bruder. Wo soll es hingehen?«

»Hi, Raven. Du wirst dich erkälten. Dein Hund macht es richtig: Immer in Bewegung bleiben.«

»Er versucht, mich zu beschämen, ist verschlagen. Irland ist seiner nicht würdig, wie auch der Rest der Welt.«

»Der Irish Red Setter ist der König der Tierwelt«, sagte Al.

»Amen. Wusstest du, der Löwe wurde nicht wegen seiner Mähne zum König der Tiere erklärt, sondern weil er es über vierzig Mal am Tag tut?«

»Ich gestehe, das ist beeindruckend, aber es gibt bestimmt ein Insekt, das es noch öfter macht.«

»Somit wird der Red Setter wieder zum König, weil er sich zu bescheiden weiß. Das hast du schön herausgearbeitet, Al.«

Auf irgendeine verrückte Weise verstand O'Brien, er war Thema des Gesprächs. Er stemmte sich stolz gegen den Wind, ließ seine Locken flattern.

»Heute ist kein guter Tag.« Al stöhnte, setzte sich neben Don auf die Bank, spielte mit seinen Daumen.

»Schlechte Nachrichten?«

»Vielleicht ist alles aus!« Er warf die Hand schwungvoll aus dem Gelenk, als wolle er sie abstoßen.

»Erzähl schon, was ist los!«

»Sie wollen MAINS einfrieren, nicht für ein paar Wochen, auf Jahre hinaus. Da können wir gleich zusperren.«

»Wer beschließt den solchen Unsinn!«

»Timothy, Brandon, das sind Bowen und McDonagh, die da oben eben – das alte Gesocks ist kampfesmüde.«

»Wozu bin ich gestern beigetreten? Sind sie zu feige?«

»Genau das, feige, runzelige alte Schlappschwänze!«

»McDonagh ist höchstens Mitte vierzig, das Alter allein wird es nicht sein. Ich bin um die Hälfte älter.«

»Wir können das nicht auf uns sitzen lassen.« Al schüttelte seinen roten Kopf.

»Das dürft ihr auch nicht. Es gibt doch eine Verantwortung den Mitstreitern gegenüber. Ihr habt Mitglieder geworben, Ideen propagiert, ja, einige sind verhaftet worden, wie Angus.«

»Angus ist zurück, sie hatten nichts gegen ihn in der Hand. Alle Brüder haben ausgesagt, sie hätten sich nicht von seiner Ansprache aufwiegeln lassen, gar nicht zugehört. Hundert individuelle Proteste, Ha!«

»So sieht Zusammenhalt aus. Und die Alten denken, sie können das einfach so abschalten.«

»Angus war in Rage, als er davon erfuhr.«

»Zurecht! Ich bin empört. Will er etwas unternehmen?«

»Das ist noch nicht spruchreif, aber, verlass dich darauf, es wird etwas unternommen werden. Was denken die? Nicht mit uns! So nicht!«

»Die Jugend ist sich einig, nehme ich an.«

»Eins wie eine Faust.«

»Haben wir nichts, womit wir den Bossen Feuer unterm Hintern machen können?«

»Weiß nicht. Werde Angus denn fragen. Wir haben in einer Stunde eine Besprechung – sei nicht böse – nur für die Jugend.«

»Ich bin nicht böse, jetzt muss die Jugend ran. Ich stehe hinter euch.«

»Okay, Bruder. Ich muss weiter. Bye, Raven!«

»Bye, Al!«

Der Stachel war gesetzt, nun galt es, ihn unter die Haut zu treiben. Tyron beherrschte seinen Job, Don auch. Das Vermögen, Menschen aufzustacheln, gehörte in den Werkzeugkoffer jedes Bühnenkünstlers.

Er erhob sich von seiner Bank, lief mit O'Brien um die Wette durch den ganzen Park, bis ihm die Atemluft ausging, er sich setzte, schnaufte. In diesem Moment sah er bei der Büste Michael Collins' Kate stehen. Sie schien mit einem Strauß Wiesenblumen in Händen auf jemanden zu warten. Don ging auf sie zu.

»Ich habe keine Zeit für dich«, rief sie schon von Weitem. Er ließ sich davon nicht beirren.

»Die werden Sie sich nehmen müssen, Frau Minchin.« Sie stutzte. Don fuhr fort: »Ich will mit Ihnen über zwei Mädchen sprechen, zwei ›Jungfrauen‹, die geopfert werden sollten.«

»Mit dir spreche ich überhaupt nicht mehr.«

»Vielleicht reden Sie lieber mit der Garda Síochána.«

»Was willst du, vergessener Star?«

»Ich will wissen, was der Zirkus sollte. Eine der beiden ist mittlerweile tatsächlich tot.«

»Das hat doch mit mir nichts zu tun. Es wäre bloß symbolisch gewesen.«

»Symbolisch wofür?«

»Lass mich in Frieden, alter Mann.«

»Sie haben mir gegenüber geprahlt mit Ihrem Wissen über Menschenopfer und eine Brücke ins Totenreich. Nur, wenn man einen Menschen opfere, könne jemand aus dem Totenreich ins Leben kommen, Tiere genügten dafür nicht.«

»Ach, Quatsch!«

»Ich habe gut zugehört. Was Sie nicht sagten, war, es müsse sich um Jungfrauen handeln. Für Ihre Show hätten Sie das nicht so eng gesehen. Ob Kelly oder Stacey Jungfrauen seien, konnten Sie kaum überprüfen.«

»Collins käme ohnehin nicht herüber. Was die vergessen, ist, die müssen auch wollen.«

»Wer sind die, was für ein Collins?« Sein Blick fiel auf die Skulptur. »Michael Collins, der Revolutionär.« Mit einem Mal wurde ihm vieles klar. »Darum ihre Treffen mit den Nationalisten. Sie besorgen ihnen die moralische Weihe durch historische Persönlichkeiten, die Sie in die Gegenwart holen.«

»Deshalb brauchte ich doch die Jungfrauen, Hohlkopf. Für den Übertritt reicht das Opfer eines beliebigen Menschen. Hier ging es um einen Übertritt und die gleichzeitige Vereinigung mit einem Lebenden, das ist nur mit dem Opfer einer Jungfrau möglich. Aber was verstehst du schon!«

»Ja. Was verstehe ich schon. Ich verstehe Bowen und McDonagh hätten sich mit Collins und weiß Gott wem vereinigt, wären so mit spezieller Autorität ausgestattet worden. Und was wäre Ihr Vorteil, Kate?« Sie schürzte ihre Lippen, zuckte mit den Schultern.

214

»Ich stelle mich für die Sache als Medium zur Verfügung, so bin ich.«

»Und der Weihnachtsmann hilft auch dabei. Wo ist Ihr Vorteil?«

»Jeder Unternehmer braucht Werbung für sein Gewerbe, sein Produkt, was immer.«

»Kohle.«

»Ach, der Herr Star steht über den Dingen. Wie schnöde ist doch der Mammon, igitt!«

»Ist Ihnen jemals eingefallen, jemand könnte Ihren Hokuspokus missbrauchen?«

»Man kann alles missbrauchen. Hörst du zu singen auf, weil einer deinen Text missverstehen und jemanden töten könnte?« Don überlegte einen Moment. So Unrecht hatte sie nicht, doch unmittelbar an einem Opferritual teilzuhaben, war doch ein anderes Kaliber. Das interessierte ihn nun aber nicht.

»Wissen Sie etwas von echten Jungfrauen, kleinen Mädchen, die irgendwo gefangengehalten werden?« Kate holte tief Luft.

»Du glaubst doch nicht etwa, die entführten Mädchen würden für ein solches Ritual verwendet!«

»Meine Tochter wurde rituell getötet, Stacey wurde rituell getötet, und Sie wundern sich, ich stelle eine Verbindung zu Ihren Tötungsritualen her!« Kate presste Luft durch die halbgeschlossenen Lippen.

»Ich sage dazu nichts mehr. Das geht mir zu weit. Ruf doch die Garda, wenn du glaubst, diesen Unsinn beweisen zu können. Mach dich auf ein Lachkonzert gefasst, Herr Folkstar.«

Don hatte nichts in der Hand, seine Behauptungen zu beweisen, das wusste er selbst. Es klang nach der überdrehten Fantasie eines alten Mannes, der zu lange viele Songtexte geschrieben hatte.

Kate schaute nach rechts. Auf dem Parkweg kam eine Bekannte auf sie zu. Die Druidin lächelte, hob die Wiesenblumen an. Der Strauß war für Shirley.

»Wenn du uns jetzt entschuldigen würdest!«, sagte Kate, schob ihn beiseite. Don wandte sich O'Brien zu, kraulte seinen Kopf, lief mit ihm zum Nordwestausgang. Oscar grinste von seinem Fels herunter.

Fühlst du dich jetzt schlau, Sangeskundiger?

– Ich fühle mich machtlos.

– Das mag daher kommen, dass du es bist. Mir missfällt einiges, das du tust.

– Du hältst nicht mehr zu mir.

– Wie kommst du darauf, ich tat es jemals? Ich unterrichte dich nur von meinen Gedanken.

– Was denkst du jetzt?

– Das sagte ich dir wiederholt: Vergiss Shirley nicht!

– Shirley ist deine Obsession. Für mich ist sie eine alte Dame, die zu leichtgläubig ist. Das tut mir leid für sie, doch Shenna ist wichtiger für mich.

– Könnte die Dornenkrone, die du auf dem Hill of Tara gesehen hast, nicht etwas anderes bedeuten, als du denkst?

– Wie auch immer. Meine Prioritäten sehen anders aus.

– Zusammenhänge sind nicht dein Ding, Don. Das klingt nett: Ding, Don, wie eine Glocke. Versuche einmal, mitzudenken.

– Ich denke zu viel, Oscar. Du bist der Beweis. Du existierst nur in meinen Gedanken. Warum sollte ich auf mich hören, wenn Zusammenhänge ohnehin nicht mein Ding sind?

– So viel logisches Denkvermögen hätte ich dir nicht zugetraut. Nichtsdestoweniger liegst du falsch, grundlegend.

– Dann erleuchte mich.

– Du denkst immer wieder, es ginge auf dem einfachen Weg. Das hast du bei Tisha auch schon versucht. Wir können dir nicht ins Gesicht spucken, was du zu tun hast. Leider hat die Natur den Menschen mit freiem Willen ausgestattet, und sie besteht langweiligerweise darauf, er nutze ihn auch.

– Wie fandest du Al?

– Hübsche Haare, aber ein Wirrkopf. Du hattest es zu leicht mit ihm. Er wird wie ein Hündchen parieren, deine Botschaft übermitteln.

– Gut.

– Erst sehen, wie die anderen ticken. Kennst du diesen Angus?

– Nein, ich habe ihn nur am Bloomsday reden gehört.

– Ein ganzer Tag für die Romanfigur eines Avantgardisten, lächerlich!

– Einen Earnestday[12] würdest du nicht ablehnen.

– Das ist auch ernsthafte Literatur. Kate hat sich also als Geschäftsfrau erwiesen.

– Überrascht dich das?

– Dich sollte es überraschen oder zum Denken anregen.

---

[12] Oscar Wilde, The Importance of Being Earnest (1895)

– Da bin ich abgebrühter als du. Ich lebe in einer Zeit, in der alle so sind.

– Das langweilt euch nicht?

– Manchmal. Nicht für lange – wir laufen dem immer wieder hinterher.

– Jeder, wie er will. Unterschätze Kate nicht, so oder so.

O'Brien hatte die ganze Zeit zwischen den beiden hin- und hergeschaut. Ob er lauschte? Jetzt bellte er. Don nahm ihn an die Leine, verabschiedete sich mit einer Handbewegung von Oscar, ging außen um den Park herum zu Rossi. Unterwegs rief er im Summerhill Primary Care Centre an, sich nach Ms Ryan zu erkundigen. Dort verwies man ihn ans St. Vincent's Hospital, Fairview, wohin Ms Ryan weitergeleitet wurde. Am Mental Health Departement erhielt er jedoch, da er ein Fremder war, keine Auskunft. Er lenkte Rossi zum Krankenhaus, gab sich dort als derjenige zu erkennen, der Ms Ryan gefunden hatte. Glücklicherweise war der Rettungswagenfahrer anwesend, der sie zum und vom Primary Care Centre gebracht hatte. Er bestätigte die Angaben. Wie Don erfuhr, wurde Ms Ryan mit Schlaftabletten behandelt, da sie tage- und nächtelang nicht geschlafen hatte. Danach würde eine vorsichtige therapeutische Behandlung gestartet, bevor man entschied, was weiter mit ihr geschehen solle. Besuche seien frühestens möglich, wenn die Schlaftherapie erfolgreich wäre. Don hinterließ seine Telefonnummer für den Fall, jemand müsse verständigt werden. Verwandte waren nicht bekannt, mit Ausnahme ihres Mannes, der für ein paar Tage in Polizeigewahrsam war. Don informierte Meghan, die ihrerseits berichtete, Doktor Ives hätte einen Patientenbesuch bei Faye absolviert, ihr ein Beruhigungsmittel verabreicht. Sie sagte, sie verstünde es nicht, Faye sei friedlich und entspannt, doch er sei die Kapazität, wisse sicherlich, was er tue. Don war noch immer nicht sicher, ob das stimmte. Irgendwie verursachten Ives Hände auf Faye ihm Kopfschmerzen.

Er war hungrig geworden, der Nachmittag schon fortgeschritten, darum suchte er sich ein Lokal, wo er und O'Brien sich stärken konnten. Nach dem Essen gönnte er sich einen Kaffee. Er ließ den bisherigen Tag Revue passieren, versuchte, Erfahrenes zuzuordnen. Ein Spaziergang durch die Stadt sollte die Erholungspause abschließen. Er streifte durch die Innenstadt, betrachtete Gebäude, die ihm entgangen waren, solange er hier gewohnt hatte und natürlich die Sehenswürdigkeiten, stand vor der Molly Mallone Statue, lief an der City Hall vorbei, an Dublin Castle, St.Patrick's Cathedral. Im St. Patrick's Park liefen ihm Angus und Brad über den Weg.

»Hi, Raven«, sagte Bad. Er zeigte mit einer Hand auf Don, wandte sich zu Angus. »Das ist Raven, unser neuester Zugang.« Er drehte sich zur anderen Seite, wies auf seinen Kollegen. »Das ist Angus, sozusagen der Juniorchef unseres Vereins.« Die beiden reichten einander die Hände. Angus grinste.

»Ich habe gar nicht so viel auszusetzen an den alten Schnulzen, die du singst. Kann man durchaus lassen.«

»Danke, sehr gnädig«, sagte Don.

»Du könntest uns helfen.« Brad streichelte O'Briens Schnauze. »Wir haben keine Fahrgelegenheit, zu Angus nachhause zu kommen.«

»Na klar, mein Suzuki steht nicht weit von hier«, sagte Don. Sie spazierten zurück zu Rossi. »Ist eure Besprechung schon vorüber?«

»Al hat uns deine Gedanken zu Timothys und Brandons Plan mitgeteilt.« Angus spuckte aus. »Sie decken sich weitestgehend mit den unseren. Die Bosse enttäuschen mich sehr – besonders Timothy, nach allem, was wir gemeinsam erkämpft haben. Aber es gab schon immer auch den Timothy, den ich nicht mochte.«

»Das kann man über fast jeden sagen.« Don bemühte sich, nicht zu neugierig zu erscheinen. »Jeder hat so seine Schattenseiten.«

»Da hast du wohl Recht«, sagte Angus. »Ein schmieriger Alter, der junge Mädchen belästigt, hat aber mehr als nur eine Schattenseite, da ist es schon zappenduster.«

»Das kann ich mir bei Bowen, bei Timothy, gar nicht vorstellen.«

»Meine Freundin, Stacey, hat es mir doch erzählt.« Angus zog seine Brauen tief ins Gesicht. »Er hatte immer schmutzige Bemerkungen auf Lager. Er hat sie zwar nicht unmittelbar belästigt, aber diese gezielten kleinen Berührungen …«

»Und doch bist du weiterhin mit ihm befreundet geblieben.«

»Stacey war, ohne es zu wissen, noch in weiterem Sinn von ihm abhängig, ich hätte ihr vielleicht geschadet.«

»In welchem weiteren Sinn?«

»Al hat ihre Wohnung betreut, Brandon ist als ihr Mietherr aufgetreten, ihm hat sie auch ihre Miete gezahlt, aber der Wohnungsbesitzer war Timothy.«

»Warum eine so komplizierte Konstruktion?«

»Ist doch klar, er war ihr Boss, es gab einen Interessenskonflikt. Als ihr Arbeitgeber hielt er ihr Gehalt zurück, das sie brauchte, die Miete zu zahlen, die er als Mietherr forderte. Sie musste Extrazahlungen leisten, damit er sie nicht hinauswarf, sowas Ähnliches wie Mahngebühren. Ich habe das auch lange nicht durchschaut. Und er war mein Freund und Mentor, wir wollten zusammen die Welt erobern oder zumindest Irland.«

»So soll unser Irland aber nicht aussehen«, fiel jetzt Brad ein. »Wenn unsere Führer kein moralisches Vorbild abgeben, was soll dann das Volk denken.«

Don wandte sich an Angus. »Könntest nicht du die Spitze der Bewegung übernehmen, die Jugend allgemein das Wort ergreifen?«

»Das sagt sich so leicht«, sagte Angus. Sie hatten nun Rossi erreicht. »Ich habe mit dem Gedanken gespielt, bin aber zu dem Ergebnis gekommen, ich habe nicht, was man dazu braucht.« Sie stiegen in den Suzuki, Don startete das Fahrzeug.

»Und was nun?«, fragte er.

»Wir werden an uns arbeiten müssen«, sagte Brad. »So oder so wird viel Zeit vergehen, bis wir wieder aktiv werden.« Die Stimmung im Wagen hatte einen Tiefpunkt erreicht. Erstmals empfand Don eine gewisse Sympathie für die Jungs. Die Begeisterten erkannten selbstständig, sie mussten noch an sich arbeiten – keine sehr häufige

Einsicht bei jungen Menschen, bei alten übrigens auch nicht.

Rossi kam vor einem Haus in der Glenhill Avenue zum Stehen.

»Komm noch auf einen Sprung mit rein, Raven«, sagte Angus. »Wir genehmigen uns noch einen.« Don hob die Schultern.

»Ich weiß nicht so recht«, sagte er. Brad lehnte sich zu seinem Ohr.

»Das ist eine Auszeichnung«, flüsterte der junge Mann. »Keiner schlägt das aus.«

»Darf O'Brien mitkommen?«, fragte Don. Angus richtete sich auf.

»Ich bestehe darauf.«

Sie betraten eine typische Studentenwohnung mit minimaler Möblierung und maximaler Unordnung, doch gemütlich. Sie setzten sich auf den Boden, rund um eine Kiste. Nach ein paar einleitenden Sätzen öffnete Angus die Kiste, nahm eine Schachtel heraus, in der sich Einwegspritzen, Gummibänder und Ampullen befanden. Das verstand man also hier unter »sich einen genehmigen«. Don hatte sich aus dem Kreis, in dem er das einst extensiv genoss, zurückgezogen, konnte jedoch auf positive Erinnerungen zurückgreifen und fand den Moment durchaus passend. In den letzten zwei Jahren zog es ihn gedanklich mehrfach dorthin, er wollte nur Fayes wegen stark bleiben. Eine Kerze wurde entzündet. Brad zog die Vorhänge zu. Es war kalt im Raum, das mochte Don, wenn er auf die Reise ging.

Der Strand glimmt von Glanzlichtern, Millionen Glühwürmchen, vom Ozean hereingetragen in rollenden Wellen, tanzen im Halbdunkel vor der Stadt, der Taumel entzieht sich der Nacht in Buffalo, brütet Schlafentzug, Heimat gähnt, reibt sich die Küsten, die Glanzlichter stieben jetzt auseinander, gleißen über den Dächern, singen etwas von gestern, tomorrow never knows, blauviolette Streifen ziehen von links, graue von rechts, in die weißglühende Bucht, we were tempted to rise, über das weite Wasser, rise above our fears, wo du allein ganz bist, weil du ganz allein bist, du ziehst es dir rein, läufst los, es beschleunig sich, always on the run, caught on the way out, sie folgen dir wie schlechte Gewohnheiten, ihr Atem stinkt, doch er lodert in Neonfarben vor deiner Fratze, wo die Leoparden hocken, dich von der Seite fixieren, flexing their muscles, facing the blinding lights steaming out of your eyes, du dirigierst ihre langgestreckten Rücken, ihre ausgreifenden Läufe, in the late seventies, among fame selling lions, who pretended to love you, but licked their lips in lust for your thighs, where were you then?, did they find you on stage?, they always told you, you were special, you weren't, you knew, darkness falls again, a song for Buffalo, it leads you to who knows where, take a chance, roll the dice, try Buffalo, why not?, anywhere is here, escape the other, find the inner you in town, your town, take a little risk, if just for fun, for a laugh, all the way up your dirty face, wer weiß, wozu es gut ist, hier an der shoreline, sie sehen ihn, alle schauen ihn an, er fühlt sich nackt, hat er einen Steifen?, jemand könnte es sehen, Knie aneinanderpresser, gebückt schleichen, sag mir, wo die Mädchen sind, Pete Seeger, where have all the young girls gone?[13], gone to young men every one, when will they ever learn?, ein heißer Wind strömt vom Land heraus, du schwebst über dem Wasser, stanzst Ringwellen in die Oberfläche wie ein Helikopter, ein Rettungshubschrauber, wen retten?, was ist geschehen?, ein kleines Mädchen, sie weint, sie bettelt, sie muss ihn Daddy nennen, die Seele ist auch nur ein Platz, Buffalo, Leid überall, einer schnitzt Schmerz für alle, hockt im Dreck vergraben, wartet auf sein Opfer, schießt aus dem Matsch, packt zu, sie weinen, er mag das, es macht seine Hoden weich, er labt sich an ihrer Angst, ein Festbraten, speziell für ihn, happy birthday to you, er frisst Buffalo weg, stiehlt es ihnen für immer, da fliegt etwas über das Backsteinhaus von Frank Loyd Wright, das Darwin D. Martin House, can't say what it is, is it a bird?, is it a plane?, no, it's death, du brauchst ein Lied, versteh' endlich, ein Lied muss es sein, schreib um dein Leben, schreib um ihr Leben, Shennas Leben, Fayes, Fannas, Shayes, das Licht ist wieder da, dort am Rand der dunkelsilbernen Wolke, fass es, reite drauf über das Land, bis zu den Niagara Falls, sie donnern, du presst deine Fäuste in die Ohren, dein Kopf will explodieren, betäubend schön, aus Wasser sind wir, zu Staub werden wir, der falsche Weg, umgekehrt ist richtig, frag Luke Kelly, vergiss sein Pint nicht, du hast es ihm versprochen, sein Grab, dort in Dublin, hier in Buffalo, der Hafen schließt sich, seine Arme prallen aneinander, zippen zu, Feierabend, hier läuft nichts mehr, schreibt uns keine Briefe, unsere Mädchen sind tot, ein Prost auf Tisha, ein Toast auf Stacey, in die Gurgel damit, juhu, Zirkuszelt, so

---

[13] Where have all the Flowers gone, Pete Seeger, 1955, Columbia Records

jung kommma nimma z'samm, hui, schon wieder eine
dunkle Wolke, hört das heute gar nicht mehr auf, links
sehen Sie die Albright-Knox Art Gallery, meine Damen
und Herren, rechts das Buffalo Museum of Science, darüber – meine Herrschaften, richten Sie ihre Aufmerksamkeit auf die Wolke – Tod vom Feinsten, wir scheuen keine Mühen, verlassen Sie sich auf uns, Leben endet in
Buffalo, nehmen Sie sich ein Mädchen, zwölf, vierzehn,
nach Belieben, wir haben genug davon, so viele, wir op-
fern sie politischen Göttern, he, schlecht?, was soll das
Wolkenzeug schon wieder, eine blaugrüne mit dottergel-
bem Saum, Neonfarben, die hatten wir doch schon, da
reißt was auf, schaut euch das an, he, das Loch explo-
diert förmlich, Urknall für Arme, der Himmel über Buffalo, die Stadt ist eine Messe wert und ein Messer zwischen den Zähnen, macht euch drüber her, Männer, sie
gehören euch, alle! Buffalo on their minds. Die Seele ist
auch nur ein Platz.

Eine Zunge schlabberte Dons Gesicht entlang, zwei
Menschen hockten neben ihm, lachten. Buffalo? Wien?
Dublin? Schlechte Musik. Der Schwamm muss ausge-
wrungen werden, er mieft. Stellt die Scheibenwischer ab!
Schaumblasen sammelten sich in Dons Augenwinkeln,
die Arme tauchten aus dem Nichts auf, wurden fühlbar,
fast konnte er greifen – noch nicht. Wie ein Flugzeug,
schwer und doch schwebend, das war er. O'Brien hörte
nicht auf, ihn abzulecken. Don wollte ihn zurückpfeifen,
doch womit? Brad und Angus scherzten mit müden Augen – ein guter Trip für sie. Er konnte nicht entscheiden,
was es für ihn war. Es war anders.

Nach einem grünen Tee und ein paar Chips war Don klar. Er nahm O'Brien an die Leine, verabschiedete sich von den jungen Männern, die weiter ihrer Revolution nachtrauerten.

Auf der Straße atmete er tief durch, erleichtert, in Dublin zu sein – Buffalo war weit. Im Auto griff er zum Smartphone, wählte Tyrons Nummer.

»Hi, Tyron, Systemabgleich.«

»Ich habe meinen Teil der Arbeit erledigt«, sagte der Produzent. »Du hast gesehen, er fährt das Business runter. Ganz runter. Das gefällt mir weniger, damit entkommt er meiner Kontrolle. Ich kann nicht mehr beweisen, er sei der Boss der Nationalisten.«

»Keine Sorge, du hast ihn an den Eiern, wörtlich.«

»Wie mache ich das?«

»Die Jungen haben geplaudert. Bowen hat Stacey belästigt. Sie war eine Abhängige, er ihr Boss. Zudem hat er als ihr Mietherr etwas gedreht, in das du Licht bringen kannst. Die Jungs, die mir davon erzählten, verstehen nicht so viel davon. Du hättest wieder eine hübsche Geschichte zu erzählen.«

»Oh, der Arme! Das sieht aber gar nicht gut für ihn aus.«

»Mach nur weiter Druck. Er soll nervös werden.«

»Ich bin das nicht gewohnt, von dir Anweisungen zu erhalten. Lass es mich sagen.«

»Meinetwegen.«

»Ich werde weiter Druck machen. Der wird nervös werden, glaub mir.«

»Sehr gut, Tyron.«

»Irgendwie klappt das so nicht. Schlaf gut, alter

Mann.«

»Du auch, dicker Mann.«

Es war spät, Don fuhr nachhause. Er erreichte die Farm gegen Mitternacht. In der Küche brannte Licht, Meghan wartete auf ihn. Sie hatte mit Leila gesprochen, wollte das aber nicht mehr zu oft tun. Die Kleine solle zur Ruhe kommen, würde zu oft an die schlimmen Geschehnisse erinnert. Meghan erfuhr von ihrer Enkelin, Stacey sei auch mit ihr befreundet gewesen, war Aufpasserin für alle drei. Sie hätte einen der beiden Männer einmal gesehen, als sie die Mädchen auf ihrem Spielplatz aufsuchte. Stacey sei auf ihn zugegangen, habe ihn gefragt: »Was wollen Sie hier, Sie Spanner«. Er lief weg, stolperte mehrmals. Sie hatte ihn erschreckt. Mit Stacey fühlten sie sich sicher, sie konnte den bösen Mann verjagen.

»Denkst du, das könnte mit der verwundbaren Stelle gemeint gewesen sein?«, fragte Don.

»Sie hat ihn frech zur Rede gestellt, dem hatte er nichts entgegenzusetzen.« Meghan blinzelte aus müden Augen. Don stützte sich mit dem Arm am Türstock ab.

»Er war nicht Manns genug, einer selbstbewussten jungen Frau in die Augen zu schauen.«

»Der Feigling kann nur kleine Kinder belästigen.«

»Und sie töten, wenn er sich genommen hat, was er wollte.«

»Lass uns nicht daran denken, Don. Wir sollten schlafen. Ich ziehe mich zurück.«

Don holte noch Trockenfutter für O'Brien aus dem Küchenschrank, stellte den Fressnapf in den Windfang.

Dreizehntes Kapitel

Don stieg die Kellertreppe hinunter, betrat sein Musik-
studio, das er lange nicht aufgesucht hatte. Buffalo hatte
etwas in ihm geöffnet, er barst von Melodien, von Klängen. Er wollte keinen Folksong schreiben, ihm schwebte
eine Rockballade vor. $C\#_m$ drängte sich auf, die gewalti-
ge Tonart. C_m zog er sonst vor, weil Rachmaninows Kla-
vierkonzert No. 2, op. 18 – sein Inbegriff für Empfindungen, übersetzt in Musik –, in dieser komponiert war.
Doch um den Halbton erhöht kam ein Strahlen in die
Klänge, das, durch seine Mollnatur gedämpft, sich für
Dons Absichten besser eignete. Die Einfachheit sollte nur
durch die Instrumentierung erhalten bleiben, ansonsten
plante er Großes Kino. Er setzte sich ans Klavier, das er
laienhaft beherrschte, zum Komponieren aber der Gitar-

re vorzog. Der C#$_m$-Akkord strahlte schon von sich aus. Der Anfang war gemacht. Die Standard-Akkordfolgen, die er zuerst ausprobierte, I, IV, V, VI, brachten allein nicht den gewünschten Erfolg, es würde eine Mischung aus chromatischen Reihen, Borrowed Chords, Dissonanzen sein müssen. Abwandlungen konventioneller Akkorde, Suspended Chords und Umkehrungen brachten zusätzliche Klangfarbe. Eine Stunde nach der anderen starb, er bezog ein elektrisches Klavier mit ein, in das auch Orgelsimulationen integriert waren, aus denen er Ostinatopassagen in seine Aufnahmen übernahm. Das Stück sollte kurz sein, doch sich nicht kurz anfühlen. Ihm kam »Ain't no Sunshine« von Bill Withers[14] in den Sinn, zwei Minuten, nach denen man meinte, ein dreimal so langes Werk gehört zu haben. Wie knackte man das Geheimnis dahinter? Gar nicht! Sein eigenes Lied schreiben, in sich lauschen, offen sein – das war der Schlüssel zu Qualität. Er verwarf seinen komplizierten Tonsalat, begann von vorne. Aus dem Großen Kino wurde ein kleines Lichtbildtheater in den Backstreets von Dublin. Er griff zur zwölfsaitigen Gitarre, langte mit der Linken an ihren Hals, ohne viel zu planen, schlug mit der Rechten ein geradliniges Muster. Ein Klingeln in den hohen Frequenzen deutete ihm ein Motiv an, eine Melodie beinahe. Er folgte diesem Klang, ein Wort formte sich in seinem Kopf. Ihm wurde klar, sein Spiel in A$_m$ – die Grundakkorde waren A$_m$ als Stufe I, F$_m$ als Stufe VI, E$_m$ als Stufe V – enthielt alle Buchstaben von »Faye« bis auf das ›y‹, dafür setzte er als Sekundärdominante H$_m$ aus E$_m$. Ein kurzes, einfaches Solo baute er aus Triaden mit deren In-

---

14 Ain't No Sunshine, Bill Withers, !971, Sussex Records

versionen, nichts, über das man nachhause berichten müsste. Damit war auch der Titel klar. Auf Faye reimten sich so schöne Worte wie: stay, play, day, hay, way, clay, say, may, lay, sway, okay, today – der Text würde ohne Mühe zu schreiben sein. Es entstünde ein einfaches Lied über seine Liebe zu ihr und Tish, wish, rich, teach, beach, each. Minuten später waren die Lyrics fertig. Er mischte zur Gitarre ein Glockenspiel, das die Melodielinie betonte, ein Tamburin und eine zweite Gitarrenspur für den Rhythmus. Einen eingefügten Bass entfernte er wieder, sein runder Klang stahl das Klimpern, das rohe Scheppern, das dem Lied etwas Ursprüngliches verlieh. Die einzigen tiefen Töne würde seine brummige Stimme beisteuern. So schnell hatte er noch nie einen Song geschrieben, es war, als würde er ihm diktiert. Die Einfachheit faszinierte ihn. Tyron würde sich wieder ärgern, weil Don immer noch im lange aufgelassenen Sequenzer Sonar abmischte, der nicht Mac-kompatibel war. Don zeigte sich nicht mehr lernfähig, das kam nun mal mit dem Alter. Doch er hoffte, Tyron würde das Lied mögen. Don gab viel auf Tyrons Urteil. Sein Produzent verstand, was gute Musik war, und was bloß geistloses Seelenschmalz. Er erzeugte vorab eine MP3-Version davon, schickte sie Tyron per E-Mail.

Mittlerweile war es halb neun Uhr morgens. Don hatte Meghan schon werken gehört. Er stieg die Treppe nach oben. Das Kreuz schmerzte, er war etwas benommen, doch stolz.

Faye saß im Wohnzimmer, Meghan klapperte mit Geschirr in der Küche. Don schloss die Kellertür, als er hörte, wie in der Einfahrt ein Wagen abbremste. Sekunden später stand Carol in der Tür, wedelte mit einem Zettel vor seinem Gesicht.

»Dieses Mal habe ich den Durchsuchungsbefehl!«, sagte sie.

»Was ist denn diesmal los?«, fragte Don.

Carol steckte den Zettel weg, zog stattdessen eine Kette mit Anhänger – einem Einhorn auf einem Regenbogen – aus ihrer Tasche.

»Kennst du das?«

»Nein. Was ist das?«

»Wenn es sich bestätigt, ist das eine Kette von Shenna Ryan. Sie wurde in diesem Haus gefunden.«

»Von wem?«

»Das ist momentan nicht wichtig. Wir stellen dein ganzes Haus auf den Kopf.« Ein weiterer Wagen hielt draußen, mehr Gardí strömten ins Gebäude.

»Ich verstehe das alles nicht«, sagte Don. Meghan kam aus der Küche. Sie blieb stehen, hielt eine Hand vor den Mund.

»Um Himmels willen! Shennas Einhorn!« Sie stützte sich an der Küchentür ab.

»Können Sie das Objekt eindeutig identifizieren?«, fragte Carol. »Schauen Sie es sich gut an.«

»Genau so eine Kette hatte sie. Es hatte eine besondere Bewandtnis damit, sie bedeutete ihr viel.« Meghan nahm das Schmuckstück in die Hand. »Ich kann natürlich nicht sagen, wie viele es davon gibt.«

Carol wandte sich Don zu.

»Besaß Tisha oder jemand anderes in diesem Haushalt einen derartigen Gegenstand?«

»Nicht, dass ich wüsste«, sagte Don. »Mir ist es zumindest nie aufgefallen.« Er drehte sich zu Meghan. »Hast du das gefunden?«

»Nein, das habe ich nicht«, sagte sie. »Was hast du getan!«

»Du denkst doch nicht …«

»Mein Gott! Und ich habe dir alles erzählt, was ich wusste. Du hast mich ausgenutzt.«

»Da sind Sie nicht die Einzige«, sagte Carol zu Meghan, richtete sich dann an Don. »Am besten verlassen Sie das Haus, während wir es durchsuchen, Mister Byrne. Sie müssen natürlich nicht, würden uns jedoch die Arbeit erleichtern.«

Meghan schlug die Hände gegeneinander. »Ich kann in diesem Haus nicht bleiben, nicht unter einem Dach mit so einem Mann.«

»Bitte, lass Faye jetzt nicht allein«, bat Don. »Ich suche mir eine Wohnung oder ein Zimmer in der Stadt. Jemand muss bei meiner Frau bleiben.«

»Ist in Ordnung, für Faye tue ich das, aber wenn du hier wieder auftauchst, bin ich weg.«

»Ich werde nicht auftauchen.« Er wandte sich wieder an Carol. »Ich bin also nicht verhaftet?«

»Noch nicht. Es ist nicht verboten, eine Kette im Haus zu haben. Verlass die Stadt nicht.«

»Sehr witzig! Hast du schon einmal versucht, in Stephenstown eine Wohnung zu finden? Ich ziehe nach Dublin.«

»Auch gut«, sagte Carol. »Dort bist du näher an der Garda. Dann verlass Dublin eine Weile nicht.«

Don packte unter Aufsicht – er hätte sonst Beweismittel entfernen können – ein paar Sachen in zwei Reisetaschen, schaffte noch eine Gitarre und andere Utensilien in Rossi. O'Brien kam ebenfalls mit, hier hatte keiner Zeit oder Lust, ihm Auslauf zu verschaffen. Don strich Faye ein letztes Mal übers Haar.

»Alles wird gut«, sagte er zu ihr.

»Guten Morgen, mein Herr«, erwiderte sie. Er lief aus dem Haus, sprang in sein Auto und fuhr los.

Don war noch übermüdet, seine Konzentration hielt nicht lange. Nach etwa zwei Kilometern lenkte er Rossi in eine Wiese.

»Entschuldige, O'Brien, ich brauche ein paar Minuten.« Sein schwerer Kopf fiel zur Seite.

' Haben das Ziel erreicht, warten auf Order. Over.

' Was seht ihr, Jungs? Over.

' Hier ist nichts Bemerkenswertes. Wir tauchen tiefer. Over.

' Seid vorsichtig. Wir wissen nicht, w_e Es reagiert, wenn wir Kontakt aufnehmen. Over.

' Sollen wir tatsächlich Kontakt aufnehmen? Ich dachte, dies sei ein Erkundungsmanöver. Over.

' Ist es auch, keine Sorge. Es könnte aber schnell etwas anderes draus werden, wenn wir seine Aufmerksamkeit erregen. Over.

' Okay – soweit alles in Ordnung. Es scheint sich in seiner Ruhephase zu befinden. Dies ist der ideale Zeitpunkt zum Starten von Projekt Pi&Br. Over.

' Wartet! Nur nichts überstürzen. Checkt noch einmal alle Parameter. Ist Es aufnahmefähig in seiner Ruhephase? Over.

' Sicher werden wir das erst wissen, wenn wir aufs Gas steigen, Boss. Over.

' Ich hasse Unwägbarkeiten. Charly, wie sieht es mit der Luftzufuhr aus? Over.

' Hier Charly. Luftzufuhr okay, checked. Over.

' Mike, was gibt es zur Blinkrate zu sagen? Ist die Sequenz im Normbereich für Pi&Br? Over.

' Hier Mike. Sequenz im Normbereich, checked. Müsste mal austreten. Over.

' Knie zusammenkneifen, Mann. Du kannst dich erleichtern, wenn der Job getan ist. Das gilt für alle hier. Also: Sind alle bereit für den Deepdive? Wenn ja, betätigt den grünen Knopf zur Bestätigung. Over ... Okay, ich sehe alle grünen LEDs. Dann packen wir es. Pi&Br Go!

›Hey, Br, warum blickst du so sorgenvoll?‹

›Ich blicke sorgenvoll, weil ich Verantwortung trage, Pi‹

›Welche Verantwortung trägst du denn, Br?‹

›Die Verantwortung für unseren Versuch von heute Morgen, Pi‹

›Was versuchen wir heute Morgen, Br?‹

›Wir versuchen, die Herrschaft über Dons Welt an uns zu reißen, wie jeden Morgen, Pi‹

›Und was wird Don heute Morgen tun?‹

›Ja, Don, was wirst du tun?‹

›Hier ist Don an Don, hörst du mich? Ich habe eine Nachricht zu überbringen. Du befindest dich in einem Traum. Unsere bisherigen Versuche zeigten leider keine wie immer geartete Wirkung auf dein Bewusstsein, darum greifen wir zu unkonventionelleren Mitteln. Projekt Pi&Br bezieht sich, wie du vielleicht erraten hast, auf Leilas Assoziation zu deiner überraschend vernünftigen Frage nach Ratten und buntem Glas. Pi und Br sollten dir ein Begriff sein, sonst bist du kein Mann, hast keinen P. und wirst nie einen P. haben. Dies ist ein sogenannter heißer Tipp. Also hör zu: Wie schon dieser Psychoheini bei Columbo gesagt hat – wenn ich bis drei zähle und in die Hände klatsche, wachst du auf, kannst dich an alles erinnern, was ich sagte. Eins, zwei, drei, Klatsch! … Hallo-o … Kla-atsch! … Plopp! Knall! Irgendwas! Ach, ich geb's auf. Kommt Jungs, hier ist nichts zu holen.‹

' Auf mein Kommando: Auftauchen! Over.

' Heißt das, Pi&Br ist beendet? Over.

' Mike, Mike! Over.

' Darf ich jetzt austreten, Boss? Over.

' Over and out.

›Der Pi, der Br und der Don, der Pi, der Br und der Don, der Pi, …‹

»… der Br und der Don. Was ist jetzt los?« Don stützte sein steifes Genick mit einer Hand, massierte mit der anderen sein Kreuz. »Ich singe im Schlaf, O'Brien. Bitte, nimm meine Entschuldigung an. Armes Tier.« Er strich über O'Briens Fell, setzte sich wieder in Fahrposition, startete den Wagen.

In Tara hielt er Rossi an, wie meist. Er stieg bei Maguires aus dem Wagen, schaute sich um. Diese Gegend würde in nächster Zeit nicht mehr seine Heimat sein. Craigs Motorrad stand vor dem Restaurant. Don wollte ihn jetzt nicht sehen. Er ließ O'Brien aus dem Laderaum springen, lief mit ihm auf den Hill of Tara zu. Der Wind – er war heute nicht so kalt, fast so, wie man ihn hier gewohnt war – blies ihm von hinten die Haare ins Gesicht, sie fingen sich ständig zwischen seinen Lippen. O'Brien sprang ausgelassen herum.

Sie erreichten den Hügel, nachdem der Wind gedreht hatte, das Passage Tomb war durch rot-weißes Flatterband abgesperrt. Sie umrundeten es. Auf der anderen Seite fand er eine Gestalt in einer Art Nachthemd auf dem Boden sitzend.

»Hi, Shirley«, rief er gegen den Wind, unmöglich für sie zu hören. Sie saß unbeweglich, ließ ihre grauen Haare im Wind wehen wie eine Flagge, die Augen zusammengekniffen. Ihr Hemd oder Kleid plusterte sich, schlug laut. Don setzte sich zu ihr, O'Brien lief um sie im Kreis. Sie drehte ihren Kopf halb zu ihm, blickte dabei weiter über die Landschaft. »Hi, Shirley«, rief er noch einmal.

»Raven«, antwortete sie, drehte den Kopf in die andere Richtung. Sie erhob sich, ging um das Passage Tomb herum. Don folgte ihr. Sie stieg über das Flatterband, verschwand im Passagegrab. Don fand sie in der tiefen Grube, sie war im lockeren Erdreich zwei Meter hinabgestiegen. Er kletterte ebenfalls hinunter. Hier war es ruhig und windstill. Sie setzten sich einander gegenüber, Shirley sah ihm aber nicht in die Augen.

»Was treibst du hier?«, fragte er. Sie reagierte nicht, starrte den Erdwall an. »Das hat doch eine tiefere Bedeutung, du bist nicht als Touristin hier.«

»Ich bereite mich vor«, sagte sie, schaute ihn weiterhin nicht an.

»Sagst du mir auch worauf?«

»Nein!«, entgegnete sie bestimmt.

»Wie du meinst. Ohne Kate wirkst du ganz anders.«

»Ich bin anders.«

»Wer bist du?«

»Wärst du überrascht, wenn ich dir sagte, du seist der Erste, der mich das fragt?« Sie blickte zu Boden. »Ich bin durchsichtig. Niemand nimmt mich wahr, außer Kate. Sie schult mich ein.«

»Worauf?«

»Lass es sein! Ich werde es dir nicht sagen.«

»Ist gut. Noch einmal: Wer bist du?«

»Ich bin Shirley Guiness. Ich war Sekretärin in einem Anwaltsbüro, bin in Rente. Das ist so ziemlich alles, was es über mein Leben zu sagen gibt.«

»Über jedes Leben gibt es mehr zu sagen. Man muss nur auf die richtigen Dinge achten.« Don berührte kurz ihren Arm, versuchte, ihre Augen zu finden. Sie drehte den Kopf schnell zur Seite. »Hattest du nie einen Partner?«, fragte er.

»Ich bin verheiratet«, sagte sie.

»Na also! Da ist jemand, dem du etwas bedeutest.«

»Er starb vor der Hochzeitsnacht.« Sie hob den Kopf, sah Don erstmals an. »Ich tanzte ausgelassen, meinen Brautkranz im Haar. Er war Deutscher, dort tragen Bräute einen Kranz aus Myrte, er ist der Göttin Aphrodite geweiht, ein Symbol der Liebe und der Jungfräulichkeit. Darum wirft die Braut den Kranz in die Menge, wenn sie sich mit dem Bräutigam in die Hochzeitsnacht zurückzieht. Ich kam nicht dazu. Wir tanzten Er griff sich ans Herz.« Sie blickte wieder weg.

»Hast du niemanden mehr kennengelernt?«, fragte Don. Sie schüttelte den Kopf. »Du warst tatsächlich noch Jungfrau, richtig?«, setzte er nach. Sie nickte. Jetzt kam O'Brien heruntergerutscht, wollte mit Shirley spielen. Sie streichelte ihn.

»Wer ist da unten?«, rief eine Stimme vom Rand der Grube.

»Menschen, die Schutz vor dem Wind suchen!«, antwortete Don.

»Das geht so nicht! Ich fordere Sie auf, hochzukommen.« Ein Gesicht tauchte über dem Aushub auf, darüber eine Amtsmütze.

»Wir kommen!« Don nahm Shirleys Hand, zog sie hoch. Der Aufstieg erwies sich als schwierig im lockeren Erdreich. Nach mehreren Versuchen gelang es ihnen doch. Vom Rand aus griff Don nach den Beinen O'Briens, der zu ihm hochsprang. Unter Mithilfe des Beamten konnte der Hund befreit werden.

Shirley verschwand wortlos wieder auf der anderen Seite des Passagegrabs.

»Haben Sie das Flatterband nicht gesehen?«, fragte der Beamte. »Das ist kein Spielplatz, sondern ein Tatort.«

»Welcher Tatort?«

»Das ist nicht Ihr Geschäft. Wenn Sie jetzt das abgegrenzte Areal verlassen würden!«

Don und O'Brien kehrten zu Maguires zurück, der Hund sprang auf die Ladefläche des Suzuki. In diesem Moment kam Craig aus dem Restaurant, näherte sich seinem Motorrad. Er sah Don, wandte sich ab, spuckte aus.

»Der Herr Selbstgerecht hat ein Problem mit meinem ›Schnuppern‹, ja? Du widerst mich an! Ein unschuldiges kleines Mädchen!« Er legte seinen Helm an.

»Ich habe doch nicht …«, stammelte Don.

»Ach was, halt' doch den Rand!« Craig stieg auf sein Motorrad, ließ den Motor an. »Schwein!« Er stieg aufs Gaspedal, raste davon.

Don setzte sich in sein Fahrzeug, atmete einmal kräftig durch. Er musste Tyron noch über die neue Situation informieren. Er holte sein Telefon hervor, wählte die Nummer seines Produzenten.

»Gut, du rufst an«, sagte Tyron. »Ich hab' mir das mit den Verflechtungen zwischen Bowen, McDonagh und Stacey näher angesehen. Deine Freunde haben recht, Bowen gehören die Wohnungen, McDonagh tritt als Vermieter auf und ein Albert Conolly betreut die Mieter.«

»Das ist Al«, sagte Don.

»Ob Bowen als Arbeitgeber Staceys Lohn zurückgehalten hat, während er als Vermieter Druck machte, kann ich nicht überprüfen, aber der Verdacht ist begründet. Ich bin überzeugt, es lief so. Das macht er sicher auch mit anderen. Deine neuen Kumpels sind nicht dumm.«

»Was ich dir sagen wollte: Ich bin in nächster Zeit nicht mehr auf meiner Farm zu finden, ich ziehe nach Dublin.«

»Ist etwas geschehen?«

»Tja, ich bin inzwischen der Hauptverdächtige für Detektiv-Superintendent Cavanaugh.«

»Wirst du jetzt paranoid?«

»Sie lässt gerade mein Haus durchsuchen. Vor ein paar Tagen war es nur der Keller.«

»Dazu muss sie schon sehr konkrete Hinweise haben, das sieht nicht gut für dich aus.«

»Danke für die Aufmunterung. Sie haben ein Schmuckstück des entführten Mädchens bei mir gefunden. Knallst du mir jetzt auch alles hin?«

»Wie kommst du auf sowas?«

»Das tut zurzeit jeder. Ich krieg' gerade keine Luft.«

»He, ich liebe meinen alten Mann. Du bist kein Kindermörder. Basta!«

»Was tu ich jetzt?«

»Fürs Erste besorge ich dir eine Wohnung, ins Hotel gehst du nicht. Das wird einfach, Bowen hat bestimmt etwas für uns. Dann sehen wir weiter. Er soll was Angemessenes springen lassen.«

»Ich hätte lieber eine einfache Wohnung in seinem Haus in Summerhill.«

»Ist das nicht die Bruchbude, in der Stacey gewohnt hat?«

»Ja. Hast du den Song schon gehört?«

»Welchen Song?«

»Ach nichts. Danke Tyron.«

»He, Mann. Du bist nicht allein.«

»Schön, das zu wissen.«

»Ich melde mich.«

Nach einer Stunde fuhr Rossi in Dublin ein. Auf der Prussia Street überholte er einen Motorradfahrer, der ihn sofort rücküberholte. Es war Craig, der spuckte ihm seine Abgase ins Gesicht. Egal, Don verzögerte die Geschwindigkeit, wollte keine Konfrontation. Er hielt auf das St. Stephen's Green zu, stellte seinen Wagen ab, führte O'Brien in die Anlage im viktorianischen Stil. Er setzte sich auf den Rand eines der zentralen Brunnen, sein Hund blieb an der Leine, machte »Sitz«, verfolgte die Fußgänger und Vögel mit seinen braunen Augen. Es war der erste wärmere Tag seit Wochen, die Menschen strömten nach draußen, so zeigten sich auch hier viele Besucher. Am Yeats Memorial wurden Stimmen laut, Schreie. Bald blickte alles dorthin, einige Besucher liefen darauf zu, andere kamen gelaufen. Don stand auf, ging in Richtung des Tumults. Einige Männer hielten ihre Jacken in Händen, schwangen sie wie Toreros, etwas abzuwehren, das Don erst nicht erkennen konnte. Zwei von ihnen schwangen Äste, schlugen sie gegen einen unsichtbaren Gegner. Jetzt konnte er eine Person ausmachen, die mit einem langen Messer fuchtelte. Im Hintergrund wurden Menschen teils verarztet, teils beschützt. Der Messerstecher näherte sich ihnen wieder. Don zog seine Jacke aus, stellte sich in die Reihe der Verteidiger. Nun kam der Attentäter näher an Don heran, blickte in dessen Augen. Wut entlud sich aus einem elektrisierten Körper, es war Brads. Don sprang zur Seite, entkam einem Stich.

»Brad, komm runter!«, rief er. Der Angesprochene fletschte seine Zähne wie ein wildes Tier, stach noch einmal zu. Don warf seine Jacke über das Messer, sprang, gleichzeitig mit einem Mann, der neben ihm stand, auf Brad, stürzte ihn zu Boden.

»Was ist los mit dir, Junge? Ich begreife dich nicht!«

»Richtig, du begreifst mich nicht«, würgte der Überwältigte hervor. Don hielt seinen Arm fest.

»Das sind die Menschen, die du befreien wolltest. Jetzt willst du sie töten?«

»Ja, verdammt. Ja!« Brad ließ sich zurückfallen, stöhnte. Nun trafen die Gardí ein. Er wurde festgenommen, in Handschellen abgeführt. Don schaute ihm nach, er hatte den letzten Abend mit ihm verbracht, nun ihn überwältigt. Jemand schüttelte seine Hand.

»Gut gemacht«, sagte dieser. Don war sich nicht sicher, ob er etwas gut gemacht hatte. Er konnte nicht klar denken, im Grunde seit Tagen nicht, doch es wurde beständig schwieriger. Er mochte diesen Jungen, obwohl er auf der anderen Seite des politischen Spektrums stand. Don war stets ein Linker gewesen, Nationalismus war ihm fremd. Eine Ambulanz brachte Verletzte weg. Don beobachtete das Geschehen. Sein Smartphone verlangte Aufmerksamkeit. Tyron war am Apparat, er hatte mit Bowen gesprochen. Don sollte in zehn Minuten in Summerhill erscheinen, eine Wohnung stand bereit zur Besichtigung.

Don kam vor Bowens Haus an, dort wartete Al auf ihn vor dem Eingangstor.

»Hunde sind doch erlaubt?«, fragte Don, deutete mit einem Finger auf O'Brien. Al nickte. Sie stiegen die Treppe hoch, blieben vor Staceys Wohnung stehen.

»Diese?«, fragte Don. »Ich dachte, die sei vergeben.«

»Die junge Frau hat es sich anders überlegt. Woher weißt du von ihr?«

»Ach«, sagte Don. Sie betraten die Wohnung, sie war möbliert, wenn auch karg. Al versuchte nicht, ihm die Wohnung anzupreisen, er blickte zum Fenster hinaus.

»Ich war eben im St. Stephen's Green.« Don versuchte, zu erkennen, was Al draußen fixierte. »Ich sah Brad.«

»Ah«, sagte Al, ohne seinen Blick vom Fenster zu nehmen.

»Er hat Menschen mit einem Messer bedroht und verletzt.« Don erwartete eine starke Reaktion, doch Al schaute ihn nur kurz an.

»So ist das jetzt«, sagte er.

»Was ist los mit euch, zur Hölle«, sagte Don. »Habt ihr euer menschliches Empfinden abgestellt?« Al starrte eine Weile vor sich hin, dann drehte er sich zu Don.

»Angus wurde ermordet.« Er setzte sich auf einen Stuhl am Fenster. Don schüttelte den Kopf.

»Nein. Das ist nicht wahr.«

»Doch«, sagte Al, faltete seine Hände wie zum Gebet.

»Wie? … wann?«

»Sie haben ihn auf Tara gefunden, im Passage Tomb. In der Grube, die Brad und ich ausgehoben haben.« Er betrachtete seine Hände. »Wir wussten nicht, sie sollte ein Grab werden. Sein Grab.« Sein Gesicht verwandelte sich in das eines kleinen Jungen, der gleich zu weinen beginnen würde. Don wusste nichts zu sagen. Nun hatten sie doch noch die Gewalt kennengelernt, ihre unedle Fratze, ganz ohne Heldentum. Brad hatte die Nerven – vielleicht den Verstand – verloren, Al wäre am liebsten heimgelaufen zu seiner Mutter, wollte nichts von alledem wahrhaben. Doch es war nicht rückgängig zu machen.

»Es war sicher Mord?«, fragte Don nach einer Weile. Al nickte, jetzt flossen Tränen. Er drehte sich weg, wischte mit dem Ärmel über sein Gesicht. »Wer könnte Angus töten wollen?« Don meinte das als rhetorische Frage, doch Al hatte eine Antwort.

»Timothy oder Brandon oder beide«, sagte er.

»Warum sollten sie das tun?«

»Angus wusste einiges über Bowen, dir hat er es auch erzählt.«

»Ja. Aber ein Mord ist ein anderes Kaliber, den begeht man doch aus driftigeren Gründen.«

»Ist das so? Wie viele Morde hast du denn begangen, so genau Bescheid zu wissen? Menschen sind schon für weit weniger gestorben.« Don musste ihm Recht geben. Er selbst hatte sofort an die beiden gedacht, doch wie bewies man das? Al schaute von seinen Händen hoch. »Ich habe ihm sein Grab geschaufelt!«

Don nahm die Wohnung. Er war zu müde, sein Bettzeug aus dem Wagen zu holen. O'Brien bekam sein Wasser und Trockenfutter, dann legte Don sich auf das zu kurze Bett.

Vierzehntes Kapitel

Don schlug die Augen auf, sein Körper zitterte – die Füße Eisklumpen, der Hals verkrampft. Er lag in einem ungeheizten Raum unbedeckt auf einem Bett, konnte sich erst nicht orientieren. Vom Fenster her kam ein blasser Lichtschein, er leuchtete das Zimmer nicht aus. Don tappte um sich, lotete die Grenzen seiner Schlafstatt aus, setzte sich auf. Er war voll bekleidet, hatte sogar noch Schuhe an, die seine Füße vor Frost jedoch nicht schützten. Er versuchte einen Schritt, stieß gegen etwas Festes, Warmes – O'Brien. Der grunzte, rührte sich nicht. Don schlich, stolperte durch den Raum auf der Suche nach einer Tür. Eine Reisetasche, die er mitgebracht hatte, weil darin O'Briens Futter war, musste auch noch irgendwo stehen. Die Wagenschlüssel hatte er in der Jackentasche.

Er ertastete schließlich eine Tür, sie führte in einen weiteren Raum, die Wohnküche. Don erinnerte sich, neben der Küchenzeile die Wohnungstür durchschritten zu haben. Sie war nicht abgeschlossen. Er fand einen Lichtschalter, betätigte ihn. Auf der Arbeitsplatte der Küchenzeile lag ein Schlüsselbund. Don ergriff ihn, schaltete das Licht wieder aus, um O'Brien nicht zu stören, nahm die Treppe ins Erdgeschoss. Einer der Schlüssel passte ins Schloss des Eingangstors. Auf der Straße war keine Menschenseele zu sehen, es musste zwischen zwei und vier Uhr morgens sein. Der Suzuki wartete in einer Quergasse im Parkverbot, Don hatte gestern vorgehabt, nach einer kurzen Besichtigung der Wohnung, gleich wieder wegzufahren.

Rossi, sein alter Gefährte, glänzte im Licht einer Straßenlaterne. Don blieb stehen, betrachtete ihn eine Weile. Rossi war geblieben, O'Brien, Tyron, nur einer davon ein Mensch. Al hatte mit ihm gesprochen, doch der hatte die Verdächtigungen nicht gehört. Dons Freunde waren tot oder in Feinde verwandelt. Was er von Tyrons Treue halten sollte, wusste er nicht, war er doch dessen Goldesel, zumindest in der Vergangenheit. Sein Produzent erwartete möglicherweise, das kehrte so wieder.

Don setzte sich in seinen Wagen, eine vertraute Umgebung. Welchen Sinn finden in den Ereignissen der letzten Tage? Was, zur Hölle, bedeutete der Mord an Angus? Sie hatten eben erst Freundschaft geschlossen. Er war eigen. Seine Freundin wurde getötet, man sah ihm nicht an, es berührte ihn. Das tat es natürlich, wer weiß, wie sehr. Er wählte nicht stilles Trauern, entschied sich für Loslaufen, Aktionismus, Rauschgift gegen das Denken,

Schmerzabtöten. Nun war er selbst tot. Jemand lief da draußen herum, der keinerlei Skrupel kannte, Menschenleben zu nehmen, Kinder zu missbrauchen, Leid zu verursachen. Don wollte ihn zwischen die Finger bekommen, ihn zahlen lassen. Er hatte sich darauf festgelegt, es handle sich um denselben Täter in sämtlichen Fällen seit Tisha. Sie vor allem anderen war, was ihn antrieb, die Verachtung seiner Umgebung hinzunehmen, im Tausch gegen Balsam für seine Wunden. Angus war ein weiterer Dorn in seinem Fleisch. »Ich habe mit Shirley in seinem Grab gehockt«, sagte Don laut zu sich selbst. War es von Anfang an für ihn gedacht, oder kam es nur gelegen? Er vermisste O'Briens Schnauze, die sich sonst in solchen Momenten zwischen den Sitzen durchzwängte.

Draußen wankte ein Betrunkener vorbei, er brüllte:

»Kommt nur! Ich bin bereit. Bringt, was ihr wollt: Panzer, MGs, Bazookas – mir kann keiner was!« Er stolperte über sein eigenes Bein. »Ihr hasst mich, aber ich liebe euch, ihr Säue! Nehmt das! Und dann leckt ihn mir, schön feucht, ihr Nasen! Ich liebe euch!«

Don hob die zweite Reisetasche aus dem Wagen, dazu einen zusammengerollten Schlafsack und einen Plastikbeutel mit Nahrungsmitteln, die er aus der Küche seiner Farm mitgebracht hatte. Der Betrunkene stolperte hinter ihm vorbei, hob einen Arm.

»Du da!«, rief er. »Du mit den langen Haaren.« Don gab vor, ihn nicht zu hören. »Deine Zeit ist gekommen!«, schrie er. »Du hast alle gegen dich! Alle! Du denkst, du könntest gegen sie ankommen, du Schmock! Sie nehmen dich von hinten, und du winselst wie ein verdammtes kleines Mädchen, ja, ein Mädchen wie die, die sie jetzt überall mitgehen lassen.« Er kam näher, Don spürte den Atem des Mannes an seinem Ohr, er stank nach Whiskey. »Sie ficken dich, Alter! Erst von hinten, dann von vorn, dann von oben und dann von unten. Pop, pop, pop. So läuft das, Opa, genau so!« Er lachte, drehte sich weg und wankte weiter. »Der wird sich noch anschauen. Blubb noch einmal! Hihi.«

Don brachte alles, was er aus dem Wagen geholt hatte, in die Wohnung. Nach einem kleinen Imbiss legte er sich noch einmal ins Bett, diesmal mit Decke und Kissen.

Lärm riss Don aus seinem Schlaf hoch. Er schlang das Kissen um seinen Kopf, was das Geräusch dämpfte, doch es störte immer noch. Das Fenster war schlecht abgedichtet. Don sprang auf, erkannte den Lärm als Hupen, Hupen aus vielen Fahrzeugen. Er schaute aus dem Fenster. Eine Autokolonne schlich auf der Straße unter seiner Wohnung vorbei. Menschen saßen auf den Motorhauben, hielten Fahnen hoch. An den Seiten einiger Autos waren Transparente befestigt. »MAINS trauert« stand auf einem geschrieben, »Angus, wir vergessen dich nicht« auf einem anderen, »Ihr tötet uns ab, wir wachsen nach« und »Vergeltung für Angus« sagten deutlicher, worum es ging. Eine Bewegung versuchte, nicht unbeweglich zu werden in ihrer Krise. MAINS stand am Abgrund, erst in Schlaf versetzt durch ihre Führer, jetzt um einen ihrer populärsten Helden betrogen. Viele junge Menschen, etliche Alte, kaum Personen mittleren Alters saßen in und auf den Autos. Einige liefen neben der Kolonne her.

Bowen und McDonagh würden unter Druck geraten, mutmaßte Don. MAINS wuchs ihnen über den Kopf. Jetzt hieß es für sie: Farbe bekennen. Dies konnte der Moment sein, auf den Don gewartet hatte. Die beiden Männer waren seine Täter, sein Tipp. Die vorhandene Beschreibung beschränkte sich auf ein Fahrzeug und das Nichtvorhandensein eines Fahrzeugs. Der SUV McDonaghs passte ins Bild, das Leila gezeichnet hatte. Die zweite Person besaß kein Auto. Don wusste nicht, wie Bowen sich fortbewegte, das galt es herauszufinden. Er hatte keine Informationen über die sexuellen Neigungen der beiden Männer, seine Verdachtsmomente bezogen sich nur auf Stacey, aber er vermochte die Fälle nicht zu trennen, sie waren in seinem Kopf zu einem verschmolzen. Angus war ihnen vielleicht auf die Schliche gekommen. Als Staceys Partner wusste er bestimmt einige Dinge, die anderen, auch Don, unbekannt waren. Don sah auf seine Armbanduhr auf dem Nachttisch, es war schon nach ein Uhr mittags, er hatte den halben Tag verschlafen.

Die letzten Autos der Kolonne passierten Dons Haus, das Getöne der Hupen verlor sich. Einige Passanten standen noch herum, schauten dem Treiben hinterher. Die Demonstranten würden die halbe Stadt umrunden, dann irgendwo eine Veranstaltung abhalten, Reden schwingen, sich gegenseitig bestärken, einander Mut zusprechen, ein bisschen Revolutionsrhetorik üben. Vermutlich hatten sie keine Demonstration angemeldet, so schnell war das auch gar nicht möglich. Die Polizei würde die Zusammenrottung bald auflösen, ein paar Aufrührer festnehmen. Es ging nur darum, etwas getan zu haben – egal was. Jetzt nahm er einige Nachzügler wahr, die zu Fuß dem Tross in einigem Abstand folgten. Vier junge Männer mit hängenden Köpfen, einer davon Al, zogen die Straße entlang, ihre Körperhaltung und Gestik sagte: Ende. Ein Traum löste sich auf, Wirklichkeit machte sich breit in der Stadt. Dublin, ein nasser Hund, schüttelte die Träumer ab.

Don wurde bewusst, er war noch nicht angezogen – Zeit, in den Tag zu starten. Er erledigte die nötigen Verrichtungen, setzte sich an den Esstisch, arbeitete mit seinem Laptop. Ein Pop-up meldete den Empfang einer E-Mail. Sie war von Tyron.

hi, Don,

habe deine mail mit dem song erhalten,

traute meinen augen (ohren) kaum,

was ist los mit dir? wo kommt das plötzlich her?

das ist das beste, was ich seit langem gehört habe,

damit könnten wir eine menge kohle machen,

wenn du mehr davon lieferst, ein album,

singles verkaufen sich nicht mehr,

denk drüber nach,

Tyron

So sah eine typische Tyron-Kritik aus, keine Details, nur: Es ist gut, oder: Vergiss es! Mehr erfuhr man nicht. Doch dieses Urteil war etwas wert, der Mann kannte sich aus. Wenn er von Kohle faselte, glich das einem Ritterschlag. An mehr Komponieren war zurzeit allerdings nicht zu denken, auf ein Album musste Tyron warten, wenn es überhaupt zu Stande kam. Dieses Lied hatte spezielle Bedeutung. Allerdings erhielt Don keinen Zugang zu Faye, er konnte es ihr nicht vorspielen.

O'Brien wurde unruhig, er brauchte seinen Auslauf. Don nahm ihn an die Leine, das hatte er in der Pampa oft unterlassen, doch als neue Stadtbewohner mussten sich die beiden daran gewöhnen.

Die Northwood Avenue verlief entlang des Santry Park, führte an Wasserflächen vorbei, die sich als für O'Brien unwiderstehlich erwiesen. Don vergaß, Deckung zu suchen, als sich der Setter schüttelte. O'Brien wusste, was er tat, er war skrupellos, arglistig, berechnend. Ihr Weg führte sie am Morton Stadium vorbei. O'Brien wurde hier immer unruhig, des nahen Veterinärs wegen. Die Laufbahnen des Stadiums wurden auch jetzt genutzt, Jogger legten hier ein Workout ein, eh sie weiterzogen. Der beste aller Iren, O'Brien, setzte sich an die Spitze, ließ seine Gegner Staub schlucken, bildlich, die Bahnen waren gut gepflegt. Neben dem Fußballfeld stand ein junger Mann mit einer langen Stange in Händen, Al. Er lief los, senkte den Sprungstab schrittweise von der Lotrechten auf etwa vierzig Grad, dann noch weiter, beschleunigte bis knapp vor der Sprungmatte, rammte die Stange in den Einstichkasten. Sie bog sich unter Als Gewicht beim Absprung so stark, Don meinte, sie müsse brechen. Der junge Mann wurde in die Höhe geschleudert, drehte sich um eine Achse, bog gleichzeitig seinen Körper, glitt mit dem Rücken auf die Latte, die sich von den Sprungständern löste, zusammen mit dem Springer in die Matte fiel. Al blieb liegen. Don lief hin, der Kopf des jungen Mannes war vielleicht auf die Latte getroffen. Al lag tränenüberströmt auf der Matte, starrte in den Himmel – das war keine Sportverletzung.

»Na komm«, sagte Don, zog Al an einer Hand aus der Matte. »Sich das Genick zu brechen, ist keine Lösung.«

»Bist du überall, Raven?«

»Wir Raben sind gut vernetzt in Irland.«

»Hast du etwas von Brad gehört?«

»Nein. Er wird so bald nicht wieder auf der Straße anzutreffen sein, mehrfache Körperverletzung ist eine ernste Sache. Wir werden ihn nur im Gefängnis besuchen dürfen. Ich weiß nicht, ob das schon während der Untersuchungshaft möglich ist.«

»Nur mit Besuchserlaubnis vom Haftrichter«, sagte Al. Don staunte.

»Du kennst dich da besser aus als ich.«

»Ich plante, Angus zu besuchen, als sie ihn festgehalten haben«, sagte Al. »Der war nicht in Untersuchungshaft, aber ich kannte mich halt nicht aus, habe mir das im Internet angesehen für den Fall des Falles.« Don zielte auf etwas anderes ab.

»Du hast Verbindung zu McDonagh«, sagte er. »Ihr arbeitet zusammen. Könntest du mich informieren, wenn er etwas tut, das ungewöhnlich ist, in Hinsicht auf seine Vermietertätigkeit oder seine Beziehung zu Bowen?«

»Klar, eigentlich möchte ich ja die Zusammenarbeit mit ihm aufkündigen.«

»Das fände ich nicht gut. Du gehörst zu den Wenigen, die noch handlungsfähig sind. Zuhause sitzen und brüten wäre nicht gut für dich.«

»Soll ich den Spitzel geben?«

»Um offen zu sein: ja.«

»Dann will ich auch deine Infos kriegen. Tauschen wir unsere Nummern aus, um einander verständigen zu können«, schlug Al vor.

Don, der Linke, fand sich in einer Situation wieder, in der ein Geschäftsmann und ein Nationalist seine letzten Freunde waren. Wie hatte es so weit kommen können? Er ließ O'Brien noch ein paar Runden laufen, lenkte dann seine Schritte zum Zentrum.

Bowens Agentur lag mitten im Touristenviertel Temple Bar, unweit der City Hall, außerhalb der Fußgängerzone. Don setzte sich in ein Pub, durch dessen Fenster er direkt auf den Eingang zu den Bowen Entertainment Facilities sehen konnte. Facilities war ein großes Wort für ein paar Zimmer. Sie umfassten Büroräume, ein Fotoatelier, einen Proberaum. Don hatte sie noch nie betreten, kannte sie nur aus Tyrons abschätzigen Bemerkungen – der Konkurrent trug größere Schuhe. Es war etwa vier Uhr nachmittags. Er hoffte, Bowen würde zwischen halb fünf und fünf seine Agentur verlassen. Touristen strömten draußen vorbei, bunt, deutsch, langweilig. Ein Pantomime auf Stelzen verteilte Prospekte, dazwischen zeigte er kleine Kunststücke. Don vertrieb sich die Zeit damit, dem Sprachlosen zuzuschauen. O'Brien schnarchte unter dem Tisch. Zwischendurch warf Don einen Blick auf das Eingangstor, sah Jane, Bowens Sekretärin, im Gespräch mit einer älteren Dame, die nur von hinten zu sehen war. Nach der Unterhaltung betrat Jane die Agentur, die andere Frau verschwand in der Menge. Don war bekannt, Jane begann bei Tyron früh, zu arbeiten, verabschiedete sich daher schon um drei Uhr in den Feierabend. Ungefähr eine halbe Stunde später kam sie in Begleitung Bowens zurück auf die Straße. Die beiden standen vor dem Eingang, warteten. Timothy kontrollierte wiederholt seine Uhr. Bald hielt ein Taxi vor ihnen, sie stiegen ein. Das bewies nicht, Bowen besaß kein Auto, doch es ließ diese Möglichkeit zumindest zu. Ein Anruf bei Tyron brachte ihm keine weitere Information dazu, der hatte sich nie darum gekümmert, wie sich sein Berufskollege fortbewegte. Jetzt sah er die Frau, mit der Jane gesprochen hatte, zurückkehren. Es war eine gepflegte Version von Kate, die sonst eher zerrauft aussah. Sie schlüpfte durch das Eingangstor. Don konnte sich nicht vorstellen, was sie dort in Bowens Abwesenheit ausrichten wolle. Er zahlte seine Rechnung im Pub, überquerte die Straße, stand einen Moment vor dem schweren Holztor, zögerte. Die Neugier siegte. Die Tür war nicht abgeschlossen. Er betrat ein großes Treppenhaus, ein Schild wies den Weg zur Agentur im ersten Stock. Ein Mix aus klarem und mattem Glas sowie Messing täuschte Noblesse vor, ganz im Gegensatz zur schmuddeligen Nüchternheit von Tyrons Büroräumlichkeiten. Ein Außenstehender hätte nicht angenommen, Tyron sei der deutlich Erfolgreichere der beiden. Hinter dem matten Glas spielten Schatten, er konnte nicht einfach eintreten. Jemand bewegte sich von innen auf die Tür zu. Don stellte sich zu einer Tafel mit Aushängen, gab vor, die Kundmachungen zu studieren. Die Tür schwang weit auf, er konnte einen kurzen Blick ins Innere werfen, dort stand Kate an einer Infotheke, sprach mit einer jungen Frau, die vermutlich Bowens Mitarbeiterin war. Die Person, die aus dem Büro gekommen war, lief die Treppe hinunter, verließ das Gebäude. Die Glastür schlug wieder zu. Don verlegte sich darauf, die Aushänge tatsächlich zu studieren. Eine Ankündigung erregte seine Aufmerksamkeit.

Am 24. Dezember, dem Heiligen Abend, findet auf dem Hill of Tara um 9:00 Uhr die feierliche Übergabe der Führung der Volksbefreiungsbewegung MAINS an Michael Collins und Daniel O'Connell statt. Die Weihestunde, gestaltet von der international anerkannten Druidin Kate Minchin, im Laufe derer ein Jungfrauenopfer durchgeführt und gezeigt wird, soll den nötigen Seelenaustausch ermöglichen.

Die Teilnahme ist mit einer symbolischen Geldspende nach eigenem Ermessen (nicht unter 5€) möglich. Auf ihr zahlreiches Erscheinen freut sich die derzeitige Führung der MAINS (Multinational Association of Ireland, Northireland and Scottland).

Don sah erstmals, was MAINS bedeutete. »Multinational« verwunderte ihn, empfanden sie sich doch als eine Nation, aber das waren Haarspaltereien. Es war unübersehbar, Geschäftsleute steckten hinter der Veranstaltung, das würde Fanatiker aber nicht abhalten. Er konnte sich lebhaft vorstellen, die Inszenierung würde ein Mordsspektakel darstellen. Vor der Feier des Geburtstages des Herrn schon eine Wiederauferstehungszeremonie abzufeiern, holla, das würde auch viele anlocken, die am nationalistischen Grundgedanken noch gar nicht interessiert wären. Sie könnten überzeugt, durch Klimbim eingefangen werden, wenn es überhaupt noch darum ging. Es stand im Gegensatz zu den deprimierten Gesichtern der Menschen, die eben noch dem Tod der Bewegung ins

Auge geblickt hatten. Wozu Collins und O'Connell, wenn zumindest eine lange Pause, vielleicht das Ende, angesagt war? Die Frau, die ihm das beantworten konnte, stand in Bowens Büro, er brauchte nur auf sie zu warten. Sie würde aber Bowen davon berichten, das wäre jetzt nicht zielführend. Don verließ das Gebäude. Er hatte durch die sich überschlagenden Ereignisse übersehen, Weihnachten stand vor der Tür. Schon in zwei Tagen, fände die Veranstaltung statt. Weihnachten ohne Faye! Schon ohne Tisha war es ein trauriges Fest gewesen, nun nahm man ihm auch noch seine Frau. Der Fall musste schnell gelöst werden, oder er drehte durch.

»Frau Detektiv-Superintendent tun sie Ihre Pflicht!«, flüsterte er vor sich hin.

Als Nächstes rief er im Büro des Haftrichters an, ersuchte um Erlaubnis, Brad am nächsten Tag besuchen zu dürfen. Man erklärte ihm die Bedingungen und was er mitzubringen habe, beziehungsweise nicht mitnehmen dürfe.

Kaum hatte er aufgelegt, kam ein Anruf herein. Tyron.

»Alter Mann, ich habe keine guten Nachrichten für dich!«, sagte er.

»Gibt es die überhaupt noch?«, fragte Don.

»Ich bin heute zu deiner Farm rausgefahren, um nach Faye zu sehen, jetzt, da du weg bist.«

»Du nutzt die erste Gelegenheit, dich an sie ranzumachen.«

»Das tu ich nicht.«

»War nur Spaß. Wie geht es ihr?«

»Du hast mir nicht beschrieben, wie verwirrt sie ist. Ich habe mich erschreckt.«

»Ich wollte das nicht an die große Glocke hängen.«

»Egal. Ich komme also an, da spielt dieser Doktor Ives den großen Zampano, schickt alle herum. Ich frage, was los sei, er sagt mir, das ginge mich nichts an. Ich habe es trotzdem erfahren. Faye soll entmündigt und in seine Obhut übergeben werden.«

»Was!«

»Deine Abwesenheit gibt ihm die Möglichkeit, die Situation zu kontrollieren. Du stehst unter Verdacht, diverse Kapitalverbrechen begangen zu haben. Niemand ist hier, der für Faye Entscheidungen treffen kann. Diese Meghan Dougherty ist nur Pflegerin ohne Autorität.«

»Ich muss nachhause gehen!«

»Fehlanzeige! Du wurdest weggewiesen, darfst Dublin nicht verlassen. Hier kannst du nichts ausrichten.«

»Ich werde dir das Recht überschreiben, für Faye zu entscheiden.«

»Wieder Fehlanzeige! Du hast nicht die Autorität, Rechte zu überschreiben. Du bist derzeit völlig kaltgestellt. Kein Gericht der Welt würde dich in deiner Situation Entscheidungen treffen lassen. Ives wird als uneigennütziger Held dastehen.«

»Was will der von Faye?«

»Das weiß ich nicht, aber bestimmt nicht ihr Glück, sonst hätte er ihr nicht den Mann genommen.«

»Was meinst du?«

»Er hat bei einer Visite in deinem Haus die Kette mit Anhänger gefunden und der Garda übergeben.«

»Ives? Ich verstehe nichts mehr.«

»Überlege, wie so eine Kette in dein Haus kommen konnte. Haben die Mädchen vielleicht dieselben Ketten getragen, als eine Art Erkennungszeichen, Gruppensymbol, irgendwas?«

»Schon möglich, ich habe mich zu wenig darum gekümmert. Ich war nicht der beste Vater, immer beschäftigt.«

»Ich bin überzeugt, es ist Tishs Kette. Faye könnte es uns sagen, wenn sie noch vernünftig denken könnte.«

»Gott, es ist alles so kompliziert. Ausgerechnet Ives musste die Kette finden.«

»Das Schicksal ist ein blinder Teufel, das weißt du.«

»Ja, das weiß ich.«

»Ives mochte dich nie, du ihn nicht. Du hättest ihn feuern sollen.«

»Da redet der Richtige! Wer hat denn immer gesagt: ›Der Mann ist die größte Kapazität im ganzen Land, du musst ihn nehmen‹?«

»Eigenverantwortung gibt es auch noch. Wie auch immer – du kannst nicht eher um deine Frau kämpfen, als du um deine Unschuld gekämpft hast.«

»Das sagt sich so leicht. Heldenromantik.«

»Ich weiß, aber mehr als schlaue Sprüche habe ich momentan auch nicht zu bieten. Wir hören einander wieder. Ich unterrichte dich über den weiteren Verlauf. Halte die Ohren steif. Übrigens, falls wir uns bis übermorgen nicht mehr hören sollten: Frohe Weihnachten, alter Mann!«

»Ja, dir auch, Tyron.«

Er hatte Al versprochen, ihn über Neuigkeiten zu informieren, fiel ihm ein. Dieser war ganz aus dem Häuschen, als er erfuhr, die Weihestunde würde doch durchgeführt, Collins und O'Connell ins Reich der Lebenden gerufen. Er klärte Don auf, die Geister der Prominenten gingen in Timothy und Brandon über, ergriffen die Macht bei MAINS. Don versuchte, ihm beizubringen, es handle sich nur um ein Manöver zur persönlichen Bereicherung für sie und Kate, doch Al wollte davon nichts hören, Don verstünde eben nicht, das Schicksal sei zwingend, der Sieg der Wahrheit unabwendbar. Er hatte auch eine Neuigkeit für Don. Stacey hatte sich an ihrem Todestag mit Brandon verabredet, sei aber laut McDonagh nie aufgetaucht. Es sollte um die Miete gehen, vermutlich habe sie wieder um eine Stundung bitten wollen. In Dons Augen schloss sich der Ring immer mehr, McDonagh und Bowen waren so schuldig wie der böse Wolf im Märchen. Al bestätigte auch Dons Annahme, Bowen hatte keinen eigenen Wagen, konnte nicht Auto fahren.

Genug für heute! Don wollte sich nur noch mit einem Pint auseinandersetzen, und zwar ausführlich und umfassend. Zu diesem Zweck suchte er ein kleines, dunkles Pub auf, in welchem er noch nie zuvor gesessen hatte. Er schlängelte sich durch die schmale Gasse zwischen Thekenstühlen und Wandtischchen bis in den hintersten Teil des Lokals. Dort setzte er sich an einen Tisch für zwei Personen, bestellte sein Pint. O'Brien erhielt Wasser in einem Napf. Dons Kopf war leer, auf Surveillance-Mode geschaltet. Gedanken verletzten nur. An der Theke saßen drei Männer in Fußballdressen, auf dem Tresen lagen die dazu passenden Wimpel. Es handelte sich nicht um aktive Spieler, wie ihre Bierbäuche verrieten. Don kannte sich mit Clubfarben nicht so gut aus, sie einem Verein zuordnen zu können. Sie waren laut. Er sah sich von Anfang an mit den Dreien in einer Auseinandersetzung enden, dabei zeigten sie erst gar kein Interesse an den anderen Gästen. Außer ihnen und Don waren noch ein Paar und ein sehr alter Mann anwesend. Don starrte vor sich hin, trank ein zweites und drittes Pint. Die Fußballfans leerten ihre Gläser mit etwa der gleichen Frequenz wie Don. Das Warten auf die unvermeidlichen Provokationen langweilte ihn, er dachte daran, sie seinerseits anzugreifen. Doch der eine mit Schal ließ ihn nicht im Stich.

»So ein Folkloretyp wie der da hinten stolpert über seinen Rauschebart, bevor er am Ball ist.«

»Danke, Gott«, flüsterte Don. O'Brien versteckte sich unter dem Tisch, er kannte, was jetzt kam.

Fünfzehntes Kapitel

Wie war er hierher gekommen? Don lag in seinem neuen Bett, seine Unterlippe schmerzte, ein Auge tränte, die linke Hand war so gut wie gefühllos. Er konnte sich an nichts erinnern. Irgendwie musste er es bis Summerhill geschafft haben, mit Rossi war er nicht gefahren. Wo steckte O'Brien? Don stemmte sich hoch, drehte seinen Kopf. Ein Schmerz zuckte seinen Nacken aufwärts ins Sehzentrum. Wieder hinlegen! Nicht mehr rühren! Nie wieder! Er rief nach O'Brien. Nichts geschah. Er konnte seinen Kumpan nicht zurückgelassen haben, er wäre ihm gefolgt. Es wurde dunkel um Don.

Er erwachte mit Kopfschmerzen und dem schwurbeligen Katergefühl in den Eingeweiden, das er so gut kannte.

Don erinnerte sich, O'Brien gesucht zu haben. Er rief erneut nach seinem Hund. Wieder hatte es keine Wirkung. Er musste die Türen öffnen, vielleicht hatte er ihn ausgesperrt. Er gab seinem Körper den Befehl, aufzustehen. Noch einmal wurde es dunkel.

Er hatte sich in sein Kissen verbissen, seine Lippe schmerzte wieder. Don hatte alles vollgesabbert, ihm ekelte vor sich selbst. Vorsichtig drehte er den Kopf, es funktionierte. Er stemmte sich von der Matratze hoch, schummelte seine Beine aus dem Bett, setzte sich auf. Die Sonne blendete, er wusste jetzt, sein Schlafzimmer hatte Ostlage. O'Brien. Don erhob sich, stolperte ins Wohnzimmer, öffnete die Wohnungstür, rief nach seinem Hund. Er stieg die Treppe in Pyjamas hinab – wie hatte er sie angelegt? –, sperrte das Haustor auf. Auch auf der Straße sah er keine Spur von O'Brien. Rufe waren wirkungslos. Er kehrte in die Wohnung zurück, duschte und kleidete sich an, nahm eine kleine Mahlzeit ein. Es schmerzte, wegen der geschwollenen Lippe, die sichtlich dicker war, sonst sah er im Spiegel nicht allzu verunstaltet aus. Sein Hirn war noch Matsch.

Er kletterte in Rossi, fuhr in die Innenstadt. Wo fand er nur jenes Pub? Ein Loch in einer Fassade wie hundert andere. Dublin war ein Pub. Don versuchte, sich seinen Weg von gestern zu vergegenwärtigen. Mit *dem* Kopf! Es verursachte Schmerzen. Eine giftige Flüssigkeit wurde durch seine Ganglien gejagt, sobald er einen Gedanken fasste. Er stellte Rossi im Zentrum ab. In seiner Erinnerung tauchte Bowens Agentur auf, ein erster Anhaltspunkt. Einen weiteren fand er nicht, es blieb ihm nichts übrig als sternförmig alle Quer- und Parallelgassen abzulaufen. Alle Pubs mussten von innen betrachtet werden, die Außenansichten sagten ihm gar nichts. Er entschied eben, aufzugeben, als eines der Fassadenlöcher ihn anzog. Er trat ein, fand den schlauchförmigen Raum mit Wandtischchen, einer engen Theke, dazwischen die Gasse, durch die er sich geschlängelt hatte. Am Tresen stand der Kellner, trocknete ein Trinkglas. Er erkannte Don sofort.

»Na, wieder nüchtern? Was darf 's sein?«

»Soda mit Zitrone, wenn 's geht.«

»Es geht. Obwohl … eigentlich, nach gestern …«

»War es schlimm?«

»Das kann man wohl sagen. Es ging ja noch ziemlich hoch her, nachdem du raus bist. Und dann die Sache mit dem Hund.« Er stellte das Glas ab, füllte Soda in ein anderes.

»Was ist mit O'Brien? Ich suche ihn überall.«

»Das gab 'ne Sauerei. In der Früh war die Tierkörperverwertung hier. Halleluja, so viel Blut. Das stinkt, sag' ich dir.« Don schwindelte. Der Kellner rückte näher. »Der Hund hat dich verteidigt wie ein Berserker, die zerbrochene Bierflasche hat ihn aber an der Gurgel erwischt – keine Chance. Der Typ hat durchgezogen, kerzengerade, das hast du noch nicht gesehen. Das arme Tier ist jämmerlich verreckt in meinem Lokal. Du bist ja vorher abgehauen.«

»Wo bringen die den Kadaver hin?«, fragte Don.

»Der ist sicher schon längst in Waterford zur Eiweißproduktion.« Don griff wie in Trance in seine Tasche, zog die Börse heraus, zückte einen Geldschein, reichte ihn dem Kellner, drehte sich um, lief los.

Er rannte durch Temple Bar, schob Touristen beiseite, erreichte den Liffey, stürmte den Wellington Quay entlang, Essex Quay, Merchant's Quay. Am Usher's Quay bog er ab auf die Father Mathew Bridge, beugte sich über die Steinbrüstung und kotzte in den Fluss. Einfach nicht wahr. O'Brien, Junge. Weiße Massen ergossen sich aus seinem Rachen ins Wasser des Liffey. O'Brien. Es schien nicht enden zu wollen, er versuchte Luft zu holen, doch es rann weiter wie der Fluss. O'Brien. Dummes Vieh, verdammtes!

Don hatte sich an der Steinbrüstung festgehalten, ihn schwindelte nach dem Erbrechen. Jetzt wandte er sich wieder der Stadt zu, ging ins Zentrum zurück. Er wollte durch die Menschenmenge tauchen, um nicht an seinen Hund zu denken. Hier war das Weihnachtsgeschäft am Laufen – Stände, bunte Lichterketten, Süßigkeiten aller Art. Wie unwirklich glückliche Gesichter anmuteten, wenn deine Welt zusammenbrach … aber auch wie schön! Rotbäckige Barockengel wetteiferten mit elfenhaften Wesen und Mariengestalten, sie promenierten zwischen den überdachten Köstlichkeiten. Warum gingen ihm jetzt die Worte »A Christmas Carol« durch den Kopf? Carol kam auf ihn zu. Welche Assoziation! Sie wich nicht aus wie zuletzt, zielte auf ihn.

»Ich sehe, du hältst dich an die Auflage, die Stadt nicht zu verlassen.«

»Klar, wo sollte ich auch hin?« Er sah ihr offen ins Gesicht, sie blickte zu den Ständen.

»Auch das Leben eines Stars kann sich im Nichts auflösen«, sagte sie, lächelte. Sie genoss es offenbar. Don wurde bewusst, sie hatte sich bloß nicht geändert. Von Anfang an verachtete sie ihn für seine Prominenz. Er hatte geglaubt, sie erfuhr eine Wandlung. Das war ein Irrtum.

»Mein Hund ist tot«, sagte er, weil es das war, was ihm durch den Kopf ging.

»Okay«, sagte sie, nahm an einem Stand eine Glaskugel in die Hand. »Du warst es.«

»Was?«

»Ich werde es dir nachweisen. Du hast Stacey Walsh ermordet. Nur du wusstest, wie deine Tochter getötet wurde. Du hast die bereits Tote zugerichtet wie sie, um eine falsche Fährte zu legen. Niemand sonst konnte wissen, wie das Tötungsritual aussah.«

»Der Täter konnte es wissen, Carol. Er war dabei.«

»Das ging mir auch schon durch den Kopf«, sagte sie. »Ich bin überzeugt, du hast auch deine Tochter getötet.« Don brachte kein Wort hervor. Hätte sie ihn in diesem Moment erdrosselt, es wäre nicht halb so schmerzhaft gewesen. Er ließ sie stehen, ging weiter, einfach geradeaus. Sie rief ihm hinterher.

»Ich kriege dich!«

»Tish«, flüsterte Don, schloss für einen Moment die Augen. Carols Stimme erklang noch einmal aus der Entfernung.

»Du wurdest mit Angus Learey gesehen, und am nächsten Tag war er tot.« Er schüttelte den Kopf, das Gehörte von sich wegzuschleudern, kehrte zu Rossi zurück, fuhr heim.

Zuhause öffnete er das Fenster, entkleidete sich völlig, setzte sich zu einer Kugel zusammengerollt aufs Bett. Er fror, wie beabsichtigt. Spüren!

Abgekühlt, erhob er sich, kleidete sich wieder an. Was war als Nächstes zu tun?

Don suchte sich im Internet die Nummer der Tierkörperverwertung in Waterford heraus. Man sagte ihm, O'Brien sei nicht mehr isolierbar, Teil einer Masse aus Fleisch und Knochenmehl zusammen mit anderen Tieren. Don erbat sich eine Probe aus der Masse, solange Gewebe von seinem Hund dabei sei – etwas, das man begraben könne. So einfach ginge das nicht, hieß es, man dürfe nicht so ohne Weiteres organisches Material per Post versenden. Auch Dons Angebot einer finanziellen Entschädigung konnte seinen Gesprächspartner nicht umstimmen. Es wäre ohnehin nicht Dons Hund, meinte er. Er hatte Recht.

Er verfügte jetzt über viel Zeit. Erstmals nahm Don bewusst die Wohnung wahr, die er bezogen hatte, erinnerte sich, Stacey hatte hier gehaust. Die Gegenwart eines verstorbenen Menschen in dessen Wohnung spürte man wohl nur, wenn sie seine Handschrift trug – Einrichtungsgegenstände, Anstrich der Wände, irgendetwas. Nichts davon war hier zu finden. Stacey war von uns gegangen, ohne viel zu hinterlassen. Wenige Erinnerungen bei Freunden, vielleicht ein gelungener Abend im Tanztheater. Angus hatte die letzten tieferen Eindrücke mit sich genommen. Vierzehn – wie wenig Leben!

Im Treppenhaus hörte er Stimmen.

»Wenn Sie mir vielleicht ein paar Sekunden geben würden ...« Jemand klopfte an der Tür. Es war Al, der potenzielle Mieter durchs Haus führte.

»Hi, Don, ich habe etwas für dich.« Er händigte Don einen großen Stehkalender aus. »Den hat Brad bei Angus gerettet, bevor die Garda kam. Die sollten nichts von dem Rauschgift und anderem erfahren. Da drin stand auch, was ich dir letztens zum geplanten Treffen von Brandon und Stacey gesagt habe. Angus hatte die Gewohnheit, alles in dieses Ding zu schreiben. Der Kalender ist fast wie ein Tagebuch. Ich habe noch nicht viel davon gelesen. Ich dachte: Der ist was für Don.«

»Danke Al«, sagte Don. »Der könnte hilfreich sein. Du kriegst ihn wieder.«

»Eilt nicht«, gab der zurück, lud mit einer Geste seine Kunden zum Weitergehen ein.

Angus Kalender war tatsächlich groß, A3-Format, jedes Blatt stand für nur eine Woche. Teilweise überschritten seine Eintragungen auch die Grenzlinien eines Tages, obwohl er winzige Schriftzeichen – immerhin gut lesbarer Schrift – verwendete. Hier fand sich alles von Stundenplänen und Notizen bezüglich seines Studiums der Wirtschaftswissenschaften, über Besorgungslisten (unter diesen versteckten sich auch die psychedelischen Einkäufe), bis hin zu Geschehnissen seines Alltags, Gedanken zu gewissen Problematiken und Gekritzel. Insgesamt war die Lektüre aufschlussreich, der Grundriss eines Jahres im Leben eines jungen Revolutionärs.

Ab dem letzten Sommer tauchten eigenartige Einträge zu Bowen auf, Angus schrieb von Verdacht, Hinweisen, Anzeichen, ohne näher darauf einzugehen, worauf sich das bezog, warum auch? Es war nur für ihn selbst gedacht. Im September wurde es jedoch konkreter. Er war überzeugt, zwischen Stacey und Bowen bestünde ein Verhältnis. Später, im November, dann die Zweifel: War es doch McDonagh, nicht Bowen? Don vermeinte, nur die Ängste eines verliebten jungen Mannes vor sich zu haben, der dachte, alle Welt wolle sein Mädchen. Doch zuletzt folgte ein Geständnis Staceys, sie sei schwanger, sie sagte aber nicht von wem. Don konnte kaum glauben, Carol hatte ihm verschwiegen, das Mordopfer trug ein Kind unter seinem Herzen. Das wurde zweifellos bei der Obduktion festgestellt. Dann folgten im Kalender wilde Anklagen beider Führer der Bewegung. Angus war offensichtlich schon sehr gegen sie eingenommen; schwierig, in einem solchen Fall noch objektiven Verdacht von Hass und Intrige zu unterscheiden. Angus glaubte bis zum Schluss, Stacey habe sich nicht freiwillig hingegeben, während sie eine noch frische liebevolle Beziehung zu ihm hatte. Mag sein, er redete sich das ein, um nicht eingestehen zu müssen, ihre Empfindungen für ihn waren abgeflacht. Wer könnte das jetzt noch beurteilen? Don neigte jedoch dazu, die Sicht Angus' zu übernehmen. Es passte in sein Bild von den beiden Männern.

Don wunderte sich, auch Staceys Freundschaft mit Shenna, Tisha und Leila im Kalender festgehalten zu finden. Angus schien eifersüchtig auf die Zeit gewesen zu sein, die sie mit den Mädchen verbrachte, er hätte gern mehr mit ihr zusammen unternommen. Prinzessin Shenna wurde mehrfach erwähnt, Tisha als eine Freundin

Shennas, Stacey wusste nicht, sie war Dons Tochter. Nachdenklich machte ihn, vom Einhorn auf dem Regenbogen zu lesen, welches im Spiel Shennas Zeichen der Prinzessinnenwürde darstellte. Wie kam das Schmuckstück in sein Haus? War Shenna bei Faye zu Besuch gewesen, hatte es dabei verloren oder als Andenken an Tisha zurückgelassen? Die Beschützerrolle Staceys verstand Angus nicht, hier wusste er offenbar weniger als Don.

Er legte den Kalender beiseite. Es war Zeit, sich auf den Besuch im Untersuchungsgefängnis vorzubereiten.

Bevor er zu Brad vorgelassen wurde, musste Don seine Taschen leeren und wurde angewiesen, deutlich zu sprechen, nicht zu flüstern. Im Besuchsraum saß ein Beamter nahe der Tür, in der Mitte des Raumes stand ein Tisch, an dem Brad saß. Er war blass, wirkte aber ruhig und bei Sinnen, verglichen mit seinem Erscheinen beim Yeats Memorial.

»Dich hätte ich nicht als ersten Besucher erwartet«, stellte er fest.

»Viele sind nicht übrig«, entgegnete Don. Brad sagte nichts dazu, lehnte sich zurück und presste Luft durch die halbgeschlossenen Lippen. »Ist es auszuhalten hier?«, fragte Don. Brad hob die Brauen, nickte.

»Nicht flüstern!«, mahnte eine Stimme neben der Tür.

»Er hat nur genickt«, sagte Don. Der Beamte lehnte sich zurück. »Was ist nur in dich gefahren am St. Steven's Green?«

»Was denkst du wohl?«

»Aber die unschuldigen Menschen! Das ist nicht, was wir sind. Du kämpfst für dein Volk, nicht gegen es.«

»Das ist nicht so einfach zu trennen«, sagte Brad. »Du kannst nicht für sie kämpfen, ohne gegen sie zu kämpfen.« Don schüttelte seinen Kopf. Brad zeigte ein Lächeln, das etwas Vorwurfsvolles hatte. »Du bist in deinem Herzen ein Linker, ein verdammter Linker mit Illusionen von Menschen, die füreinander da sind, im Kreis um ein Lagerfeuer sitzen und Kumbaya singen. Du gehörst nicht zu uns. Ich mag dich, alter Mann, aber du gehörst nicht zu uns.«

»Du hast mir den Nationalisten nie abgenommen, das habe ich gespürt.« Beide schauten im Raum umher, wichen den Augen des anderen aus. Es entstand eine Pause. Don ergriff wieder das Wort. »Ich wollte dir eine Mundharmonika mitbringen, aber das geht nicht, aufgrund der Sicherheitsmaßnahmen.«

»Wohl auch wegen der Nerven der Wächter.« Brad grinste.

»Du hast Angus zuletzt gesehen. Hat er etwas Besonderes gesagt oder getan?«

»Die Leute denken immer, du musst Bedeutendes getan haben, bevor du massakriert wirst, aber dazu kommst du nicht, die schlachten dich einfach, mitten in deinem Alltag.«

»Das ist wohl so«, stöhnte Don.

»Kein Flüstern!«, mahnte der Beamte.

»Al hat mir etwas gebracht.« Don schaute zum Beamten, dann zu Brad. Der verstand, nickte. »Angus machte sich viele Gedanken wegen Staceys ›Zustand‹.«

»Zu viele Gedanken«, sagte Brad.

»Verständliche Gedanken. Würdest du nicht wissen wollen, welcher der beiden der Vater ist.«

»Angus war der Vater.«

»Du meinst das in einem moralischen Sinn.«

»Ich meine das in biologischem Sinn.«

»Wie wäre dann Angus auf diese Idee gekommen? Er hatte doch sicher ausgeschlossen, er habe zu diesem Zeitpunkt Verkehr mit ihr gehabt.«

»Nichts hat er ausgeschlossen«, sagte Brad. »Das war das Problem. Angus war grenzenlos eifersüchtig. Die arme Stacey wurde ständig mit Verdächtigungen verfolgt. Es musste unerträglich für sie sein.« Das brachte Dons Theorien durcheinander. Brad würde nicht lügen, seinen Freund schlechter darstellen, als er war.

»Das ändert vieles«, sagte Don. Brad zuckte mit den Schultern. Es entstand wieder eine Pause, Don sah zur Decke, Brad zu Boden.

»Familie Learey ist ausgelöscht«, stellte Brad nach einer Weile fest. »Alle drei.«

»Wie war dein Verhältnis zu Stacey?«, fragte Don.

»Sie hat sich bei mir ausgeheult, wenn Angus wieder ausgezuckt ist. Sie war ein liebes Mädchen. Die Detektiv-Superintendentin hier hat mir erzählt, sie sei erst vierzehn gewesen. Hab ich mich erschreckt! Aber es macht Sinn. Ich frage mich, ob Angus davon wusste.«

»Carol hat dich verhört? Ich dachte, den Fall der Nationalisten bearbeitet jemand anderes.«

»Keine Ahnung. Stacey ist wohl ein eigener Fall.«

»Ja. Sie hat dich also speziell zu Stacey verhört.«

»Hallo! Ihr Freund wurde getötet. Ich war sein bester Kumpel. Natürlich verhörte sie mich.«

»Sie könnte aber auch eine Verbindung zwischen den beiden Fällen vermuten.«

»Vermutest du eine solche Verbindung?«

»Inzwischen bin ich mir nicht mehr so sicher. Die Neuigkeit von Angus' Vaterschaft irritiert mich.«

»Ich weiß nicht, um welche Ecken du denkst, ich spiele nicht gern den Superintendent, das überlasse ich denen, die es gelernt haben.«

»Sagt dir der Name Shenna etwas?«

»Sagt mir der was? Stacey sprach doch dauernd von dieser Shenna, einer Tisha und noch einer anderen. Die waren sowas wie ihre kleinen Schwestern. Eine davon war aber schon seit zwei Jahren tot.«

»Tish, meine Tochter«, sagte Don. Brad zuckte zusammen.

»Shit, Mann. Das wusste ich nicht.«

»Ich kann sie nicht zurückholen, aber Shenna soll nicht dasselbe Schicksal erleiden. Du weißt doch, sie wurde entführt.«

»Das hat Stacey erzählt – kurz vor ihrem Tod.«

»Darum spiele ich den Superintendenten, obwohl ich es nicht gelernt habe. Carol verdächtigt mich, sie wird Shenna nicht finden.«

»Carol – das ist doch die Superintendentin – verdächtigt dich? Was zur Hölle hast du getan, dass sie dir das zutraut?«

»Sie sollten sich jetzt voneinander verabschieden«, sagte der beisitzende Beamte. »In einer Minute ist die Zeit um.«

»Shenna wurde von einem Mann berührt, den sie später wiedergesehen hat«, sagte Brad. »Stacey kannte ihn wohl, hatte aber Angst vor ihm, der war wichtig, hatte irgendwelchen Einfluss.«

»Einfluss auf sie selbst?«

»Ich weiß nicht.«

»Könnte es Timothy sein?«

»Hey! Das ist eine arge Verdächtigung. Er ist unser Bruder, auch wenn er die Bewegung zerstört.«

»Ich weiß nicht, ob er das tut, Brad. Morgen findet eine Weiheveranstaltung statt. Könnte reine Abzocke sein, vielleicht aber auch mehr. Al ist ziemlich von den Socken.«

»Ich bin mir nicht mehr sicher, wer auf unserer Seite steht, auch bei dir nicht, Raven. Mag sein, es ist nur meine Seite, allein meine.«

»So, meine Herren, das war's. Ich muss Sie bitten, zu gehen, Mister Byrne.« Der Beamte stellte sich neben Brads Stuhl. Don hob eine Hand zum Abschied, Brad tat es ihm gleich.

Staceys Schwangerschaft war für die Aufklärung des Falles eine Sackgasse. Das Bild der toten Stacey und eines erstickten Fetus' in ihr, mit Stacheldraht auf einen Grabstein montiert, ging jedoch nicht aus Dons Kopf. Familie Learey.

Stacey kannte einen der Täter, der Mann hatte Shenna berührt, wagte sich also weiter vor, als sie bloß auf ihrem Spielplatz zu beobachten. Leider brachte das die Identifizierung nicht voran. Don wusste nichts über den Spielplatz selbst. Der Mann war wichtig, hatte Einfluss, das konnte auf Bowen zutreffen, aber auch auf viele andere. Was hieß schon wichtig? Das lag in den Augen des Betrachters, Staceys Augen. Bowen war zweifellos wichtig für sie, McDonagh ebenfalls. Beide konnten ihr das

Leben schwer machen, ihre Existenz bedrohen. Don hatte viele Informationen gesammelt, Einblick in Bereiche gewonnen, die Shennas Geschichte berührten, doch fehlte ihm der Schlüssel zu allem, die eine Sache, die er nicht wusste oder deren Bedeutung er übersah. Ein klügerer Mensch hätte die Indizien vermutlich längst zu einem Ganzen zusammengefügt. Don war bloß ein alter Mann. Shenna hatte sich vielleicht an den Falschen gewandt.

Abschiednehmen brauchte kein Fleisch, es gab keinen Grund, etwas in der Erde zu versenken. O'Brien war Bewegung, unbändige Lust an Freiheit. Tod ist kein statischer Zustand, du durchläufst Wandlungen, gehst Verbindungen ein, wirst Teil, im Wind getrieben, in Wasser gelöst, tauchst mit Glück in einem anderen Lebewesen wieder auf – ein wildes Pferd prescht los, ein Stück von deinem Herzen in seinen Flanken.

Ein Sturm zog auf, schwarze Wolken brachen, Regen schlug fast waagrecht in Dons Gesicht. Zusätzlich würde die Flut rasch ansteigen, bis er sein Ziel erreicht hätte. Don startete Rossi, O'Briens Kumpel, steuerte ihn Richtung Südosten an den Strand, wo das Tier so heimisch schien. Der schmale, hohe Wagen konnte sich kaum auf der Straße halten, die Seitenwinde hoben ihn an. Am Pebble Beach parkte Don sein Auto. Er tätschelte einen Kotflügel Rossis, wie man seinem Ross nach einem guten Ritt Anerkennung zollt. Er holte etwas aus dem Laderaum, steckte es in die Jackentasche, lief – die Haare klebten im Gesicht – auf den Steinen bis zur Wooden Bridge. Sein Parker blähte sich, er war bald gänzlich durchnässt.

Die Bohlen der Wooden Bridge trommelten im Wind, überspült von der Flut. Die Nachricht ging hinaus in Paukenschlägen, O'Brien, Herr der See und Fürst des Landes, ist nicht mehr. Trauert, Winde, tragt die Botschaft weit. Der Himmel wetteiferte mit dem Meer, wer größere Wassermassen tragen könne. Bringt die Wässer zur Reinigung des Einen. Er geht uns voran in die Ewigkeit. Hier soll sein Heldengrab sein, nicht in einer Dose Katzenfutters. Er hat den Körper längst verlassen, bevor man seine Demütigung begann. Die Brücke schaukelte, schlug von einer Seite zur anderen – ein Schiff in Seenot. Alle Mann an Deck! Don sprang auf die Bohlen, sofort erfasst von den überspülenden Wellen. Er klammerte sich an die Latten der Brüstung, zog sich hinaus ins Meer. Er stapfte in den Pfützen auf der Brücke, drängte gegen Wind und Wassermassen, weiter und weiter. In der Mitte des Bauwerkes war ihm, als müsse es unter dem Druck zerstieben, doch es hielt stand wie schon viele Jahre. Der Kampf schien endlos, so lang die Brücke, so gering seine Erfolge. Er gelangte endlich auf die andere Seite, North Bull Island. O'Briens Insel. Ort zu rennen, zu brüllen, den Verstand zu verlieren und die Wäsche. Er ist der Sturm, sein Fahrtwind wütet, es ist O'Brien. Losgelassen ist er, frei, tot, kein Katzenfutter. Leb wohl, mein Junge. Pass mir auf Tish auf, hörst du? Verschwinde jetzt!

Don holte das Leckerli aus der Jackentasche, hielt es dem Sturm entgegen: Bring ihm das!

Sechzehntes Kapitel

Großes Theater auf dem Tara Hill! Don musste Rossi einen halben Kilometer vor Maguires abstellen. Nicht der Parksituation wegen, die Organisation war perfekt, er durfte nicht hier sein, hatte Ausreiseverbot aus Dublin. Das hier hatte aber mit ihm zu tun, er musste kommen. Don entrichtete sein »freiwilliges« Eintrittsgeld.

Die Neugier der Menschen kam nicht unerwartet, doch eine Veranstaltung gleich dem Finale einer Fußballmeisterschaft übertraf seine Vorstellungen. Menschengruppen strömten über das Gelände, vermischten sich, wie ineinanderströmende Quellen einen Bach bildeten. Don drängte durch die Masse, wollte wie die anderen einen guten Platz nahe dem Geschehen ergattern. Derart erwies sich der Weg zum Passagegrab als weit. Aus einiger Entfernung konnte er einen Schein um den Hügel wahrnehmen, menschengemachte Beleuchtung. Das Wetter trug seinen Anteil bei, die Stimmung für ein mystisches Theater zu gestalten. Graue Wolken hingen über der Landschaft, der Morgen war dunkel, die Luft feucht und kühl. Bowen hatte sich nicht lumpen lassen, der Veranstaltungsprofi war überall erkennbar, es hätte Tyron beeindruckt. Zwei überlebensgroße Plastikbüsten von Michael Collins und Daniel O'Connell flankierten das Passagegrab, beleuchtet von alten Hollywood-Scheinwerfern, die Sorte, die beim Einschalten knallt wie ein Gewehrschuss. Vor dem Eingang in das Grab hatte man eine Plattform errichtet, mit roten Platten ausgelegt. Obenauf ein Tisch oder Altar mit mehreren Mikrofonen. Don wunderte sich, das wurde erlaubt. Möglicherweise hatte man gar nicht gefragt. Ein solches Ereignis lief natürlich nicht ohne polizeiliche Begleitung ab, vor Maguires hatten jede Menge Einsatzfahrzeuge gestanden, zwei Militärfahrzeuge waren am Hügel etwas abseits platziert, eines davon als Sanitätswagen gekennzeichnet.

Don bemerkte, die Zuschauer konzentrierten sich auf der Seite des Hügels, wo die Plattform auskragte und der Altar ausgerichtet war. Er umging den Hügel, stand nun auf der Seite, die im Schatten der erleuchteten noch dunkler erschien. Auf den ersten Blick sah er keinen Menschen dort, dann blinkte heller Stoff auf. Er näherte sich. Auf dem Boden kauerte Shirley. Wie bei ihrem letzten Treffen trug sie eine Art Nachthemd, einen Myrtenkranz in ihrem Haar.

»Du wieder«, sagte Don.

»Ja, ich wieder«, entgegnete Shirley, sie lächelte.

»Du lässt dich nicht einmal von dem Menschenauflauf abhalten, sitzt in der Stille. Willst du dir nicht Kates großen Auftritt ansehen?«

»Es ist kein Auftritt. Es ist der Morgen aller Morgen. Sie braucht mich nicht dazu, noch nicht.«

»Der Brautkranz ist schön. Du denkst an deinen Bräutigam?«

»Immerzu. Er ist bei mir.«

»Liebe ohne Ende.« Don sprach wie ein Fernsehmoderator.

»Ohne Ende«, versetze Shirley. Sie holte seinen Sarkasmus in die Welt der empfindenden Menschen. »Er ist mein Mann, wird es immer sein.« Sie stellte es fest, wie man sagt, die Erde drehe sich um die Sonne. Don senkte den Blick.

»Ich überlasse dich deiner Beziehung«, sagte er. »Eine Opferung wartet auf mich.«

»Auf dich?«, fragte sie, schloss die Augen. Don lächelte, drehte sich weg, kehrte zur Vorderseite des Hügels zurück. Bald fand er einen günstigen Platz nahe der Plattform.

Die Menge wogte, Erwartung lag über allem, das Spektakel näherte sich seinem Anfang. Techniker liefen umher, verlegten Kabel, prüften Pegel auf ihren Kontrollgeräten. Knacken von Lautsprechern, Piepsen und jenes unerträgliche Alphagewinsel übersteuerter Mikrofone durchbrachen die Stille des Landmorgens. Jetzt fiel weitere Dunkelheit herein, tiefschwarze Schlieren zogen über den Himmel, wie auf Bestellung der Veranstalter.

Die Scheinwerfer an den Büsten wurden heller gestellt, senkrecht ausgerichtet, sodass sie in die Wolkende cke leuchteten, dabei die Gesichter der beiden Helden streiften, sie zu Gespenstern wandelten. Synthesizer brummten Ostinatos in die Landschaft, Raumklänge, würdig eines Science-Fiction-Epos schnitten sich in die Klangpolster, eine Fanfare tat ihre wuchtige Schuldigkeit. Etwas Großes kündigte sich an. Jetzt schlugen Flammen aus Stahlrohren rund um die Plattform, eine Gestalt tauchte auf, vornübergebeugt, ihre langen Haare glühten, als züngelten sie den Flammen entgegen – nur weißes Haar konnte diesen Effekt erzeugen. Sie erhob sich, richtete den Blick zum Himmel. Es war Kate. Sie griff mit den Händen in die Dunkelheit, holte etwas aus ihr, verwahrte es in den Fäusten. Es folgte eine feierliche Siegesgeste. So plötzlich, wie sie aufgetaucht war, verschwand sie. Die Flammen erloschen, die Scheinwerfer schwenkten zur Kuppe des Hügelgrabs. Am Altar stand McDonagh, breitete seine Arme wie segnend über die Menschenmenge. Don sah einige der Zuschauer ein Kreuzzeichen auf ihrer Brust schlagen. Brandon setzte zu einer längeren Rede an. Don kannte das Nationalgesabber, richtete seine Aufmerksamkeit auf die Menschen um ihn. Die Wirkung, die Musik und andere Klänge auf Menschen ausüben konnten, waren ihm bekannt, er setzte sie zum Teil selbst in seinen Konzerten ein. Das Spektakel hatte eben erst begonnen, und schon konnte er staunende Augen von Personen beobachten, die bereit waren, anzunehmen, was immer ihnen jetzt angeboten würde. Bowen brauchte nur die Parole auszugeben.

Tyron tauchte auf. Don wunderte sich nicht, den Konkurrenten Bowens hier zu sehen, nur wenige Meter von Don entfernt. Er kämpfte sich zu ihm vor. Tyron musterte ihn.

»Du verstößt gegen die Auflagen«, sagte er.

»Tu ich. Du spionierst die Konkurrenz aus.«

»Tu ich. Du siehst aus wie ausgekotzt.«

»Tu ich. Warst du noch einmal bei Faye?«

»Nein, habe ich aber vor. Die zwei richten sonst an, was sie wollen. Ich habe Angst um deine Frau.«

»Ich auch. Sie kann sich nicht wehren.«

»Sie ist wie ein Küken im Maul eines Krokodils.«

»Keine Poesie, Tyron, bitte! Das ist nicht dein Fach. Danke, dass du nach ihr siehst. Der Doktor muss merken, jemand beobachtet ihn.«

»So habe ich mir das auch gedacht, darum tu ich es.«

»Ich sehe Ives Vorteil nicht.«

»Du hast ihn angezweifelt von Anfang an, das kann manches Ego nicht ertragen. Um zu beweisen, Faye sei nicht durch Therapie zu retten, wäre er bereit, sie untherapierbar zu machen.«

»Meine Faye ist aber eben kein Küken, er wird es nicht schaffen.«

»Es reicht, wenn er den Anschein bei seiner Kollegenschaft erweckt. Zumindest seine Chancen auf die Vormundschaft stehen gut.«

»Meghan unterstützt ihn?«

»Sie hält dich für ein Monster.«

»Ihr Idol hat sie enttäuscht. Das verzeiht sie mir nicht.«

Auf der Bühne trat eine Änderung ein. Die Flammen schlugen wieder am Rand der Plattform hervor, Kate erschien. Sie war aufgerichtet, beide Hände hielten die

Schöpfe zweier Mädchen, die sich vornüberbeugten. Sie zog sie hoch. Die Gesichter von Kelly und Jane wurden erkennbar. Tyron zuckte zusammen. Seine Sekretärin opferte sich in der Inszenierung des Gegners!

»Ich hätte es wissen müssen«, sagte er. »Schon als ihre Tante zuerst hier auftrat.«

»Wer?«

»Die alte Furie da mit den Flammenhaaren.«

»Jane ist Kates Nichte? Über sie also hat sie es geschafft, Bowen doch noch zum Spektakel zu überreden.«

»Meine Sekretärin. Verräterin!«

Jetzt wurde ein Schweinetrog auf die Plattform geschoben. Kate ließ die beiden »Jungfrauen« los, schritt nach hinten ins Innere des Grabs, kehrte mit einem glitzernden Säbel wieder. Don stellte fest, die Grube war zugeschüttet worden. Kate rammte den Säbel in den Boden, legte ihre Arme auf den Schaft, blieb so unbeweglich stehen, den Blick geradeaus gerichtet. McDonagh schritt von der Hügelkuppe herunter zur Plattform. Von der anderen Seite betrat jetzt Bowen die Bühne. Jeder der beiden stellte sich neben eine der Büsten von Collins und O'Connell, legte eine Hand auf das jeweilige Plastikgebilde. Sie streckten ihre Köpfe gen Himmel. Die Scheinwerfer wurden nun in kreisförmige Bewegungen versetzt, zusätzliche Lichter in unterschiedlichen Farben wurden an verschiedenen Stellen der Bühne entzündet. Die Musik schwoll an, ein Frauenchor setzte ein. Kate tat zwei Schritte nach vorne, erhob ihre Stimme, riss den Mund beim Sprechen weit auf.

»Michael Collins, wir rufen dich!«, schrie sie. »Sei bereit, in diesen Körper zu fahren. Brandon McDonagh erwartet dich.« Sie deutete mit dem Säbel auf den Angesprochenen. »Wir tauschen dich gegen die Jungfrau Kelly. Nimm unser Opfer an.« Sie stellte den Säbel wieder zwischen ihren Beinen auf den Boden, setzte nach Synthesizergeheul erneut an.

»Daniel O'Connell, wir rufen dich!«, schrie sie. »Sei bereit, in diesen Körper zu fahren. Timothy Bowen erwartet dich.« Sie deutete mit dem Säbel auf Timothy. »Wir tauschen dich gegen die Jungfrau Jane. Nimm unser Opfer an.« Im Hintergrund wurden Laute, die wie Zustimmung von männlichen Stimmen klangen, hörbar, gefolgt von Donnergrollen. Kate rammte den Säbel wieder in den Boden, zerrte den Schweinetrog in die Mitte der Bühne, fasste Jane und Kelly an ihren Schöpfen, stellte sie zum Trog, holte die Hiebwaffe, zog sie unter Synthesizerkreischen vor den Hälsen der jungen Frauen hin und her. Jetzt wurde Don klar, warum er erst den Eindruck gehabt hatte, die Mädchen hätten Kröpfe. Die Blutblasen platzten auf, rote Tinte oder dergleichen rann über die weißen Kleider der Jungfrauen und in den Trog, der auch über eine Düse in seiner Wand gefüllt wurde. Kelly und Jane fassten sich an ihre Stirnen, brachen synchron zu beiden Seiten hin in sich zusammen. Jetzt fingen Bowen und McDonagh zu zittern an, wurden zu Boden geschleudert, krümmten sich, erstarrten, erhoben sich wieder, streckten segnend ihre Arme. Einige Zuschauer knieten nieder, andere hatten Tränen in den Augen, ob vor Rührung oder vor Lachen war schwer zu beurteilen, doch Don fürchtete, es war Ersteres.

»Sag nicht, das war 's schon«, sagte Tyron. »Anfänger!«

»Ich hatte mir auch etwas mehr erwartet«, bestätigte
Don. Es wurde still auf der Bühne, die ganze Zeremonie
hatte mit McDonaghs Rede nur fünfundzwanzig Minuten gedauert, jetzt wurde Unterhaltungsmusik gespielt,
frisch aus den Hitparaden. Techniker bauten die Bühne
ab, Kelly und Jane wurden weggetragen, achteten jedoch
nicht sehr darauf, tot auszusehen. Eine war noch auf der
Bühne, stützte sich auf ihren Säbel. Kate schien sich zu
sammeln, war in Gedanken. Sie stemmte sich hoch, drehte sich um, ging auf das Passagegrab zu, langsam, aber
entschlossen. Da war etwas. Was hatte Don übersehen?
Er konnte es nicht festmachen. Carol stand auf einmal
neben ihm.

»Das war ein Fehler«, sagte sie. »Du hast gegen die Auflagen verstoßen. Ich nehme dich hiermit fest.« Der Moment vibrierte, Handeln war gefragt. Welches? Le Fanu,
Kate, die Myrten – Carol war bedeutungslos. Etwas war
zu tun. Was blähte sich in seinem Kopf … Shirley! Don
rannte los, konnte sich nicht schnell zur Bühne durch-
kämpfen, lief rund um den Hügel, stieß Menschen beiseite, stolperte, hinkte, rannte wieder. Auf der anderen
Seite kam eben Kate durch das Passagegrab, Shirley sah
sie, kniete sich vor sie hin, den Kopf gesenkt. Don sprang
auf die beiden zu, Kate hob den Säbel mit beiden Händen weit über ihren Kopf, Don stürzte über Shirley, riss
seine Arme hoch, bekam Kates Schulter zu fassen, sie
drosch auf Shirley nieder, er lenkte ihren Schlag in den
Boden. Erde stäubte auf, Kate kreischte wie von Sinnen,
kratzte Don, biss ihn.

»Sheridan!«, brüllte sie, riss sich los, ergriff noch einmal den Säbel. Jetzt wurde sie von Tyron zurückgehal-

ten, der Don gefolgt war, Kates Arme in den Rücken drehte, bis sie sich nicht mehr rühren konnte. Sie fluchte, spie, krächzte. Auch Carol erschien nun. Beamte führten Kate ab. Shirley sprang auf, drehte sich zu Don.

»Ich hasse dich!«, rief sie, spuckte vor ihm aus. »Du zerstörst immer alles.« Sie rückte den Myrtenkranz in ihrem Haar zurecht, stieg den Hügel hinunter.

»Sie da«, sagte Carol zu einem Garda. »Nehmen sie ihre Daten auf.« Er hielt Shirley an. Carol ging auf Don zu.

»Erklärung!«, sagte sie nur.

»Erklärung!«, echote Tyron.

»Shirleys Ehe ist nie vollzogen worden.« Don war noch außer Atem. »Ihr Mann ist vor der Hochzeitsnacht gestorben. Mir wurde mit einem Mal klar, das war es, was Kate brauchte. Sie wollte nicht nur eine tote Person zurückholen, indem sie eine Jungfrau opferte, diese Jungfrau hatte gleichzeitig die Rechte der Braut, Kate hätte Le Fanu an sich binden können am Eingang in unsere Welt. Als ich sie fragte, was sei, wenn er sie gar nicht haben wolle, meinte sie, damit hätte ich die richtige Frage gestellt. Sie ließ es nicht darauf ankommen, wollte ihr Glück zwingen.«

»Wovon spricht er?«, fragte Tyron.

»Keine Ahnung«, sagte Carol. »Aber er hat ein Menschenleben gerettet.« Sie nahm ein Smartphone aus ihrer Tasche, drehte sich in eine andere Richtung.

»Alter Mann, du machst Sachen!« Tyron legte eine Hand auf Dons Schulter. »Was hat dich nur geritten, dich unter einen Säbel zu werfen?«

»O'Brien ist tot«, sagte Don, zitterte. »Er ist für mich gestorben.«

Die Besucher der Veranstaltung gewahrten erst gar nichts von den Vorfällen, dann verbreitete sich die Neuigkeit rasch. Die Glaubhaftigkeit der Inszenierung erhöhte sich beträchtlich, als sogar die Garda bestätigen musste, es sei eine tatsächliche Opferung verhindert worden. Für Bowen und McDonagh konnte nichts Besseres passieren. Jane hatte angeblich einen Nervenzusammenbruch nach der Übermittlung der Nachricht an sie. Bowen fuhr sie nach Dublin zurück, vergaß Kelly, die er nachhause zu bringen versprochen hatte. Sie bat Don, ihr diesen Gefallen zu tun. Carol zeigte sich wenig erfreut über den erneuten Verstoß gegen ihre Auflagen, drückte aber ein Auge zu. Tyron war sich nicht klar, ob er den Abend als einen Erfolg oder ein Desaster einordnen sollte, er beschloss, darüber zu schlafen, fuhr nach Dublin.

Don und Kelly hingen in den Sitzen. Sie sprachen in den ersten Minuten kein Wort, Rossis Knattern war das einzige Geräusch. Kelly kam zuerst wieder zu Kräften.

»Das mit O'Brien tut mir leid«, sagte sie.

»War der Auftritt, wie du es erhofft hattest?«, fragte Don.

»Bis auf den Schluss, ja.«

»Dein Stiefvater ist jetzt also Michael Collins.«

»Das bringt er sicher aufs Tapet, wenn es drum geht, wer zuerst ins Bad darf.«

»Davon kannst du ausgehen.« Don grinste. »Du hast ein zwiespältiges Verhältnis zu ihm, richtig?«

»Langsam fange ich an, ihn irgendwie zu mögen.«
Kelly hob die Schultern. »Ich weiß nicht.«

»Ich bin mir nicht sicher, was ich von ihm halten
soll.« Don suchte nach den richtigen Worten. »Er war der
Vermieter von Stacey. Sie wollte mit ihm sprechen, am
Tag, an dem sie …«

»Da haben Sie falsche Informationen.« Sie lacht.
»Brandon hat keine Wohnungen.«

»Bowen hat welche, Brandon verwaltet sie für ihn,
wie mir deine Mutter bestätigt hat. Stacey hatte Schulden
bei ihm. Sie wollte den Vertrag kündigen, hatte angeblich
was anderes in Aussicht.«

»Das kann ich mir alles nicht vorstellen.«

»Ich will ihn nicht bei dir anschwärzen, das muss alles nichts bedeuten. Ich versuche nur, Klarheit zu erlangen.«

»Ich kann Ihnen da nicht weiterhelfen.«

»Wer ist damals an dich herangetreten, du solltest die
Opferrolle übernehmen?«

»Brandon. Das war nett von ihm. Er wollte uns ja
nicht töten. Dass er Stacey persönlich kannte, wusste ich
nicht, davon hat auch sie nichts gesagt.«

»Hast du Bowen kennengelernt?«

»Kurz.« Sie errötete leicht. »Er sagte, ich hätte Ta-
lent.«

»Als Schauspielerin für die Opferung?«

»Nein, er wollte, dass ich ihm etwas vortanze. Das
hab' ich getan.«

»Was meint deine Mutter dazu?«

»Ach, Mom. Die hat zu viel in ihrem Heimbüro zu
tun. Ich belästige sie nicht mit solchen Dingen.«

»Bowen ist ein gefährlicher Mann«, sagte Don. Sie funkelte ihn an.

»Was wissen denn Sie? Sie sind doch nur eifersüchtig. Er will mich, während Sie out sind.«

»Du bist bestimmt gut, aber …«

»Ich will nicht weiterreden. Bringen Sie mich nach heim und gut.«

Rossi traf bei Sanders' ein. Kelly lief gleich ins Haus.

Ms Sanders winkte Don zu, rief: »Frohe Weihnachten, Mister Ravenclaw!«

Don machte sich auf den Heimweg.

»Weihnachten ohne Faye«, sagte er zu sich oder Rossi, je nachdem, wer zuerst »brumm!« machte. Rossi gewann. »Wir beide werden uns allein ein Fest veranstalten müssen«, sagte Don. »Wir gehen lieber noch was einkaufen.«

Don machte in Dublin Halt bei einem Lidl Supermarket, kaufte Christbaumkugeln und anderen Schmuckkram, Kerzen und all das. Dann angelte er sich den vorletzten Baum aus dem Baumarkt, so ein Strickleiterdings, wer einen Ast findet, darf ihn sich behalten, trank noch ein Gläschen oder zwei bei Charly, fuhr heim in die Leichenwohnung, hicks!

»Oh Tannenbaum, wer einmal still ist, ist fröhlich, and may all your christmases be white. Rossi, sing Halleluja! Sie haben Faye, wir haben dieses Strickleiterdings. Ol' man river, my ol' man river … weißt du, Rossi, was man auf den Baum hängen sollte, ja? Ich sag 's dir trotzdem: nichts, gar nichts. Alternativ – oder heißt es alternaiv? –, Figuren von allen zum Tode verurteilten Hingerichteten des vergangenen Jahres, jedes Jahr upgedatet,

hübsch an kleinen Strickchen mit niedlichen Henkers-
knötchen im Abverkauf. Was stört dich an dem
Schmuck? Nein, ich wollte das Strickleiterdings nicht
schmücken, auf dir wirkt das alles viel besser. Die Kugeln um den Kühlergrill, der Stern am Auspuff – exzepti-
onell und ohne Scheiß. Ich mag die Kerzen auf der Motorhaube, du sicher auch, ein Geburtstagssushi vom
Feinsten bist du, jawoll, Sushi und so. Nein, ich mache
mich nicht lustig, du bist mehr Weihnachten, als jedes
Strickleiterdings da draußen, als jedes. Was heißt, erst
morgen ist Weihnachten? Das wär' ja Weihfrühen, wir
machen das original wie die Bayern in blau-weiß, glaub
mir, wer ein gutes Bierchen zu schätzen weiß, kann kein
schlechter Mensch sein, Bayern sind bloß schlechte Fuß-
baller, keine schlechten Menschen, das sag ich dir, ich.
Na gut, ihre Volksmusik ist auch Gülle, aber, he, sie bau-
en gute Autos, das wirst du doch zu schätzen wissen,
bist doch auch sowas wie ein Auto, aren 't you? Ich hab'
dich doch nicht beleidigt, sag'. Das Letzte, was ich will,
ist dich beleidigen, das musst du mir glauben, Barbarossa, Stern des Nordens. So bunt, das alles hier, buntes
Glas, Ratten und buntes Glas, Pi und Br, Pi&Br, so war 's,
dass ich 's noch … hast du 'nen Plan, Rossi? So ein Ding,
das dir zeigt, wo was ist und wie man dort hinkommt,
wär' praktisch, schon als Unterlage für die sabbernden
Biergläser, ja. Ich hab' keinen, weil 's Kindlei-ein schlafe-
en will, ich sag 's ja, die Deutschen. Ha! Nein, ich bin
nicht betrunken, du? Auf Gerüchte geben wir gar nichts.
Ich weiß nicht, ob jemand auf Staceys Beerdigung war,
das heißt, sie haben sie eingeheizt, da war außer dem
Heizer wohl keiner dabei, wir waren auch nicht dort,

hab' nicht dran gedacht, eingeladen hat uns niemand, wer auch? Gibt ja keinen mehr von der Sippe. Angus hat zu der Zeit Prospekte verteilt, war schon 'ne eigene Nummer der – wollte sicher seine Freundin nicht brennen sehen. Der hatte jede Menge Freunde, bei seinem Begräbnis wird halb Dublin antanzen, das wird 'ne Show, yup. Da sind wir auch nicht dabei, das wird zu groß für uns, Rossi, zu groß. Es wird scho glei dumpa in Austria, die haben auch ihren Hieb, ja, auch die Japaner, Rossi, auch die Japaner, Suzuki klingt schon so naiv, wenn du mich fragst. Was heißt, du fragst mich nicht? Wie lange kennen wir uns schon, seit … ja? Und dann das, ja? Ich hab' dich gepflegt, ja? Regelmäßig, ja? Ach, was solls, ich will gar nicht drüber reden, Perlen vor die Säue, sagt man, Perlen vor die Säue, Rossi. Bin ich doch Nationalist? Ich höre mich so an, wenn nicht schlimmer. Ja, sie fehlt mir auch. Sie haben uns Faye weggenommen, aber wir sind fröhlich, so heißt es in dem Weihnachtslied, und die müssen das wissen, ist ja alt das Ding, ich meine richtig, richtig alt, ja? Buntes Glas und Ratten, buntes Glas und Ratten, du weißt noch: unsere Fahrt nach Paris, hey. Olala, je ne sais quoi, Mademoiselle, der Eiffel und all das, Faye war aus dem Häuschen, du hattest diesen hässlichen Motorschaden, gehts dir besser jetzt? Sowas kann sich festsetzen, das ist schon chronisch geworden hie und da, hört man. O'Brien war auch mit von der Partie, ja, ich denke auch an ihn, da bist du nicht allein, ist schon ein Dreck das, ein Dreck. Vielleicht hast du Recht, ich hätte dich nicht schmücken sollen, das brauchst du nicht. Keiner braucht das, am allerwenigsten das Strickleiterdings, ich werde es Jerome Marcus Livingston taufen und dann verbrennen. Doch, Leroy ist auch ein schöner Name, ich finde Jeremiah edel, aber mich fragt ja keiner. Wir lesen dem Strickleiterdings das Namensverzeichnis von Dublin vor, während es brutzelt. Nein, das macht mir gar nichts, du musst nicht lesen, wenn du zu schüchtern bist, jeder hat sein Wehwehchen, das kriegen wir schon hin, he, sag mal ganz ehrlich: Glaubst du, Shenna lebt noch? Wenn wir sie finden, ist das dann eine Leiche? Ich frag' ja nur, weil ich nicht weiß, ob ich das aushalte. Ich hab' umsonst um Tish gekämpft, ich will nicht wieder umsonst gekämpft haben, verstehst du? Du verstehst das, ich weiß. Kelly soll die neue Stacey werden. Willst du das? McDonagh ist ihr Vater, er kann entscheiden, sie darf das, obwohl sie minderjährig ist. In gewisser Weise wäre sie unter seiner Aufsicht, muss ja nichts Schlimmes sein. Sie mögen sich ja jetzt, die Mutter hat da wohl nichts zu sagen, die ist, wie ich war bei Tish, immer zu tun, da lebt wer neben dir, hat Entscheidungen für sein Leben zu treffen, und du weißt nichts Besseres als ›ist gut, Kleines, wir reden morgen drüber‹. Weißt du, wann morgen ist? Richtig! Verdammter Mist. Ich bin eifersüchtig, weil ich out bin, stimmt das, he, Rossi, out bin ich, so viel ist klar, aber bin ich eifersüchtig? Ich weiß es nicht, auf O'Brien war ich eifersüchtig, wenn er losgedonnert ist mitten in die Sonne, die rotgoldenen Haare im Wind, die Muskeln unterm Pelz gespannt, da war ich eifersüchtig, ja, auf Luke Kelly war ich eifersüchtig, seine Energie; seit ich alt bin, kann ich mich nicht mehr erinnern, auf jemanden eifersüchtig gewesen zu sein, vielleicht sehe ich das auch nur nicht mehr, alterssichtig, dement, bescheuert. Kelly darf nicht enden wie Stacey,

Shenna nicht wie Tish, wir haben Verantwortung, Rossi, es wiederholt sich. Wenn Böses keine Konsequenzen hat, wiederholt es sich einfach, ging ja gestern auch gut, wozu anders agieren? Kelly soll tanzen, wenn sie will, aber das darf nicht ihr Grab bedeuten. Glaubst du, Brandon hat schlechte Absichten Kelly gegenüber? Er ist immerhin sowas wie ihr Vater, das ändert schon einmal was, er will womöglich ihr Bestes, buntes Glas und Ratten, Ratten und buntes Glas, ich hab' was entdeckt, Rossi, ich bin betrunken; ja, ich weiß, mir merkt man das nicht an, weil ich mich so toll ausdrücken kann, ›alternaiv‹ und so, ist aber so, glaub mir, ein wenig, und müde bin ich auch, bin schließlich ein Lebensretter, die dürfen müde sein, ist dir das aufgefallen? Carol? ›Er hat gerade ein Menschenleben gerettet‹, Ha! Da hat sie mal geguckt, he, jaja, müde, bist du auch müde Rossi? Macht ja nichts, darf man, man darf ...«

Siebzehntes Kapitel

»Was ist hier los! Machen Sie diese Sauerei weg!« Jemand rüttelte an Dons Schulter. Eine Uniform, ein strenger Blick – eindeutige Situation, Don war in Schwierigkeiten. Er schaute erst in das Gesicht über der Uniform, sondierte dann die Umgebung, fand sich auf der Straße liegend vor seinem Auto, das auf und auf mit Weihnachtsaufputz behängt und bestanden war. Neben ihm stand ein Kasten voller Bierflaschen, mehr als die Hälfte davon noch gefüllt. Er wusste, er würde nicht aufstehen und aufrecht bleiben können, eines von beiden würde schiefgehen.

»Verzeihung, Sergeant, ich beseitige das umgehend.« Er stemmte sich mit einem Arm hoch, saß nun wenigstens, das zeigte schon mehr Würde im Angesicht des Auges des Gesetzes.

»Machen Sie schon! In fünfzehn Minuten komme ich hier noch einmal vorbei, dann ist das weggeräumt, und die Bierlache hier ist auch weg. Wir verstehen uns?«

»Ja, Sergeant. Wie Sie wollen, Sergeant. Danke, Sergeant.«

»Ich bin kein Sergeant. Wie Sie sehen, bin ich einfacher Garda. Nun legen Sie schon los!«

Don befreite Rossi von seiner peinlichen Aufmachung, räumte auch den Bierkasten weg, trocknete die kleine Pfütze und verschwand in seiner Wohnung. Er fühlte sich körperlich nicht schlecht, es waren nur sieben Flaschen gewesen – für einen geeichten Poeten kein Problem.

Ein Christtag ohne Strümpfe am Kamin erwartete ihn. Die Spüle quoll über, der Weihnachtsaufputz lag herum. Don beschloss, den heiligen Tag zumindest mit Sauberkeit zu begrüßen. Er räumte den Unrat nicht nur weg, putzte auch die ganze Wohnung, duschte, warf die Waschmaschine an. Don fühlte sich besser, goss sich Kaffee auf. Er nahm das Smartphone zur Hand, wählte Als Nummer.

»Hey, Al. What 's up? Ich dachte mir, du hockst vielleicht auch zuhause rum, weißt nichts mit dir anzufangen.«

»Hi, Raven. Ich hocke allein herum, aber weiß sehr wohl etwas mit mir anzufangen. Ich habe jede Menge Fotos zu bearbeiten, mein Hobby.«

»Sieh an! Ich dachte, du seist mehr der Sportler.«

»Eines schließt das andere nicht aus. Ich wollte dir in diesem Zusammenhang etwas sagen. Die Fotos – weißt du?«

»Ich bin ganz Ohr mit ein bisschen Hirn.«

»Stacey. Ich habe Fotos von ihr gemacht. Sie bat mich darum für eine Website, die sie erstellen wollte. Es sollte sie privat zeigen, als Mensch, du verstehst.«

»Ich verstehe.«

»Sie traf sich doch immer mit diesen Mädchen, du weißt schon. War ein bisschen eigen, weil die doch noch so klein waren. Jedenfalls …«

»Halt! Kann ich zu dir kommen? Du hast Fotos von Tish und von Shenna. Ich muss sie sehen! Sofort!«

»Nun ja, schon. Sofort ist nicht. Ich bin am Sprung, muss weg. In einer Stunde oder anderthalb Stunden bin ich zurück, dann kannst du kommen.«

»Ok, Al. Gib mir deine Adresse.«

Don lief vor Aufregung in seiner Wohnung hin und her, konnte nicht sitzen bleiben. Shenna würde ein Gesicht bekommen, er würde Tish wiedersehen – seine Nerven entzündeten sich, die Finger zitterten. Eine Stunde war eine Ewigkeit. Er sortierte das Geschirr, verwarf das Ordnungsprinzip, sortierte von Neuem. Auf Faltenwürfe wurde zu wenig Bedacht genommen! Er drapierte Laken und Bettdecke wie in Ingres' Werken, schüttelte das Kissen auf, boxte es, schüttelte es wieder auf. Er bereitete eine kleine Mahlzeit, verschlang sie in Sekunden.

Eine Stunde verging. Er rief Al an, dieser meldete sich nicht. Don entschied sich, zu der angegebenen Adresse zu fahren, dort auf ihn zu warten. Nach anderthalb Stunden war noch immer nichts von Al zu sehen oder zu hören. Don stand vor dem Haus, in dem sich die Wohnung des jungen Mannes befand, versuchte schon zum neunten Mal, diesen telefonisch zu erreichen. Er stieg von einem Fuß auf den anderen, schaute sich um, reinigte seine Fingernägel, setzte sich auf Rossis Motorhaube, klopfte verschiedene Rhythmen mit den Fingern auf seine Knie. Was war zu tun? Wollte Al ihn quälen? Er kochte innerlich, hätte den Freund umbringen können, sah sich auf dessen Brust sitzen, die Hände an seiner Gurgel. All das änderte nichts. Al tauchte nicht auf, eine weitere Stunde verging. Don entschloss sich, daheim zu warten, er konnte in kürzester Zeit wieder hier sein, sollte Al sich doch noch melden.

In seiner Wohnung bangte er, was geschehen sein mag. Er griff zu einer für ihn ungewöhnlichen Lösung, nahm sein Smartphone zur Hand.

»Ms Sanders, frohe Weihnachten! Ich hoffe, nicht mitten im Fest zu stören.«

»Wir haben die Hauptfeierlichkeiten beendet«, sagte Ms Sanders.

»Dürfte ich mit Ihrem Mann sprechen?«

»Der ist eben weg. Es ist wohl etwas passiert – ein Freund. Unfall. Ich weiß nichts Genaues.«

»Ist er in ein Krankenhaus gefahren?«

»Ja.«

»Welches?«

»Das Beaumont, wenn ich richtig verstanden habe.«

»Würden Sie mir vielleicht seine Nummer geben oder mich mit ihm verbinden?«

Sie gab Don McDonaghs Telefonnummer. Er lief auf die Straße, wählte Brandons Nummer.

»Wer spricht?«, sagte eine dunkle Stimme.

»Hi Brandon. Hier ist Raven, ich habe die Nummer von deiner Frau.«

»Was willst du denn? Nachdem du uns diesen Tyron Fitzgerald auf den Hals gehetzt hast, habe ich mit dir nichts mehr zu besprechen.«

»Ich will auch nur wissen, ob der Notfall, zu dem du unterwegs bist, Al ist.«

»Warum willst du das wissen, er ist Nationalist wie ich, die magst du doch nicht, Spitzel!«

»Du hast mit allem Recht, was du mir vorwirfst, aber es könnte um Leben oder Tod gehen.«

»Es ging bereits um Leben oder Tod. Ich habe vor einer Minute die Nachricht erhalten, Al sei seinen Verletzungen erlegen. Ich bin auf dem Rückweg.«

»Was, um Himmels Willen, ist passiert?«

»Der Narr ging bei diesem Wind zum Stabhochsprung ins Morton Stadium«, sagte Brandon. »Wenn du mich fragst, das war Selbstmord.«

»Hast du ein paar Minuten Zeit?«, fragte Don. »Ein Pint nur. Ich kenne ein Pub, das am fünfundzwanzigsten Dezember geöffnet hat für jene, die keine Weihnachtsgesellschaft haben.«

Brandon willigte ein. Sie erreichten das Pub fast gleichzeitig, McDonaghs SUV war etwa doppelt so groß wie Rossi. Sie setzten sich gleich neben dem Eingang zum Fenster. Nur ein weiterer Gast war anwesend, Don erkannte in ihm den alten Mann, der auch in dem Pub gesessen hatte, in dem O'Brien getötet wurde. Er starrte vor sich hin. Don und McDonagh bestellten je ein Pint. Letzterer begann die Unterhaltung.

»Du hast dich gut um Kelly gekümmert, das ist der einzige Grund, warum ich dir nicht ins Gesicht spucke.«

»Kelly liegt mir am Herzen«, sagte Don. »Dazu habe ich vielleicht später noch was zu sagen. Doch erst Al. Wir haben unmittelbar vor seinem Unfall miteinander gesprochen. Er wollte mir Fotos zeigen. Ich habe vor seiner Wohnung auf ihn gewartet.«

»Angus war auch unmittelbar vor seinem Tod mit dir zusammen, so wie Stacey. Ich sage ja nur.« McDonagh zog seine Lippen nach unten. Don tauschte einen Blick mit ihm.

»Diese Fotos sind mir wichtig«, sagte er. »Siehst du einen Weg, wie ich an sie herankommen kann?«

»Nein.«

»Ich will mit offenen Karten spielen, Brandon, da du schon einen Verdacht gegen mich angedeutet hast. Ich verdächtige dich und Timothy oder einen von euch beiden, Stacey getötet und vielleicht noch viel mehr getan zu haben.«

»Vielleicht haben wir das. Dein Verdacht überrascht mich kein bisschen. Die Garda sieht es aber eher so wie wir. Der beste Verdächtige bist du. Du glitzerst direkt.«

»Was hat Stacey über euch herausgefunden, das sie das Leben kostete?«

»Spar dir das Theater, Raven. Du und ich, wir wissen, du hast den Verlust deiner Tochter nicht verkraftet. Jetzt läufst du herum, gibst vor, entführte Mädchen retten zu wollen, die du in Wahrheit irgendwo versteckt hältst, zu Tode quälst, um einmal Herr der Situation zu sein.

Kriegst du einen Ständer, wenn sie betteln? Der Mörder deiner Tochter hat dich geschlagen, du bewunderst ihn, willst sein wie er: ein Sieger.«

»Deine Psychoanalysestunde kannst du ein andermal abhalten«, sagte Don. »Es war klar, ihr würdet meine Situation und Carols Verachtung gegen mich verwenden. Nach meinem Verrat an eurer Sache ist das verständlich, aber Angus, jetzt Al, wie viele Opfer soll es noch kosten?« McDonagh klatschte in beide Hände, langsam, andächtig.

»Dein Mitgefühl für die Opfer ist geradezu herzzerreißend«, sagte er. »Schade, es ist immer in dem Moment nicht da, in dem du sie massakrierst. Wie hast du Al dazu gebracht? Hast du ihm eingeredet, wenn er die Matte verfehlt, kann er seinem Angus nahe sein, den er verehrt hat?«

»Ich habe niemanden getötet, dich will ich aber davon nicht überzeugen, du weißt es ohnehin. Du kennst den Mörder.«

»Allerdings, ich sitze ihm sogar gegenüber.« Die beiden starrten einander in die Augen. Etwas vibrierte im Hintergrund, ein Kühlschrank vielleicht. Der alte Mann beobachtete sie, kaute auf seinen Lippen herum.

»Warum willst du Kelly an Staceys Stelle setzen«, fragte Don. »Sie ist deine Tochter, die dich mittlerweile sogar mag.«

»Sagt sie das?«

»Ja.«

»Tja, ich bin ein Charmebolzen.«

»Das bringt nichts, ich gebe auf. Stacey war bei dir, als sie starb. Sie soll angeblich nicht aufgetaucht sein, wenn sie es doch kaum erwarten konnte, die Wohnung zu kündigen, um nicht mehr abhängig zu sein.«

»Ich bin sogar früher ins Institut gefahren, um sie nicht zu verpassen«, sagte McDonagh. »Ich mochte sie, sonst hätte ich sie nicht für die Rolle der Jungfrau ausgesucht, sowas bringt Aufsehen, kann eine Karriere ein bisschen anstupsen.«

»Du wolltest sie im Institut treffen. Was für ein Institut war das nochmal?«

»Mein Arbeitsplatz, die Minchin Foundation for Cancer Research.«

»Minchin, den Namen habe ich doch schon einmal gehört«, sagte Don.

»Sie wurde gestern verhaftet. Kate Minchin. Ihr Mann war Wissenschaftler und Philantrop. Ich werde dann mal gehen. Das alles hier bringt nichts. Stell dich!« McDonagh winkte den Kellner zum Tisch.

»Ich zahle«, sagte Don. »Es war meine Einladung.«

McDonagh akzeptierte und verließ das Lokal. Don nahm sein Glas, setzte sich zu dem alten Mann, der neunzig oder älter sein musste, Knochen und Falten, sonst nichts.

»Darf ich mich zu Ihnen setzen?«, fragte Don.

»Sitzt doch schon«, sagte der alte Mann, kaute wieder auf seiner Lippe, starrte geradeaus. Don lächelte.

»Sie werden sich vielleicht an mich erinnern – in dem anderen Pub –, der mit dem Hund – dem Hund, der getötet wurde, das war ich.«

»Ja und?«

»Sie waren da. Was ist passiert? Ich habe keine klare Erinnerung daran und war dann wohl auch weg.«

»Er hat ihn aufgeschlitzt. Zack.«

»Wie kam es dazu? Warum bin ich gegangen? Haben die Männer mit mir gekämpft?«

»Nur einer.«

»Und der war stärker als ich?«, fragte Don. Der alte Mann sah ihn zum ersten Mal an, lachte laut, wollte gar nicht mehr aufhören. Don errötete, setzte sich zurück auf seinen alten Platz und trank sein Bier zu Ende. Bald stand er auf, zahlte die Rechnung, sah den alten Mann immer noch lachend auf seinem Platz sitzen. Don schlüpfte durch die Tür, hörte die Stimme des Alten.

»Du bist davongelaufen, hast deinen Hund verrecken lassen. Schlappschwanz!«

Er hatte O'Brien einfach verrecken lassen. Don schaffte es nicht, sich einzureden, er hätte bloß auf seinen Hund vergessen, weil er betrunken war. Er war zu feige gewesen, zu seinem Hund zu stehen, der für ihn sein Leben gab. Wie viel Tod rund um ihn, und er half keinem, ließ sie alle verrecken. Jetzt nicht heimgehen und in Selbstmitleid baden! Er musste etwas tun. Als Erstes zurück zu Al.

Don fuhr zu Als Adresse. Er wusste noch nicht, was er dort tun wollte, das würde er vor Ort zu entscheiden. Al wohnte im Erdgeschoss, das stellte er an der Klingelanlage fest. Don wartete, bis jemand in das Haus trat, schob dann einen Stein unter das Türblatt. Nach kurzer Wartezeit betrat er das Treppenhaus, das sich durch die ganze Gebäudebreite zog, stellte fest, in diesem Geschoss gab es eine große und zwei kleine Wohnungen. Nur eine der kleinen Wohnungen kam als Als in Frage. Er öffnete das Tor am anderen Ende des Treppenhauses, gelangte in einen Hinterhof mit bescheidenem Garten. Er hoffte, hier fündig zu werden, da er andernfalls auf der Straßenseite operieren hätte müssen. Je ein Fenster führte auf der rechten und linken Seite in den Hinterhof, das rechte gehörte zur großen Wohnung, so blieb noch eine Möglichkeit. Don versuchte, ins Innere zu sehen, dazu musste er sich an der Fensterbank hochziehen. Er sah mitten im Raum einen Sprungkasten stehen, das war Hinweis genug für ihn. Er untersuchte das Fenster nach Schwachstellen. Es handelte sich um ein Kastenfenster mit Einfachverglasungen in den Innen- und Außenflügeln. Er sah sich im Hinterhof um, fand eine Wäscheleine, an der er ein Ziegelstück aus der Mauer befestigte, die den Hof einfasste, stellte sich seitlich unter das Fenster, schwang seinen Morgenstern mit halber Kraft, um nicht zu viel Lärm zu erzeugen, warf ihn auf die entgegengesetzte Seite des Fensters. Es zersplitterte fast lautlos – ein fallengelassenes Trinkglas hätte ein lauteres Geräusch verursacht. Er zog sich wieder hoch, griff durch das Loch nach dem Fensterschloss, drehte es, zog den Flügel auf. Für den Innenflügel wiederholte er die ganze Prozedur. Nicht lange danach stand er in Als Wohnung.

Don wollte bald wieder draußen sein. Er suchte nach dem Computer, den er gar nicht erst hochfuhr, er kannte ohnehin das Passwort nicht. So war er auch schneller. Er fand eine externe Festplatte und zwei Speichersticks, steckte alles in seine Jackentaschen. Ein Schlüsselbund klimperte vor der Wohnungstür, Stimmen wurden laut. Don sprang auf das Fensterbrett, war mit einem weiteren Satz im Hinterhof. Sein Fuß schmerzte, er humpelte ins

Gebäude, durch das Treppenhaus und auf die Straße. Nach ein paar Metern erreichte er Rossi. Carol hatte den Wagen sicherlich erkannt, wenn sie eine der Personen war, welche Als Wohnung betreten hatten. Egal, er steuerte Rossi aus dem Bezirk, kehrte heim.

Dort nahm er die Speichermedien aus den Taschen, schloss sie an seinen Laptop an. Tatsächlich waren sowohl auf den Speichersticks als auch auf der Festplatte Fotodateien vorhanden, zigtausende. Don verbrachte Stunden mit deren Sichtung, legte die für ihn interessanten Bilder in einem eigenen Ordner ab. Danach erst betrachtete er sie genauer. Stacey ließ sich in allen denkbaren Lebenssituationen ablichten, überall wirkte sie sympathisch. Sie verfügte über ein gut einstudiertes Lächeln, das immer gleich, aber nicht unnatürlich aussah. Für Don waren vor allem die Fotos mit Kindern wichtig. Er suchte in erster Linie nach solchen, die seine Tochter zeigten, weil er so unter den anderen am ehesten Shenna identifizieren konnte, auch tat es gut, Tisha auf Bildern zu sehen, die er noch nicht kannte, in Situationen, von denen er nichts wusste, in Gesellschaft mit Menschen, die ihm zum Teil unbekannt waren. Neben Tish stand meist ein kleines dünnes Mädchen mit langen dunklen Haaren, das den Kopf auf den Fotos immer gesenkt hatte. Sie ließ sich offenbar nicht gern fotografieren. Er erriet, das war Shenna. Nicht auf einem einzigen der Bilder war ihr Gesicht deutlich zu erkennen, nur zu erahnen. Sie wirkte so zerbrechlich und melancholisch. Da draußen gab es einen Menschen, der diesem Geschöpf Gewalt antat, der Dons Tochter dieselbe Behandlung spüren hatte lassen, wochenlang. Es waren auch Bilder mit Kelly dabei, am Lagerfeuer, im Opfergewand bei der Probe der Vorstellung. Von diesen waren nicht viele vorhanden, Stacey war nicht sehr gut mit ihr befreundet, jedes Mal konnte er aber Tisha dabei sehen, sie kannte Kelly gut, die bei Don auch schon vor Fayes Krankheit häufig aus und ein gegangen war. Er kam zu den Bildern, die auf dem Spielplatz der Kinder aufgenommen worden sein mussten. Al konnte ihm nicht mehr sagen, wo das war, doch er hatte einen Verdacht, den er noch überprüfen würde. Tisha flocht Shenna Blumen ins Haar, im Hintergrund ein Schatten, etwas das wie ein Knie aussah. Don durchsuchte weitere Bilder nach zufällig festgehaltenen Menschen. Nur eines zeigte mehr: Eine kniende Person, deren Gesicht durch eine Kamera verdeckt wurde. Die Kinder waren von zwei Fotografen abgelichtet worden, nur einer hatte um Erlaubnis gefragt. Don versuchte, durch Vergrößern, Erhöhen und Verringern von Schärfe, Kontrast und etlichen anderen Einstellungen, ein deutlicheres Bild des Beobachters zu erlangen. Es funktionierte nicht. Es zeigte sich nur eine verwaschene Figur, etwas Schwarzes dahinter, das er auch nicht identifizieren konnte, darauf ein bläulich-weißer Punkt, vielleicht nur ein Glanzpunkt auf Als Linse.

Die Nacht war hereingebrochen, Don müde vom Tag.

Das Smartphone verlangte Aufmerksamkeit. Es war Carol. Sie kam ohne Gruß gleich zur Sache.

»Was hattest du in Albert Conollys Wohnung verloren!« Don wusste nichts zu antworten Sie fuhr fort. »Das war nicht nur Einbruch. Was schlimmer zu bewerten ist: Du hast Beweismittel entwendet – in einem Fall von Selbstmord oder Mord!«

»Mord? Das kann nicht sein, es war ein Unfall beim Stabhochsprung.«

»Denkst du, ich verwende dieses Wort, weil gerade Donnerstag ist? Es war eine dieser beiden Möglichkeiten.«

»Du kannst die Speichermedien haben, ich wollte nur die Fotos, die Al mir versprochen hatte. Bilder von meiner Tochter und Shenna.«

»Deine Obsession mit diesem Mädchen macht dich in höchstem Grad verdächtig. Ich dürfte gar nicht mit dir sprechen. Aus einem kriminalistisch nicht rechtfertigbaren Grund halte ich dich nicht mehr für den Mörder, aber du bist nicht gerade hilfreich dabei, das zu beweisen.«

»Welcher nicht rechtfertigbare Grund?«

»Ein Mensch, der für seinen Lustgewinn Kinder missbraucht, riskiert nicht sein Leben, eine verrückte alte Jungfer zu retten, die ihren Nacken freiwillig darbietet.« Sie stöhnte ins Telefon. »Jeder Richter ohrfeigte mich mit dem Gesetzbuch dafür. Zu Recht!«

»Ich kann nicht stillhalten«, sagte Don. »Nicht noch einmal. Ich habe untätig herumgesessen, als Tish auf mich gehofft hat, ich werde das nicht wieder tun.«

»Ich bin auch noch da. Die Garda Síochána hat Erfahrung in solchen Fällen. Wir wissen, was wir tun, im Gegensatz zu dir. Du bringst dich selbst und womöglich noch andere in Gefahr. Hast du dich einmal gefragt, warum diese jungen Männer in deiner Umgebung sterben?«

»Ich kann nicht auch noch diese Verantwortung tragen. Angus hat aus Eifersucht seine Freundin beobachtet, Al hat Stacey einen Gefallen getan. Ich stehe dazwischen, weil ich dem Täter auf den Fersen bin. Ich fühle, ich brauche nur noch die Hand auszustrecken.«

»Du wirst unsere Hilfe brauchen, Don. Am Ende stehst du ihm gegenüber und stellst fest, er ist stärker als du. Ihn zu finden, reicht nicht. Ich lasse dich nicht noch einmal laufen. Ich schicke einen Garda vorbei, die Speichermedien mitzunehmen. Du wirst keine Kopien der Fotos anlegen!«

»Ich habe Kopien in meinem Kopf, die kannst du nicht löschen. Ich werde sie nutzen.«

Eine halbe Stunde später kam ein Garda, holte die Sticks und die externe Festplatte. Don war klar, sie konnten nicht viel damit anfangen, wussten nicht, wonach sie suchen mussten. In seinem Kopf war ein Bild aufgetaucht, das mehr und mehr Form annahm.

Achtzehntes Kapitel

Der Spielplatz der Kinder, den Don auf Als Fotos gesehen hatte, erinnerte ihn stark an den Mount Bernard Park bei Shandon Gardens. Er war sich nicht sicher, da er seit Längerem nicht dort gewesen war, darum beschloss er, über die Prospect Road und Phibsborough Road zum Mount Bernard Park zu fahren und sich dort umzusehen. Er spazierte dort umher, erkannte die grünen Klettergerüste, die er auf einem Foto im Hintergrund gesehen hatte. Was jetzt damit anfangen? Er setzte sich ins feuchte Gras, schaute herum. Eine Frau schob ihren Kinderwagen durch den Park, sonst war niemand zu sehen. Er hörte Kinderlachen rund um ihn, die Stimmen kreisten um seinen Sitzplatz, als würde er von kleinen Mädchen umlaufen. Sie glucksten und kicherten, man hörte den dumpfen Klang von Laufen auf der Wiese, ein paar Rufe, Flüstern, Worte überlagerten sich, kaum trennbar. Hab ich dich das gilt aber nicht doch das gilt jetzt bist du dran nicht schon wieder ich dann musst du halt schneller sein beim nächsten Mal fang mich wo ist Shenna sie hat sich versteckt wir finden sie sie sucht sich immer die gleichen Verstecke das ist doch schon langweilig wir werden ja sehen hinter der Baumgruppe ist sie nicht auch nicht unter der Rutsche sie hat sich was Neues ausgedacht siehst du den Mann dort das ist doch schon wieder der seltsame Mensch der immer so komisch schaut der geht mir schon auf die Nerven soll abhauen so macht spielen keinen Spaß Stacey ist auch nicht hier es war immer so schön hier zu spielen jetzt ist der Spaß raus Shenna sehe ich immer noch nicht da ist der andere Mann er ist bei Shenna was machen wir jetzt du bist der Prinz Leila du musst sie retten wie denn schreie! Lauter noch lauter er läuft weg da kommt eine Frau er hat Angst der andere läuft mit ihm weg ich hole Shenna he was war? Er hat mich angegriffen ich hatte solche Angst ich will nachhause ja wir gehen besser zum Bus es ist eh schon Zeit wir müssen uns einen neuen Platz zum Spielen suchen hier lassen uns die nicht mehr in Frieden schade es war schön hier ja das war es erzählst du deiner Mama davon die macht sich nur sorgen und dann lässt sie mich vielleicht nicht mehr weg ja ich sage meiner auch nichts davon sie regt sich so schnell auf und läuft dann zum Direktor der Schule oder sonst wo hin meine Tante würde erst einen Aufstand veranstalten die hat letztes Jahr an der Schule gearbeitet aber wir sind ja deswegen von der Schule hierhergegangen damit das nicht vermischt wird nur können wir hier halt nicht bleiben wo gehen wir denn jetzt hin ich weiß auch nicht es gibt schon viele Plätze wo man hingehen kann aber die finden uns dort vielleicht auch wieder versuchen müssen wir es sonst ist Ebbe mit Spielen das wollen wir bestimmt nicht Tishaba irgendwem sollten wir doch etwas sagen aber wem Stacey ist schon stark aber sie hat nicht oft Zeit die Männer wissen das und jetzt haben sie eine von uns angegriffen wenn das so weitergeht weiß ich auch nicht …

Mit einem Mal waren die Stimmen verschwunden. Sie waren zum Bus gegangen oder ins Nichts. Don bemerkte, seine Jeans hatten Wasser gezogen, er stand auf, stieg aufs Klettergerüst, turnte herum wie ein Affe. Seine Tochter hatte hier gespielt, ein Kind, das er kaum kannte, im Vorbeigehen über den Kopf streichelte, dem er Geburtstagsgeschenke kaufte, die er höchstens einmal tröstete, wenn sie hingefallen war, bevor er sie an Faye weiterreichte, weil er zu tun hatte. Jemand anders zeigte viel mehr Interesse an ihr, investierte Zeit, ihr nahe sein zu können.

Er spazierte weiter. Noch ein Spielplatz, dieser mit Holzgeräten – ob sie sich auch hier aufgehalten hatten? Ein winziges Waldstück – ganz bestimmt hielten sie sich hier versteckt. Zwei kleine Jungs tollten hier herum, Spritzpistolen in Händen. Im Blattwerk sah er einen Mann mit einer Kamera, er hielt sie auf die Kinder gerichtet. Don lief los, stürmte in den Wald, sprang ins Gehölz, packte den Mann mit beiden Händen, zerrte ihn heraus. Der Fotograf ließ seine Kamera fallen, hielt die Arme schützend vors Gesicht.

»Was wollen Sie?«, schrie er.

»Das weißt du genau, du Schwein!«, brüllte Don ihn an.

»Dad, was tut der Mann da?«, fragte eine Stimme hinter ihm. Es war einer der beiden Jungs. Dons Griff löste sich, er ließ den Mann los.

»Verzeihen Sie«, stammelte er. ›Ein Irrtum.«

»Moment«, sagte sein Gegenüber. »Ich untersuche meine Kamera. Wenn sie beschädigt ist, zahlen sie mir eine Neue.« Nach eingehender Prüfung des Apparats entließ er Don.

So ging es nicht weiter. Dons Nerven waren völlig überlastet, er brauchte eine Lösung, wenn er nicht den Verstand verlieren wollte.

Tyron meldete sich.

»Ich bringe dir nur noch Hiobsbotschaften, doch leider muss ich dir mitteilen, Ives hat, schon bevor du zum Verdächtigen in einem Mordfall wurdest, einen Antrag auf Vormundschaft über Faye eingebracht.«

»Er wusste schon, was passieren würde«, sagte Don. »Ist wohl nicht umsonst eine Koryphäe.«

»Jedenfalls ist eine vorläufige Entscheidung gefällt worden. Bis auf Weiteres wird Faye seiner Obhut überantwortet. Damit entscheidet er über ihre medizinische Behandlung, ihre Lebensumstände und ihren Umgang. Dafür wird ihm auch noch eine großzügige Entschädigung zugesprochen, die du zahlen darfst.«

»Wie selbstlos vom Vormundschaftsgericht!«

»Die tun ihr Bestes, sie erhalten eben einseitige Informationen. Würdest du einem mordverdächtigen Pädophilen die Vormundschaft überlassen?«

»Weißt du, wie sich das anfühlt, wenn dich jemand so nennt?«

»Entschuldige, alter Mann. Das ging zu weit.«

»Wie halte ich das durch, Tyron?«

»Ich weiß es nicht. Du brauchst einen Saumagen. Wir denken an Faye und machen weiter.«

»Ja, das tun wir«, sagte Don. »Wie sieht es mit dir und Bowen aus?«

»Tja, Bowen.«

»Was heißt: Tja, Bowen?«

»Wie es aussieht, wollte er mir nicht schaden, sondern über Jane Kontakt zu mir suchen, um mich an einem profitablen Projekt zu beteiligen.«

»Er hatte doch Kontakt zu dir. Ich habe ihn in deinem Büro gesehen.«

»Zwei Wölfe waren mit gefletschten Zähnen aufeinandergetroffen. Wir hatten einander belauert, besabbert, angefaucht, uns dann mit freundlichem Lächeln verabschiedet. Man nennt es Business.«

»Hübscher Brauch. Willst du auf seine Avancen eingehen?«

»Ich glaube, ja.«

»Wenn er sich aber als einer der Täter in den Entführungsfällen herausstellen sollte?«

»Ich weiß, wie man sich absichert, da mach dir keine Gedanken.«

»Na gut. Wir hören noch voneinander«, sagte Don.

»Eines noch«, sagte Tyron. »Ich will mich ja nicht als gutes Beispiel aufspielen, aber he, nimm dir ein Beispiel an mir.«

»Heißt?«

»Ein bisschen Flexibilität bei deinen Urteilen. Man liegt auch mal falsch.«

»Sich zu verbiegen, ist auch keine Tugend.«

Timothy war ein zu guter Kandidat für einen der Täter, um ihn einfach so aus Dons Überlegungen zu entlassen. Er hätte gern gewusst, was Carol zu dem Fall herausgefunden hatte. Sie schien zuletzt nicht mehr so feindlich ihm gegenüber, was sie noch lange nicht zu einer Verbündeten machte, ihn aber ermutigte, Kontakt zu ihr aufzunehmen. Telefonisch war man leicht abzuweisen, persönlich standen seine Chancen besser, Gehör zu finden. Es war gleich Mittag. Er spazierte zurück zu Rossi, fuhr vom Mount Bernard Park zum Phoenix Park. Vor der Garda Síochána ging er auf und ab, in der Hoffnung, die Detektiv-Superintendentin in ihrer Mittagspause anzutreffen. Sie war ihm in ihren Gewohnheiten recht konsequent erschienen. Es dauerte auch nicht lange, bis sie in Begleitung eines Offiziers erschien. Die beiden trennten sich, der Mann wandte sich zur Straße, sie ging auf den Park zu. Don folgte ihr.

»Hi, Carol«, sagte er. Sie drehte sich um, sah ihn aber nicht an.

»Wer bist du?«, sagte sie.

»Ich verstehe dich nicht. Glaubst du mir noch nicht? Du sagtest doch, du hieltest mich nicht für den Täter.«

»Es sind neue Hinweise aufgetaucht.«

»Welche Hinweise.«

»Ach, Don, ich will nicht mehr von Anklagepunkt zu Anklagepunkt mit dir springen. Du überforderst mich.«

Don fasste an ihre Schulter. Sie zog sie weg. Er sah seine Hände an.

»Das will ich doch nicht, die Umstände sind ungünstig für mich.«

»Wird das nicht irgendwann als Rechtfertigung untauglich? Alle Welt ist gegen dich. Denkst du das?« Sie zog eine mitleidige Mine.

»Nein, natürlich nicht«, sagte er. »Es geht viel schief jetzt. Gerade habe ich mit Tyron gesprochen. Ives hat es geschafft, mir Faye wegzunehmen, weil ich Mordverdächtiger bin. Mein Leben rast auf einen Abgrund zu.« Sie schaute in den Park.

»Du denkst, das geschieht nur, weil du Mordverdächtiger bist? Dein Abgrund ist näher, als du denkst.«

»Was meinst du?«

»Don, es geht nicht mehr nur um die Mädchen. Ives hat Anzeichen gefunden, wonach du deine Frau misshandelt hast – ein wehrloses Wesen!« Don versuchte einzuatmen. Ihn schwindelte.

»Ich. Faye misshandelt? Bist du völlig von Sinnen?«

»Dasselbe wollte ich dich fragen. Allein die Möglichkeit, das könnte stimmen, kotzt mich an. Ich weiß nicht, ob ich weiter mit dir sprechen kann, schuldig oder nicht. Mir ist übel. Du widerst mich an.« Sie ging weiter, tiefer in den Park. Er folgte ihr.

»Ich kann mir nicht vorstellen, was Ives gefunden haben mag. Das ist völlig unmöglich. Mein Gott, Faye. Wer könnte …«

»Nicht schon wieder: Wer könnte … Du konntest!« Sie blieb stehen, unterstrich ihre Worte mit beiden Fäusten, die sie nach unten schlug.

»Du musst mir glauben, das habe ich nicht getan.«

»Ich muss gar nichts, Don! Was war mit Albert Conolly?«

»Al war ein Freund, er wollte mir helfen, meine Unschuld zu beweisen.«

»Der junge Mann war ein trainierter Athlet. Er hätte den Sprung überleben müssen – unter normalen Umständen.«

»Er wird unglücklich auf dem Boden aufgeschlagen sein.« Er erinnerte sich, etwas Ähnliches von Brandon gehört zu haben, wohl auch nur eine Vermutung, dieser war ebenfalls nicht bis zum Unfallort gefahren.

»Er fiel in die Matte«, sagte Carol. »Nicht nur das: Er war tot, bevor er aufschlug.«

»Was?«

»Dein Freund war bis unter die Augenbrauen abgefüllt mit Beruhigungsmitteln. Sein Herz hat an der Latte aufgehört zu schlagen.« Sie funkelte ihn an. »War es nicht vielmehr so, dass er bei seinen Recherchen herausgefunden hat, was du getan hast, gedroht hat, zur Polizei zu gehen? Du hast ihm als Freund falsche Pillen unter seine Kraftpräparate gemischt.«

»Nein, nichts davon stimmt. Das alles ist ein Albtraum.«

»Erst wenn du aufwachst, wird der Albtraum vorbei sein. Leg ein Geständnis ab. Ich glaube an keinen Selbstmord bei Albert Conolly. War er depressiv?«

»Er war seit der Absage der Revolution am Boden, aber ich brachte ihm gute Nachrichten. Ich denke nicht, er war gemütskrank.«

»Es wird dich erleichtern, wenn du alles zugibst. Komm mit zur Garda, leg ein Geständnis ab.«

»Ich habe nichts getan und werde Shenna nicht im Stich lassen. Überlasse ich es euch, hat sie keine Chance.«

»Wenn du sie endlich rausrücktest, wäre der Fall gelöst. Wir alle könnten in Ruhe nachhause gehen. Überlege es dir, mein Büro steht dir immer offen. Ich muss zurück, habe nicht einmal mein Essen angerührt. Du bist schuld, wenn ich schön schlank werde.« Sie lächelte, das schien so unpassend, Don wusste nichts zu sagen.

Er spazierte durch den Park, überlegte. Faye wurde misshandelt. Wer kam dafür infrage? Kelly schien unverdächtig, sie kannte Faye schon seit Jahren, die beiden hatten stets miteinander gescherzt, sich gegen ihn verbündet. Sie barg Geheimnisse in der letzten Zeit, war nicht mehr gut auf ihn zu sprechen, aber das machte sie zu keiner heimlichen Folterknechtin. Meghan war neu in Fayes Umgebung, sie kümmerte sich gut um sie, selbst nachdem er das Haus verlassen musste. Gegen sie sprach, die Hinweise wurden erst jetzt gefunden, da sie die Pflege übernommen hatte. Mit ihm hatte auch sie mittlerweile Probleme, aber wer nicht? Außenstehende schienen unwahrscheinlich, keiner hatte Gelegenheit dazu, soweit er wusste. Er kam nicht weiter. Sein Hirn schien ihm wie eine breiige Masse – das Alter und der Stress –, er konnte kaum noch denken. Hatte sie die ganze Zeit über Schmerzen ertragen müssen, als sie die Visionen von Shenna hatte? Hingen diese Halluzinationen mit ihrer Misshandlung zusammen? Eben war er noch so sicher gewesen, der Lösung nahe zu sein, nun stand alles wieder infrage. Er gestand sich selbst ein, McDonagh aus persönlicher Apathie nur allzu gern als Verdächtigen gesehen zu haben, ähnlich verhielt es sich mit Bowen. Das hieß nicht, er nahm sie nun aus, er öffnete sich dem Gedanken, der Täter könne aus einer völlig anderen Umgebung kommen. Schluss mit dem herumraten, es musste etwas getan werden! Sein Beitritt zu den Nationalisten, die Treffen mit Verdächtigen, das Eindringen in Als Wohnung, das alles hatte ihm mehr konkrete Ergebnisse gebracht, als viele Stunden des Grübelns.

Stacey hatte sich mit McDonagh im Institut treffen wollen, wo dieser arbeitete. Don entschied, sich die Foundation anzusehen. Die Verbindung zu Kate schien ihm eigenartig, viel konnte er nicht daraus machen. Kate war eine Verrückte, die versuchte, Brücken in die Vergangenheit herzustellen, Tote in unsere Zeit zu holen – ein Krebsforschungsinstitut passte nicht dazu. Gut, es war von ihrem Mann gegründet worden.

Das Gebäude der Minchin Foundation for Cancer Research war der unvermeidliche Glaspalast, den er erwartet hatte. Man hatte ihn zwischen speckige Backsteinbauten gequetscht, vermutlich ein altes Haus abgerissen. Er trat durch das geöffnete Tor ein. Der Boden des Entrées war mit Granitplatten ausgelegt, Chromapplikationen und Glaselemente unterstrichen den noblen Anspruch. *Theophilus J. Minchin Foundation* stand in großen Stahlbuchstaben über eine ganze Wand geschrieben. Don drang tiefer in das Gebäude vor, fand einen Übersichtsplan für das ganze Haus. Er fotografierte ihn mit dem Smartphone, hielt sich im Erdgeschoß, das gleichzeitig die Chefetage darstellte. Auf die Anmeldung folgten einige Funktionsräume. Danach erreichte er das Chefsekretariat. Die Tür war halb offen, eine junge Dame lächelte ihm entgegen. Don ging aber weiter, kam vor einer Tür zu stehen, las auf deren Namensschild: *Institutsleiter, Vorstandsvorsitzender Dr. Thelonius Ives MD.*

Don hatte völlig vergessen, Ives war der Sohn Kates, damit auch verwandt mit Jane. Er war Brandons Boss. In Dons Kopf verknüpften sich Bahnen, Dendriten griffen aus.

»Ist Ihnen unwohl?«, fragte die junge Dame aus dem Chefsekretariat. Sie nahm sichtlich an, er habe sich verirrt, kam ihm nach. Don wankte.

»Ist schon gut, nur ein leichter Schwindel«, sagte er. »Ich setze mich kurz.« Sie brachte ihn in einen Warteraum hinter dem Sekretariat. Dons Axone glühten. Der Mann, der ihm Faye nehmen wollte, der ihre Therapie verhindert hatte, versteckte etwas, das durch Faye öffentlich hätte werden können. Als Sohn Kates wusste er über rituelle Tötungen Bescheid, er war die Person, die Shennas Kette und Anhänger in seinem Haus gefunden hatte – von ihm dort deponiert? Er hatte Verbindung zu den Nationalisten über McDonagh, der, Komplize oder ahnungsloser Helfer, den Verdacht zuerst auf die Revolutionäre, später auf Don selbst lenkte. Ives hatte alle Fäden in der Hand. War er der Mörder seiner Tochter? Die Sekretärin kehrte wieder.

»Hier, Herr Doktor«, sagte sie zu jemandem außerhalb des Raums. »Der Herr scheint unter Schwindel zu leiden.« Ives trat ins Zimmer.

»Oh, Mister Ravenclaw!« Er zeichnete eine feierliche Geste in den Raum. »Ich höre, Ihnen ist nicht gut, lassen Sie mich mal sehen.« Er fasste Dons Kopf mit seinen Händen, bewegte ihn hin und her, zog seine Wangen mit den Daumen nach unten, um so unter die Lider sehen zu können. »Das ist nicht weiter schlimm. Ich habe das richtige Medikament für Sie, folgen Sie mir!« Don erhob sich, trottete hinter dem Doktor her, der führte ihn zur Treppe. »Die Apotheke haben wir im Untergeschoss untergebracht«, sagte Ives. Er stieg Don voran in den Keller hinab, dort passierten sie mehrere Türen, die ein Labyrinth aus kleinen Räumen erschlossen.

»Hier kennen Sie sich noch aus?«, fragte Don.

»Ich habe die Pläne entworfen«, sagte Ives. »So, bitte, hier herein. Nach Ihnen!« Er bedeutete Don mit einer Hand, in einen von Neonröhren erleuchteten Raum einzutreten. Don ging voraus. Hinter ihm schloss sich die Tür, ein Schlüssel wurde herumgedreht.

»Was soll das?«, fragte Don. Er schlug mit der Faust gegen das Türblatt. Draußen wurde eine weitere Tür versperrt. Don fluchte, wütend über seine Dummheit, dem Mann, den er als seinen Feind erkannt hatte, wie ein Schaf gefolgt zu sein.

Er stand in einem schmalen Raum, einer Schleuse bestenfalls. Das andere Ende des Schlauches bildete eine weitere Tür, in der ein Schlüssel steckte. Don drehte ihn herum, trat in den nächsten Raum, musste kein Licht einschalten, die Halle, die sich vor ihm erstreckte, war bereits erleuchtet. Ihr vorderer Teil war mit Labortischen bestanden, Kästen voller Reagenzien, Pipetten, Flaschen mit verschiedenfarbigen Flüssigkeiten. Er schlenderte zwischen den Tischen hindurch, kam in einen Bereich, aus dem er Rascheln und Piepsen vernahm. Hier waren Versuchstiere untergebracht, Ratten, Mäuse. Er drehte sich noch einmal zu den Flaschen um. Buntes Glas und Ratten! Er war am Ziel.

»Ist hier jemand?«, rief er. Eine schwache Stimme meldete sich.

»Ich bin hier.« Er fand ein kleines Mädchen mit dunklen Augen bei den Rattenkäfigen. »Ich heiße Shenna«, sagte sie.

»Ich weiß«, sagte er. »Ich weiß.

Neunzehntes Kapitel

»Passt du auf mich auf?«, fragte Shenna. Sie schaute den Ratten beim Fressen zu.

»Ich passe auf dich auf«, sagte Don.

»Er wird wieder kommen.« Sie sprach leise und ernsthaft.

»Er wird dich nicht anrühren.« Don hatte ihr gegenüber bei den Rattenkäfigen Platz genommen. »Solange ich hier bin, greift dich niemand an, das verspreche ich dir.«

»Du auch nicht?«

»Ich auch nicht«, sagte Don. Shenna flüsterte.

»Du bist Tishabas Dad.«

»Ja, der bin ich. Tisha schickt mich, auf dich aufzu-passen.«

»Tisha ist tot.«

»Sie spricht trotzdem zu mir. Ich sehe sie fast jeden Tag.«

»Ich auch.« Sie steckte einen Finger zwischen den Stäben eines Käfigs hindurch.

»Du magst Ratten.«

»Wir sind Freunde geworden.«

»Hast du dich vor ihnen gefürchtet?«

»Zuerst schon. Dann waren sie da, sonst niemand.« Eine Ratte schnupperte an ihrem Finger herum. Shenna sprach, als zitierte sie einen Merksatz: »Die bei uns sind, wenn keiner sonst da ist, sind wichtig.«

»Auf die kommt es an«, sagte Don, nickte. »Die Ratte da ist ganz schön dick.«

»Das ist Brain«, sagte Shenna. »Er ist furchtbar ge-scheit.«

»Dann ist die Dünne da hinten wohl Pinky.« Don wies auf ein ziemlich mickriges Exemplar.

»Du kennst sie.« Shenna strahlte für eine halbe Se-kunde. »Das ist gut.« Sie nahm ein Futterpellet aus dem Gitter, hielt es Brain hin. »Du bist spät gekommen«, sagte sie dann zu Don.

»Ich weiß, du hast mich lange gerufen, aber ich wuss-te nicht, wo ich dich finden sollte.« Er hasste sich für die-se Rechtfertigung, das Mädchen hatte Dinge mitge-macht, die er sich nicht vorstellen wollte. »Du wirst Brain überfüttern, er ist schon schwer«, sagte er stattdes-sen.

»Seit ich hier bin, nimmt Brain nur noch, was ich ihm hinhalte. Er frisst weniger.«

»Und Pinky?«

»Pinky läuft die ganze Zeit im Kreis, darum nimmt er so viel ab.«

»Ich glaube, das ist eine Krankheit, für die es einen eigenen Namen gibt«, sagte Don. »Manche Tiere entwickeln das, wenn man sie gefangen hält.«

»Menschen auch?«, fragte Shenna.

»Ja, die auch.«

»Tishas Mom ist auch bei mir, anders als Brain, aber ich kann sie spüren, glaube ich. Sie ist irgendwie da.«

»Du bist bei ihr. Sie zeigt mir, wie es dir geht.«

»Sie vermisst Tisha sehr.«

»Mehr als alles. Es macht sie krank. Warte einen Moment.« Don stand auf, ging durch den Raum, holte den Schlüssel von der Labortüraußenseite nach innen, sperrte sie ab.

»Jetzt kann er nicht herein.«

»Wir werden verhungern«, sagte Shenna.

»Vorerst nicht«, entgegnete Don. Er holte sein Smartphone aus der Tasche, es fand kein Netz. »Er darf nicht das Gefühl haben, er kontrolliere alles«, sagte er. »Ives ist ein erfolgsgewohnter Mensch. Die haben ein Problem damit, einmal nur auf den anderen reagieren zu können.« Shenna sah ihn mit großen Augen an, sie hatte kein Wort verstanden. »Wenn er kommt, bringt er dann auch Futter für die Tiere?«, fragte Don. »Arbeitet er in dem Labor?« Shenna schüttelte den Kopf. »Wer versorgt dann die Ratten?«, fragte Don weiter.

»Da kommen welche«, sagte Shenna.

»Wer kommt?«

»Menschen. Sie putzen die Käfige, sie schütten das bunte Wasser in andere Gefäße ...«

»Und die wundern sich nicht, dich hier zu sehen?«

»Die sehen mich nicht.«

»Warum nicht?«, fragte Don. Shenna deutete auf einen Unterschrank eines Labortisches. »Ich bin da drinnen.«

»Und du rufst nicht, wenn die Leute hier sind?«

»Ich muss still sein. Er tut sonst meiner Mom weh.«

»Ich verstehe. Mit mir kann er das nicht machen. Er hat ein Problem. Er kann den Raum nicht einfach für die Mitarbeiter sperren, die Tiere müssen versorgt werden. Das vermag er nicht zu erklären.« Don sprach mehr zu sich selbst als zu Shenna, die ihm artig zuhörte. Ives würde versuchen müssen, ihn von hier wegzubekommen. Don ließe ihn nicht ein. Wie lange diese Situation aufrecht bleiben konnte, wusste er nicht. Fürs Erste spielte er auf Zeit, dann würde man sehen. Unter allen Umständen stellte er sich vor Shenna.

Es dauerte nicht lange, bis sich jemand dem Labor näherte, an der Tür rüttelte, schrie.

»Was glauben Sie hier zu tun?« Ives trommelte gegen die Tür. »Sie befinden sich in meinem Haus, hier geschieht, was ich sage. Also, öffnen sie!« Don und Shenna spielten mit den Ratten. Sie zitterte, fütterte Pinky, wagte nicht, aufzusehen. Nach wenigen Minuten Geschreis gab der Doktor auf. Ein erster Sieg war errungen.

»Siehst du?«, sagte Don. »Ich lasse ihn nicht zu dir.«

»Das hat der junge Mann auch gesagt.« Shenna steckte ihren Kopf zwischen die Knie. Don erschrak.

»Jemand war bei dir?« Er wartete, bis sie wieder auf-
tauchte, setzte dann nach. »Hieß er Angus?«

»Ja, so hat er geheißen. Er war nett.«

»Was ist geschehen?«, fragte Don. Shenna starrte nur
auf Brain, schwieg. »Ist gut«, sagte Don. »Du musst es
nicht erzählen, nicht daran denken.« Er überlegte, sprach
mit fester Stimme. »Angus war nicht derjenige, den du
gerufen hast. Du hast durch Faye zu mir gesprochen,
weil nur ich dir helfen kann. Das werde ich auch tun. Du
hast mein Wort.« Er sah ihr tief in die Augen. »Das
glaubst du mir doch?« Sie nickte, holte dabei kurz Luft;
schluckte, was sie sagen wollte.

Don hätte gern erfahren, wer der zweite Mann war,
der sie belästigt hatte, setzte mehrfach an, danach zu fragen, fand jedoch keinen Weg, es zu tun, ohne sie zu quälen. Das musste warten. Das Schicksal Angus' war besie-
gelt, als er Shenna fand, er musste auf seiner Suche nach
dem Vater seines künftigen Kindes über Brandon auf
Shenna gestoßen sein, seine Eifersucht hatte ihn hierher
geführt. Der Idealist setzte sich sofort für das Mädchen
ein, wusste aber nur, sie war gefangen, sie sprach nicht
über ihre Erfahrungen. Er kannte die Vergangenheit seines Gegners nicht, dachte, mit ihm reden, ihn überzeugen zu können, das Mädchen freizugeben. Ives überrum-
pelte ihn, der Junge war chancenlos. Don kannte seinen
Gegner, er würde ihn nicht unterschätzen, das wusste
auch Ives. Don sah ihn vor sich, wie er verzweifelt nach
einem Ausweg aus seiner misslichen Situation suchte.
Meldete ein Mitarbeiter, ein Praktikant, der Doktor ver-
bot, die Ratten zu füttern und zu putzen, stünden sofort
diverse Organisationen, auch behördliche, vor seiner

Tür. Er musste Don töten und bei Nacht und Nebel aus dem Haus schaffen, wie Angus. Don hatte nicht vor, sich töten zu lassen. Dennoch überlegte auch er hin und her, wie er ihre Situation verbessern konnte. Um hier einige Zeit überleben zu können, war in Säcken an der Wand jede Menge Rattenfutter vorhanden, das er zerreiben und mit Wasser zu Klößen formen könnte – nicht ideal in seiner Zusammensetzung für den Menschen, erst recht nicht schmackhaft –, es hielte sie am Leben. Er hoffte, das würde nicht nötig werden, wenn er ein schnelleres Ende provozierte.

Zwei Stunden später stand Ives wieder vor der Labortür.

»He, Folkmusiker! Du denkst wohl, du seist in einer guten Position hier unten.«

»Das denke ich, ja«, sagte Don.

»Ich habe deine Frau«, entgegnete Ives. Don erschrak für einen Moment. Ives wusste die Pause zu deuten. »Ich entscheide über ihr Leben.«

»Na gut, sie gehört dir.«

»Du legst mich nicht rein, Rotkehlchen, das lässt dich nicht kalt. Weißt du eigentlich, wie viel Spaß ich mit deiner Tochter hatte?« Dons Hals drohte aufzuplatzen. Ives lachte. »Sie hat gebettelt: ›Tu mir nicht weh!‹ Ha! Ich hab' umso mehr Gas gegeben.« Don sprang auf, rannte zur Tür, schlug, trommelte, glaubte, zu ersticken. Ives hörte nicht auf zu lachen. »Stell dir mal vor, welche hübschen Dinge ich deiner Frau antun werde. Ich mag sie hilflos, das macht mich an.«

Don hatte sich in eine Trance getrommelt, aus der er nun erwachte. Ives war fort. Neben ihm stand ein kleines Mädchen, sah zu ihm hinauf.

»Er ist böse. Er ist stärker als wir«, sagte sie. Don schüttelte sich, bückte sich zu Shenna hinunter.

»Das Erste stimmt, das Zweite nicht.« Fast hätte er nach ihrer Schulter gegriffen. Er erinnerte sich an sein Versprechen, sie nicht zu berühren. »Wir werden ihn besiegen«, sagte er. »Er wird für den Rest seines Lebens in einem Käfig sitzen, im Kreis laufen wie Pinky, aber kein Mädchen wird ihn füttern kommen, mit ihm sprechen.« Shenna sah Don in die Augen.

»Niemand wird da sein, wenn keiner sonst da ist.« Sie drehte sich zu den Käfigen.

»Niemand«, sagte Don.

Diese Runde war an Ives gegangen, er hatte Don aus der Reserve gelockt. Das Böse handelte nach Plan, aber es war wenig flexibel. Don musste den Spieß umdrehen, Ives Eitelkeit und Überlegenheit gegen ihn wenden. Er hatte noch keine Ahnung, wie er das vollbringen sollte.

Shenna hatte sich wieder zu Brain gesetzt, Don holte sich einen Stuhl aus dem Labor, setzte sich neben sie. Er verfolgte, was sich in einem Mäusekäfig abspielte. Hier waren sechs Tiere zusammengesetzt, während die Ratten zu zweien waren. Fünf der Mäuse hatten Blutkrusten an den Schwänzen. Im Laufe der Beobachtungszeit bemerkte Don, das Tier mit dem makellosen Schwanz griff die Lädierten an, wenn diese versuchten, zu fressen. Die dominante Maus wollte alles für sich, die anderen mussten sich gedulden, bis sie sich wegdrehte, um einen winzigen Bissen zu ergattern – das Abbild der Menschengesellschaft in einem Mäusekäfig. Shenna konzentrierte sich auf die Ratten, sie wärmten sich gegenseitig, zeigten keine Aggressivität.

»Hast du auch ein Haustier?«, fragte Don. Shenna schüttelte den Kopf. »Ich hatte einen Hund«, sagte er. »O'Brien. Er war ein edles Tier.«

»Was ist mit ihm passiert?«, fragte sie.

»Er ist gestorben«, sagte Don. »Gestorben als Held. Er hat mir das Leben gerettet.«

»Wie hat er ausgesehen?«

»Er war so groß.« Don hob seine Hand, die Höhe anzuzeigen. »Seine Haare fielen lang, in rotbraunen Wellen. Er war ein Irish Setter, hatte dunkelbraune Augen wie du. Deine sind noch dunkler, fast schwarz. Er liebte es, zu laufen. Gut, das tun sie alle, aber wenn du ihn rennen gesehen hast, war das anders, Freiheit pur, unbändige Lust am Leben, Hundsein in seiner reinsten Form.«

»Ich möchte auch wieder laufen«, sagte Shenna.

»Das wirst du«, versicherte Don. »Willst du mit mir durchs Labor um die Wette rennen?« Sie schüttelte den Kopf. Sie hatte etwas anderes gemeint.

Don sah sich im Labor näher um. Hätte er nur in der Schule besser aufgepasst! Hier standen jede Menge Chemikalien zur Verfügung. Was hier als Reizgas bei Ives Eindringen zu verwenden gewesen wäre, konnte er nicht sagen. Er gab bald auf, nach dergleichen zu suchen, denn auch die Warnhinweise auf den Flaschen und anderen Gebinden gaben nicht genug preis, waren zu allgemein gehalten. Er verlegte sich darauf, einen halbhohen

Schrank vor die Tür zu schieben, mit schweren Dingen anzufüllen. Den Schlüssel fixierte er mit Isolierband, nachdem er ihn nach oben gedreht hatte, damit ihn Ives nicht von außen aus dem Schloss stoßen konnte, um mithilfe eines Zweitschlüssels einzudringen. Er fühlte sich ein bisschen wie Robinson Crusoe beim Bau einfacher Verteidigungswaffen, Schutzwälle und Hindernisse. Sie würden irgendwann schlafen müssen, während dieser Zeit durfte der Gegner nicht eindringen. Jetzt schon litt Dons Gefühl für die Zeit, Shenna hatte keine Ahnung, ob Tag oder Nacht herrschte. Als sie beide müde wurden, schliefen sie auf gefalteten Kartons. Die Labortemperatur erforderte nicht, sich zuzudecken.

Sie wurden in ihrem Schlaf nicht gestört. Bald nach dem Erwachen rüttelte wieder jemand an der Tür. Shenna schreckte zusammen. Don forderte sie mit einer Geste auf, sich zu beruhigen. Der Doktor sollte nicht glauben, man spräche gleich auf ihn an, so wichtig war er nicht.

»Ravenclaw, rühr dich!«, schrie Ives. Don wartete noch. »Du wirst gefälligst antworten, wenn ich rufe!«, brüllte der Arzt. Don ließ einige Sekunden vergehen, ehe er reagierte.

»Ist hier jemand?«, fragte er.

»Denkst du, du Niemand könntest mich hier so abkanzeln? Mir gehört alles hier, ich habe das aufgebaut!«

»Das glaube ich nicht«, sagte Don. »Ich las am Eingang: Theophilus J. Minchin Foundation.«

»Mein Vater hat die Stiftung vielleicht gegründet«, sagte Ives. »Aber ich habe aus ihr gemacht, was sie ist.« Don bemerkte einen Angriffspunkt, auf den er noch zurückkommen konnte.

»Was hast du mit Angus gemacht?«, fragte er.

»Das Jungchen? Haha, ich hab' ihn eingeseift mit Blabla, während er seinen Tod im Tee schluckweise zu sich nahm. Irland über alles, haha!«

»Mit Al war das sicher genauso.«

»Wie es der Zufall so will, war er mein Patient. Der Stabhochspringer hätte schon bei einem größeren Schritt einen Herzstillstand erlitten, nach der Medikation, die er durch mich erhielt. Genug gefragt, Trillerpfeife, jetzt bin ich an der Reihe.«

»Was willst du, kleiner Perversling?«, sagte Don. Er hörte Ives zweimal tief ein- und ausatmen.

»Du provozierst mich nicht, Singdrossel, dazu hast du nicht das Format. Typen wie dich rauche ich täglich in der Pfeife. Ihr werdet jetzt die Tür öffnen, und zwar sofort.«

»Das haben wir doch bereits besprochen.« Don fiel etwas ein. Er bat Shenna, sich zu Brain zu setzen und nicht weiter zuzuhören, wendete sich an Ives. »Hier kommst du nicht rein, Mamis Liebling, so viel steht fest. Apropos Mami: Kate sitzt ja nun hinter Gittern, sie träumte von toten Liebhabern. Daher deine Neigung zur Nekrophilie. Stacey war ja auch tot, als du dich an ihr befriedigt hast – ultimativ hilflos, sozusagen. Das magst du doch so sehr.«

»Ahnungsloser Idiot! Ich musste vortäuschen, sie wurde rituelles Opfer einer Sekte wie Tisha. Niemand sollte sie bis hierher verfolgen. Die Schnalle kam hier volltrunken an, schrie, sie habe mich erkannt, wolle mich anzeigen.«

»Du willst Mediziner sein? Wen, glaubst du, täuschst du mit Verkehr post mortem! Haha! Der Autopsiearzt lacht bestimmt heute noch.« Don konnte Ives Stolz auf kleiner Flamme rösten sehen. »Auch bei Tisha sind wir immer von einem Einzeltäter ausgegangen, niemand glaubte an eine Sekte. Du bist ein Versager, kriegst nicht viel gebacken, was?«

»Ich bin ein in-ter-na-tio-nal an-er-kann-ter Wissenschaftler.« Ives schrie seine Tür im Stakkato an.

»Daddy war ein international anerkannter Wissenschaftler. Du bist der geduldete Nachkomme mit Daddys Geld, das jeder gern annimmt.«

»Zumindest bin ich kein drittklassiger Musiker, dessen Lieder allen nur noch peinlich sind.« Ives hielt andere für ebenso eitel wie sich selbst. Don kritisierte sich deutlich härter, als Ives das jemals könnte. »Der Autopsiearzt, von dem du vorhin sprachst, war im Fall deiner Tochter übrigens ich.«

»Daher die verschwundenen Gutachten«, sagte Don. »Woher deine Störung kommt, ist kaum zu übersehen«, sagte er. »Hattest du Mami auch lieb genug? Wie hatte sie es denn gern? Auch hilflos? Das warst damals ja wohl du. War es gut mit Mami? Ich wette, du vermisst es.«

»Wofür hältst du Volkslieder wimmerndes Würmchen dich eigentlich? Meine Mutter litt unter ihrem größenwahnsinnigen Mann. Er musste angebetet werden, während er alle wie Dreck behandelte. Sie war seine Sklavin. Mama hat alles getan, seinen Anforderungen gerecht zu werden. Du durftest in seiner Umgebung kein normaler Mensch sein, er verlangte Übermenschliches. Mama wurde zur Druidin, um seiner Forderung nach Gottgleiche nahezukommen, sie wollte den Tod besiegen, so wie er behauptet hatte, das durch seine wissenschaftlichen Leistungen getan zu haben. Nach seinem Tod war der Schaden bereits angerichtet, sie änderte sich nicht mehr. Er hat sie zerstört!«

»Und er hat dich zerstört!«, rief Don.

»Jawohl, das hat er, dieses alte Monster. In der Hölle soll er braten, ich spucke in sein Feuer.«

»Aber gleichzeitig hat dich seine Macht fasziniert, es hat dich erregt, wenn deine Mutter geweint hat. Du hast einen Steifen bekommen.« Don hörte keine Reaktion, darum machte er einfach weiter. »Danach wolltest du deine Mutter haben, es ihr so richtig besorgen. Sie war so schön hilflos. Endlich konntest du dich stark fühlen, die Anforderungen deines Vaters – oder was du dafür hieltst – erfüllen.« Erst ganz leise, dann mit ansteigender Lautstärke schluchzte Ives wie ein kleines Kind. Don hörte ein Doppelklicken, das kannte er. Er sprang zu Shenna hinter die Käfige, drehte den Rücken zum Labor, Shenna vor sich, fest umfangen. Schüsse knallten so laut, seine Ohren begannen zu pfeifen, waren kurz taub, dann, wie in großer Höhe, sein Gehör gedämpft. Splitter flogen, es stank nach Pulver. Ein Poltern – Ives rannte mit aller Macht gegen das Türblatt. Jetzt sprang mit lautem Krachen eine Tür auf, doch als Don sich umdrehte, fand er den Laborzugang übel zugerichtet, aber geschlossen. Ein Handgemenge, Stimmen – Ives heulte, jammerte, sein Gestammel entfernte sich. Jemand klopfte an die Labortür.

»He, alter Mann, mach auf! Wir langweilen uns hier.«

Minuten später wurde Shenna in eine Decke gehüllt und aus dem Labor gebracht. Sie sah sich noch einmal nach

Don um. Er war sich nicht sicher, ob da ein Lächeln hinter den traurigen Augen war, ob sie je wieder lächeln würde können. Neben ihm standen Tyron, Carol und der Offizier der Garda, der die Detektiv-Superintendentin immer aus dem Revier begleitete.

»Was in aller Welt bringt euch hier her?«, fragte Don.

»Das fragst du am besten Herrn Fitzgerald«, sagte Carol. Don sah Tyron an, der zuckte mit den Schultern.

»Ich bin zu Faye rausgefahren, dachte mir: Spiel ihr doch einfach mal Dons neues Lied vor, das wird ihr gefallen.« Don hob die Brauen.

»Und?«

»Ja, hat es«, sagte Tyron. »Es löste etwas in ihr aus. Sie sah mir mit klarem Blick ins Gesicht und sagte: ›Tyron, du musst Don und Shenna helfen. Sie sind im Keller der Minchin Foundation. Ives will sie töten‹.«

Während Don einen sinnlosen Kampf ausfocht, hatte Shenna seine Frau zu Hilfe gerufen. Der alte Mann setzte sich auf einen Laborstuhl, seinen wirren Kopf zu beruhigen. Der nüchterne Geschäftsmann Tyron bewies erneut sein Gefühl, auf das Carol hörte, gegen alle kriminalistische Vernunft. Dons Beitrag war bloß ein Lied.

»Du wirst uns vieles zu erklären haben«, sagte Carol. »Ives hatte ich nicht in meinem Visier, nicht einmal am Rand.«

»Ehrlich gesagt, ich auch nicht«, sagte Don. Er wandte sich zu Tyron um.

»Danke, dicker Mann!«

Tyron brachte Don heim, er bestand darauf. Rossi würde ein andermal abgeholt werden. Der Weg führte jedoch nicht nach Summerhill, er fuhr stadtauswärts.

»Wohin bringst du mich?«, fragte Don.

»Wie gesagt: heim«, sagte Tyron. Unterwegs erzählte Don seine Geschichte mit Shenna und Ives, Tyron berichtete über erste positive Kontakte mit Bowen, es ließe sich gut an, behauptete er. Der Manager versuchte auch, Don zu überreden, doch noch ein Album zu produzieren, vielleicht sogar unter seinem richtigen Namen. Virgil Byrne hatte keinen schlechten Klang, meinte er, daraus ließe sich was machen.

Bald hatten sie die Farm erreicht. Im Windfang kam ihnen Meghan entgegen. Ihr Kopf war gesenkt, die Augen blickten in Bodennähe herum. Don machte den ersten Schritt.

»Hi, Meghan. Alles in Ordnung bei dir und Faye?«

»Ja, danke. Ich wollte nicht verschwinden, ohne zu sagen, wie leid es mir tut, dich verdächtigt zu haben. Ich bin auf den Schwindel des Doktors hereingefallen.« Es war eine vorbereitete Rede, bemerkte Don. »Ich hätte einem Freund vertrauen müssen, nicht diesem Menschen.« Don unterbrach sie.

»Ich konnte es verstehen, nachdem er so geschickt seine Indizien platziert hatte. Für mich gibt es kein Problem mehr, nachdem alles vorüber ist. Du musst nicht verschwinden, wir brauchen dich.«

»Da muss ich widersprechen«, sagte Tyron. Er öffnete die Wohnzimmertür. »Ich möchte dir jemanden vorstellen.« Aus dem Armsessel erhob sich eine wunderschöne Frau mit klaren Augen.

»Hallo Don. Willkommen daheim!« Es war die Stimme der Frau, die im Pub in Navan mit ihm getanzt hatte, die Stimme, mit der Tisha gesprochen hatte – seine Faye.

Zwanzigstes Kapitel

Die National Concert Hall lag auf der Earlsfort Terrace, nahe dem St. Stephen's Green. Don verließ das Gebäude, flankiert von zwei Frauen, Faye und Meghan, für die er vor Tagen Eintrittskarten für »My Fair Lady« gekauft hatte. Nach den Unstimmigkeiten zwischen ihm und der Pflegerin hatte er schon befürchtet, die Tickets würden verfallen. Speziell für sie hatte er Shaws »Pygmalion« gewählt. Es wurde ein gelungener Abend, die Inszenierung lebte von ausgezeichneten Darstellern und einem stimmungsvollen Bühnenbild. Meghan vergoss ein paar Tränen, Don und Faye lächelten, er hielt ihre Hand. Sie standen vor dem Konzerthaus, atmeten die Luft des Abends. Dublin hatte sich dem Anlass entsprechend in Schale geworfen, zeigte sich von seiner schönsten Seite. Die drei schlenderten zum St. Stephen's Green, plauderten über das Musical, dann kamen sie doch noch kurz auf ihre Erlebnisse der letzten Tage zu sprechen. Ives würde lebenslänglich hinter Gittern verschwinden, so viel war klar, jedoch nicht alles war gelöst.

»Shenna ist nicht ansprechbar, ihre Mutter soll bald aus dem Krankenhaus entlassen werden, ist aber immer noch in einem schlimmen Zustand«. Don kickte einen Stein in den Straßengraben.

»Über die Angehörigen der jungen Männer, Angus und Al, wissen wir gar nichts«, sagte Faye.

»Auf die Klärung der Frage, wer der zweite Perverse war, werden wir weiterhin warten müssen«, stellte Meghan fest. »Meine Sorge um Leila endet nicht, eh der Mann von der Straße gefegt ist.« Sie zeigte eine wegwerfende Handbewegung. »Leider wird es lange dauern, bis Shenna reden kann.«

»Selbst dann ist unwahrscheinlich, er kann aufgrund ihrer Beschreibung identifiziert werden«, sagte Don.

»Unsere beste Chance wäre, Ives redete«, sagte Faye, schaute abwechselnd Meghan und Don an, zuckte mit den Schultern. »Doch wer will ihm dafür Haftvorteile anbieten? Ich will ihm nichts schenken.«

»Ich auch nicht«, versicherte Don. Meghan sah ihn an.

»Bei den Fotos kam auch nicht viel raus, nicht wahr?«

»Nein«, sagte er. »Nur ein schwarzer Schatten hinter ihm, ein schwarzer Schatten mit einem bläulich-weißen Fleck.«

»Ein Artefakt.« Faye stöhnte. »Schade.«

»Ja«, sagte Don, wandte sich an Meghan. »Ich habe noch kurz etwas zu erledigen. Bring bitte Faye nachhause. Stellt eine Kanne Tee auf, ich komme gleich nach.« Er küsste Faye, lief zu Rossi.

***

Eine Landstraße, irgendwo zwischen Tara und Dublin – was juckt 's dich, wo? Da draußen in der Nacht, du wartest, weißt, du musst nicht lange warten, weil es geschehen wird – hat gar nichts mit Schicksal zu tun, DNA oder so Scheiß, es geschieht, weil sie es verdient, weil er es verdient, die Kälte ist verschwunden, ein warmer Wind bläst durch dein Haar, die Seitenfenster offen, dein Blick geradeaus gerichtet, du hast dir was vorgenommen, nur du sollst davon wissen, es ist ganz deins, heute Nacht wird es wahr, du wirst es entfesseln, du lässt es raus, die Bestie gräbt sich unter dem Gitter durch, ab jetzt gehört die Nacht ihr, sie will töten, sie kann töten, was sollte sie aufhalten, sie ist fokussiert, sie ist initiiert, sie ist aktiviert, sie sitzt in dir, diese Bestie – du springst in die Finsternis, keiner kann dir auflauern, sie fangen dich nicht, diese Nacht lang jagst du, kriechst, krallst dich fest in das eine Bild vor deinen Augen, das alle anderen auslöscht, deine Lider schließen nicht mehr, die Pupillen fressen das Licht, es ist Jagdzeit in deinem Herzen, es quillt, du verzehrst dich.

Don saß in seinem Wagen, starrte in die Nacht. Was ist Recht? Eine Vereinbarung, die Menschen mit Macht getroffen haben, anderen Menschen Unrecht zu tun. Ist es Unrecht, Unrecht zu tun? Nicht für die Mächtigen, sie erklären es zu Recht. Bin ich jemals im Recht, wenn ich nicht mächtig bin? Dann, wenn du tust, was die Mächtigen wollen. Ist Wille Recht? Blöde Frage, klar, Junge. Mein Wille? Hihi, nö, du hörst nicht zu. Wenn ich töte, bin ich im Unrecht? Wenn du danach fragst, ja. Wenn ich nun nicht danach fragen würde? Dann bekämst du keine Antwort. Keine Antwort heißt, Recht einfach beiseitelassen? Du beginnst zu verstehen. Nur tun? Nur tun. Die ersten Sterne blinkten den Himmel hoch, Venus zeigte sich wieder nackt. Der warme Wind hatte etwas an sich, das Warten schön machte, so schön wie Venus. Die Scheinwerfer des Suzuki stachen in die Dunkelheit, der Motor grummelte. Don stellte ihn aus. Die völlige Stille gab es nur in der Wüste. Es mochte sein, er wartete umsonst, also gratis, zumindest stark verbilligt, im Winterschlussverkauf. In seinem Kopf war das Geräusch bereits vorhanden, auf das er wartete, es kreiste dort wie eine Stubenfliege. Dreihundert Meter weiter stand ein alter Schuppen aus dicken Steinmauern. Gut. Ein Flirren war in der Luft, das sonst nur Sommernächte zeigten, so, als wirbelte da etwas herum, der Wirbel in einem Bild von Vincent van Gogh, in »La Nuit Étoilée«. Er sah das Gemälde vor sich, es passte zu dieser Nacht. Es war nicht viel Zeit vergangen, seit er hier stand, ein paar Minuten nur. Niemand kam vorbei, noch nicht. Halt! Da war das Brummen. Kein Insekt. Es kam näher. Don ließ Rossis Motor an. Was für eine Nacht für den Tod! Atemberaubend! Er sog die Luft tief in seine Lungen, löste die Handbremse. Winter war schön in Irland, wenn nicht gerade Rekordkälte herrschte. Er mochte sein Heimatland.

Er stellte einen Fuß auf die Kupplung, legte den zweiten Gang ein. Rossi stand neben der Straße hinter einer Baumgruppe, ein kurzer Weg führte hinein. Das Motorengeräusch war jetzt nahe, er stieg aufs Gaspedal, ließ die Kupplung schleifen. Ein Motorrad fuhr langsam vorbei, Don lenkte unmittelbar dahinter ein. Eine alte BMW, Sammlerstück – es war Craigs Maschine. Ein schwarzer Schatten mit einem blau-weißen Fleck, einem BMW-Logo.

»Tish, er gehört dir!« Don nahm die Hände vom Lenkrad, trat das Gaspedal voll durch. Ein dumpfer Schlag, noch einer, das Motorrad hob ab, heulte, sang das Lied vom Tod. Craig flog durch die Luft, sein weißer Helm, dessen Riemen er nie schloss, landete auf Rossis Motorhaube wie der Schalenrest eines Frühstückseis. Craigs Salto vollendete sich vor der Scheune, der Suzuki prallte dagegen, nietete Tishs und Shennas Schänder an die Mauer.

»Ausgeschnuppert, Craig!«